BERND STELTER

Wer älter wird, braucht Spaß am Leben

Weitere Titel des Autors:

Wer abnimmt, hat mehr Platz im Leben (E-Book)
Der Tod hat eine Anhängerkupplung
Der Killer kommt auf leisen Klompen
Mieses Spiel um schwarze Muscheln
Nie wieder Ferienhaus

Titel zum Teil auch als Hörbuch erhältlich

BERND STELTER

WER ÄLTER WIRD, BRAUCHT SPAß AM LEBEN

LÜBBE

NACHHALTIG PRODUZIERT

Die Bastei Lübbe AG verfolgt eine nachhaltige Buchproduktion. Wir verwenden Papiere aus nachhaltiger Forstwirtschaft und verzichten darauf, Bücher einzeln in Folie zu verpacken. Wir stellen unsere Bücher in Deutschland und Europa (EU) her und arbeiten mit den Druckereien kontinuierlich an einer positiven Ökobilanz.

FSC www.fsc.org MIX Papier | Fördert gute Waldnutzung FSC® C014496

Dieser Titel ist auch als Hörbuch und E-Book erschienen

Originalausgabe

Bei Fragen zur Produktsicherheit wenden Sie sich bitte an:
Produktsicherheit@bastei-luebbe.de

Textredaktion: Jan Wielpütz, Bergisch Gladbach
Zitate Seite 83, 90, 103, 109, 147, 174 mit freundlicher Genehmigung
Umschlaggestaltung: Massimo Peter-Bille
unter Verwendung eines Fotos von © Olivier Favre, Odenthal
Satz: hanseatenSatz-bremen, Bremen
Gesetzt aus der ITC Giovanni Std
Druck und Einband: GGP Media GmbH, Pößneck

Printed in Germany
ISBN 978-3-431-05026-4

5

Sie finden uns im Internet unter luebbe.de
Bitte beachten Sie auch: lesejury.de

Man wird nicht älter, sondern besser!
Theodor Fontane

ENDLICH ALT

Ein Schauspieler stellt sich auf eine Bühne oder vor eine Kamera und spielt. Sein Spiel ist vorgegeben durch ein Theaterstück oder ein Drehbuch. Ein Schriftsteller, ein Dramaturg, hat die Dialoge erdacht. Der Schauspieler erfüllt sie mit Leben. Das ist eine großartige Leistung. Der Schauspieler spielt nicht sich selbst, er schlüpft in Rollen, stellt Charaktere dar, er interpretiert. Was für ein faszinierender Beruf.

In der Corona-Zeit war ich sehr dankbar dafür, dass ich kein Schauspieler bin. Ich stehe ebenfalls auf der Bühne oder vor einer Kamera, ich spiele auch, aber ich schreibe mein Drehbuch selbst. Als im Lockdown alle Theater geschlossen, alle Spielstätten dichtgemacht wurden, als die Kultur vor sich hin siechte, war ich froh, dass mein Beruf zwei Teile hat. Ich schreibe Bücher, und ich erfinde Geschichten, die ich auf Bühnen erzähle. Als die Bühnen geschlossen waren, blieb mir das Schreiben.

Für das Jahr 2020 standen einhundertsieben Kabarettabende in ganz Deutschland in meinem Kalender. Die Wühlmäuse in Berlin, das Schmitz-Tivoli in Hamburg, das Kultur-Festival in Vellmar, die Stadthallen in Unna und Soest, das Lustspielhaus in München, die Comödie in Dresden … Ich glaube, es wurden am Ende insgesamt acht Auftritte.

Ich konnte nicht auf den Bühnen stehen. Stattdessen saß ich in Zeeland vor meinem Mobilheim und schrieb meinen

Krimi *Mieses Spiel um schwarze Muscheln* zu Ende. Ich bin mir nicht sicher, ob ich ohne diese Zwangspause pünktlich fertig geworden wäre.

Moment, ich muss mich korrigieren, um keinen falschen Eindruck zu erwecken. Wenn ich sage, ich schreibe meine Drehbücher selbst, dann stimmt das zu zwei Dritteln. Die meisten Stücke entstammen meiner Feder, aber es gibt auch Ausnahmen. Markus Stöckl und Martin Bussmann haben immer wieder Stücke beigesteuert. Das ist sehr wichtig, man kocht nicht nur im eigenen Saft. Markus war immer für meine bissigere Variante zuständig. Bei seinen Texten blieb dem Publikum oft das Lachen im Hals stecken. Martin hat zum Beispiel die Kunstfigur des jugendlichen Rappers entworfen, der so manchen Zuschauer – im übertragenen Sinne – vom Stuhl geworfen hat. Auf die Idee mit der Jugendsprache wäre ich allein wohl nie gekommen.

Die meisten Liedtexte habe ich selbst geschrieben, die Melodien selbst komponiert. Natürlich bin ich sehr stolz auf *Liebelein,* da war die wunderbare Pe Werner für Text und Musik zuständig, und *Das Gute* ist das Produkt eines tollen Abends mit Heinz-Rudolf Kunze in einer Hotelbar in Iserlohn. Und es gibt vor allem auch den Kollegen Ulli Winters, der schon mal eine Mail rüberschickt, die da lautet: »Hi Alter, neues Lied, hör mal rein!«

Dann ist da im Anhang der Mail oft so eine hellgraue Leiste. Ich erinnere mich noch an dieses eine Mal: Hinten stand 2:59, also ein relativ kurzes Lied, und vorne war das nach rechts zeigende Dreieck abgebildet, das jeder Mensch meines Alters sofort als das Zeichen für die Play-Taste auf dem Kassettenrekorder identifiziert. Ich klickte drauf und lauschte: »Mahatma Glück, mahatma Pech, mahatma Gandhi, ma weiß im Leben vorher nie jenau, wat kann die …«

Da brauchte ich nicht lange zu überlegen. Da hatte ich

das Handy schon in der Hand: »Alter, das Stück brauche ich!« Und dann freuten wir uns beide! Teamwork!

Im vergangenen Jahr lag wieder eine Mail von Ulli im Postfach. Und es war wieder dieses Gefühl »Heiligabend nach dem Krippenspiel, das Glöckchen hat geläutet, Tür auf, Bescherung«.

Ich setzte mich bequem in meinen Sessel, klickte auf die Play-Taste und lauschte:

»Endlich alt, die Kerze brennt nicht mehr von beiden Seiten,
endlich alt, jetzt kommen sie, die ruhigeren Zeiten,
wenn du nicht mehr tausend Bäume siehst, sondern endlich den Wald,
dann hast du's geschafft, und du bist endlich alt!«

Coole Strophen, tolle Melodie. Ich ging in den Keller, öffnete den Kühlschrank und entschied mich, es war 11.15 Uhr, für ein Piccolofläschchen Champagner. Die Melodie hatte sich mir schon tief in den Hörkortex meines durchaus auf Gassenhauer ansprechenden Hirns eingegraben. Meine Frau Anke sah mich auf der Kellertreppe und zeigte irritiert auf den Piccolo in meiner Hand. »Champagner um …« Sie sah auf die Armbanduhr. »… 11.15 Uhr?«

Ich deutete auf mein Büro und sagte: »Komm mal mit!«

Anke folgte mir, und ich klickte wieder auf die Play-Taste:

»Hand in Hand mit dir geh ich um den Block.
Ich seh' hektische Jungs auf der Jagd nach dem Rock.
Sie baggern und flirten, als würd' es bezahlt,
Und ich denke bei mir, boah, was bin ich schön alt.«

Anke grinste, nickte, schnappte sich meinen Champagner und sagte: »Hol dir doch auch einen.«

Wir waren uns einig. Tolles Lied.

Nachdem die beiden Piccolos geleert waren, schickte ich die Aufnahme an meine Plattenfirma und an meine Agentur und rechnete mit schnellen Reaktionen wie: »Boah, was ein Lied!«, »Super Idee«, »Mensch, das kann ein Knaller werden«.

Es kam gar keine Reaktion.

Am späten Nachmittag war ich es dann leid und fragte mal nach. Christoph von der Plattenfirma sagte: »Nee, spricht mich nicht so an. Das ist ja eher negativ. Wer will schon älter werden.« Michael aus meiner Agentur war auch eher abgeneigt: »Mit dem Lied ziehst du die Stimmung runter.«

Lag ich denn so daneben?

Ich wurde unsicher und ließ mich am Ende überzeugen. Wir nahmen ein anderes Lied auf. Doch mein Bauchgefühl blieb sich treu, und immer, wenn ich an die Zeilen dachte, hatte ich schon wieder diesen Rhythmus in den Fingern, und dieses leichte Grinsen zog meine Mundwinkel wieder ein paar Millimeter nach oben, vor allem den rechten Mundwinkel.

»Wenn du nicht mehr einfach umfällst, weil es irgendwo knallt,
dann hast du's geschafft, und du bist … endlich alt!«

Was hatte Christoph gesagt: »Wer will schon alt werden?«

Na, ich! Ich würde bald sechzig.

Hatte ich damit ein Problem? Eigentlich nicht – zumindest bis jetzt. Warum wollen Leute nicht alt werden. Da müsste man mal drüber nachdenken.

DREIßIG, VIERZIG, FÜNFZIG, SECHZIG

Am 19. April 1991 wurde ich dreißig. Es war eine Katastrophe!

Dreißig, vorne keine zwei mehr, schrecklich! Früher gab es lustige englische Fachtermini für das Lebensalter junger Menschen. Wenn man über zwölf war, also ab thirteen, fourteen, war man ein *Teen*. Heute klingt Teenager ziemlich abgeschmackt, in den 70ern war das knorke. Da können Sie Dr. Sommer fragen, das war so! Und wenn diese Phase zu Ende ging, wenn sich die Pickel ganz langsam verzogen hatten, wenn man seine Entschuldigungen selber unterschreiben durfte und endlich den Führerschein in der Tasche hatte, wenn man zu jeder Tages- und Nachtzeit in jede Disco durfte, dann war man Twen! Wow, Twen, klingt noch bescheuerter als Teen, war aber geil. Fragen Sie Dr. Sommer.

Warum gab es nach Teen und Twen keine neuen Anglizismen mehr, um die nächste erstrebenswerte Altersstufe zu bezeichnen? Nun, weil die nächste Altersstufe eben nicht mehr erstrebenswert war. Dreißig, vorne keine zwei mehr. In der Disco hieß es: »Lass den Oppa mal vorbei.« Du warst für alles, was cool war, zu alt, und für die Mädels, die auf ältere Männer standen, entschieden zu jung. Dreißig war eine Katastrophe!

Vierzig war wieder okay. Am 19. April 2001 wurde ich vierzig. Das Millennium war geschafft. Völlig wider Erwarten waren nicht alle Computer auf allen Finanzmärkten zusammengebrochen. Ich hatte eine Frau, zwei Kinder, keinen Hund und ein Reihenhaus. Freitags saß ich immer an einem Tisch, und niemand saß mir gegenüber. Wir saßen alle nebeneinander. Rudi Carrell, Kalle Pohl, dann ich, Jochen Busse, Gaby Köster, der Gast der Woche und Mike Krüger.

Bei meiner Geburtstagsfeier waren sie alle da. Wir feierten in Bonn im *Apfel*. Eine Kneipe, in der ich schon als Student, oder als Twen, einige wilde Nächte verbracht hatte. Meine Frau war da, meine Kinder, meine Eltern, meine Schwester, meine Freunde, die sieben Köpfe, und ich war mir sicher: »Vierzig, super!«

Fünfzig war entsetzlich! Ich hatte mich eigentlich gut vorbereitet. Mein Kabarettprogramm hieß damals *Mittendrin – Männer in den Wechseljahren!*. Ich hatte es sorgfältig recherchiert. Der Mann verliert zwischen dem vierzigsten und dem sechzigsten Lebensjahr die Hälfte seiner Testosteronproduktion, und das bedeutet, der Mann kann plötzlich mit dem Kopf denken, und das kennt der nicht! Einfach würde es nicht, aber mich konnte nichts mehr überraschen.

Dann produzierte der WDR eine Überraschungs-Geburtstagssendung zu meinem Fünfzigsten. Ich betrat wie gewohnt das Studio, um mein *NRW-Duell* zu moderieren. Und als ich meinen ersten Kandidaten ankündigen wollte, stand da plötzlich Frank Elstner und meinte, du bist heute selber Kandidat. Was für ein Tag! Alte Klassenkameraden, Weggefährten, Freunde waren da. Eine Super-Show, große Sause, tolle Party! Aber die Aufnahme fand auch einige Wochen vor meinem Fünfzigsten statt.

Am Geburtstag selbst saß ich mit einem Glas Wein im Sessel und dachte: »So fühlt sich das also an, wenn man die Halbzeit erreicht hat.«

Genau in diesem Moment meldete sich auf meiner linken Schulter ein kleines Teufelchen mit einem feisten Grinsen und sagte: »Ich will dir ja an deinem Geburtstag keinen Stress machen, aber du hast dich da gerade ziemlich verrechnet. Das Statistische Bundesamt sagt nämlich, die durchschnittliche Lebenserwartung eines Mannes in der Bundesrepublik Deutschland liegt bei 79,6 ...« Da wurde er unterbrochen von einer weichen melodischen Stimme, die in mein rechtes Ohr drang. Blitzartig drehte ich den Kopf und erblickte leicht verschwommen – ich bin ein bisschen weitsichtig – ein Engelchen, das ganz lieb lächelnd auf meiner rechten Schulter saß. Es sagte in beruhigendem Tonfall: »Himmlische Grüße zum Geburtstag, mein Lieber, ich wünsche dir viel Glück im neuen Lebensjahr und dass du noch viele, viele Jahre ...«

»Genau darum geht es«, unterbrach es das Teufelchen. »Viele, viele Jahre. Dass ich nicht lache. Ich hab da mal was vorbereitet. Sieh mal, das ist ein Zollstock. Hier haben wir die Achtzig-Zentimeter-Marke, und da stellen wir uns mal vor, das sind die achtzig Jahre, und du hast ja rein statistisch nur 79,6 ...«

Leicht erbost fuhr das Engelchen ihn an: »Nun sei doch nicht immer so kleinlich. Außerdem ist das nur Statistik. Wenn der Jäger einmal links am Hasen vorbeischießt und einmal rechts am Hasen vorbeischießt, ist der Hase statistisch tot.«

Das Teufelchen ließ sich nicht beirren. »Das ist die Achtzig-Zentimeter-Marke, und wenn wir den Zollstock genau in der Mitte zusammenklappen, dann sind wir bei?«

Ich schaute auf den Zollstock. »Wir sind bei vierzig.«

Hilfesuchend schaute ich schnell nach rechts, aber da saß kein Engelchen mehr auf der Schulter. Auch das Teufelchen links war plötzlich verschwunden. Was blieb, war das Bild vom Zollstock in meinem Kopf. Vierzig ist die Hälfte, nicht fünfzig.

Mit fünfzig denkt man, man hätte die Hälfte rum. Dann rechnet man nach und denkt sich: Ach du Scheiße!

Nun werde ich sechzig. Und sechzig ist wieder okay. Man hat schon eine ganze Menge erlebt, viele Schlachten geschlagen, unglaublich viele Erfahrungen gesammelt. Viele Stürme liegen hinter einem. Die See wird etwas ruhiger.

Meine Kinder sind erwachsen. Sie haben beide eine gute Berufsausbildung. Mein Sohn Tim hat eine Ausbildung als Winzer und eine als Weintechnologe, jetzt ist er Weinküfermeister. Sein Meisterstück war ein Rosé. Ich saß im Sommer 2019 an unserem Gartenteich, die Füße im Wasser und das erste Glas von diesem Rosé in der Hand. Er war ein bisschen dunkler, nicht dieser helle Lachston, den man üblicherweise erwartet, und er roch nach Erdbeeren. Beim ersten Schluck schmeckte ich diese Erdbeeren tatsächlich, ich war komplett begeistert.

Meine Tochter ist Referendarin, wenn dieses Buch erscheint, ist sie wahrscheinlich schon Lehrerin. Ich hatte mal ein Lied geschrieben mit dem Titel »Werde niemals Lehrer!«. Ich glaube, ich wäre ziemlich enttäuscht, wenn meine Kinder ihr Leben nach meinen Liedern ausrichten würden. Ich bin sicher, Judith wird eine dieser Lehrerinnen, die nicht aufgeben werden, die, egal was kommt, ihren Schülern einen Weg weisen werden. Sie unterrichtet Englisch und Deutsch. Da geht es um Bücher, es geht um Literatur, es geht um Jane Austen und Max Frisch. Es geht darum, jungen Menschen Bücher nicht zu verleiden, sondern zu zeigen, dass zwischen zwei Buchdeckeln Welten stecken, die man in Computerspielen vergebens suchen wird.

Ich werde sechzig, und ich habe den Sinn dieses Satzes verstanden, den ich so oft gehört habe: »Die Kinder sind aus dem Gröbsten raus!« Ja, das sind sie. Sie sind selbständig. Ich freue mich, wenn sie kommen. Ich freue mich noch mehr, wenn sie unseren Rat suchen, aber sie brauchen uns nicht mehr. Ruhige See.

Ich habe in meinem Leben viel gearbeitet. Zehn Jahre lang war ich bei *7 Tage, 7 Köpfe*. Eine großartige Zeit. Ich bin oft gefragt worden, ob ich nicht traurig bin, dass es diese Sendung nicht mehr gibt. Nein, das bin ich nicht. Ich bin dankbar, dass ich sie hatte. Ich empfinde auch ein bisschen Demut. Manchmal liege ich abends im Bett, sehe nach oben und sage Danke schön. Ich habe zehn Jahre das *NRW-Duell* moderiert, Bücher geschrieben, auf der Kabarett- und der Karnevalsbühne gestanden. Ich muss niemandem mehr etwas beweisen, nicht einmal mir.

Ich werde ganz sicher noch ein paar Jahre arbeiten. Es darf jetzt gerne ein bisschen ruhiger werden, aber Rente ist für mich wirklich kein Thema. In die Rente geht man nach dem Berufsleben. Da habe ich gegenüber den meisten Altersgenossen einen gewaltigen Vorteil. Ich habe keinen Beruf. Ich gehe auf der Bühne meinem Hobby nach. Mein ganz großes Vorbild in beruflichen Dingen ist Dieter Hildebrandt. Er war Mitbegründer der Münchener Lach- und Schießgesellschaft, er war über Jahrzehnte haspelnd, aber nie verhaspelnd im Fernsehen zu sehen, aber vor allem hat er auf Bühnen gestanden. Dieter Hildebrand starb am 20. November 2013 im Alter von sechsundachtzig Jahren, und er hätte in der Woche darauf noch Auftritte gehabt. Für mich ist das die schönste Form von Optimismus. Ich will nie ganz aufhören zu arbeiten, aber die Pausen dürfen länger werden.

Es gibt noch einen dritten Grund, warum ich fröhlich ins dritte Drittel starten kann. Ich werde nicht allein alt. Ich bin seit über dreißig Jahren sehr glücklich mit meiner Frau Anke verheiratet. Das vergangene Jahr, 2020, wurde von Corona bestimmt. Die Theater hatten geschlossen, und ich war zuhause. Normalerweise bin ich als Tourneekünstler meist fünf Tage unterwegs, oft von Mittwoch bis Sonntag. Montag und Dienstag sind dann »unser Wochenende«. Wir freuen uns darauf, den Partner endlich wieder in den Arm zu nehmen. Wir feiern das ein bisschen. Vielleicht gehen wir in ein schönes Restaurant, oder wir machen eine gute Flasche Wein auf. Wir genießen unser Zusammensein, und bevor wir uns auf die Nerven gehen können, bin ich schon wieder weg.

Im vergangenen Jahr war ich gar nicht unterwegs, wir haben uns ein Jahr lang »auf der Pelle gehockt«. Und wir haben das toll hingekriegt, ich möchte sagen, wir haben das »gemeistert«. Vielleicht sind wir uns gerade in diesem Corona-Jahr noch näher gekommen, vielleicht haben wir uns noch besser kennengelernt als in den dreißig Jahren zuvor.

Anke ist vierundfünfzig. Sie ist sechs Jahre jünger als ich. Das ist ein nicht zu unterschätzender Vorteil. Es bedeutet, dass ich nicht nachts durch Bars und Kneipen ziehen muss, um eine jüngere Frau kennenzulernen. Meine Frau *ist* jünger.

Die Kinder sind aus dem Gröbsten raus. Ich muss im Beruf niemandem mehr irgendwas beweisen. Ich bin seit dreißig Jahren glücklich verheiratet. In dieser perfekten Situation stehe ich gerade mal am Anfang des letzten Drittels. Ich bin sechzig. Ist das nicht toll? Das kann ein Riesenspaß werden.

Ich habe neulich ein Fernsehinterview mit dem britischen Schauspieler Michael Caine gesehen. Zum Zeitpunkt der Aufnahme war er achtundachtzig Jahre alt (äußerlich wirkte er wie achtundsechzig, das ist bei großen britischen Schauspielern immer so). In dem Interview wurde er gefragt: »How do you feel about growing old?«

Er antwortete: »Considering the alternative, fantastic!«

Das Publikum lachte sehr.

Ich glaube, darum geht es. Es geht um Humor. Wer älter wird, braucht Spaß am Leben. Das ist meine feste Überzeugung, mit der stehe ich jeden Morgen auf und lege mich abends damit schlafen. Und falls ich es zwischendurch mal vergessen sollte, erinnern mich meine Frau, mein Handy oder meine Bäckerei-Fachverkäuferin daran.

Vielleicht fragen Sie sich jetzt: Wie soll ich das denn hinkriegen?

Sehen Sie, genau darum geht es in diesem Buch.

DAS DRITTE DRITTEL GEHÖRT MIR ODER: WAS WIR DEN ELEFANTEN VORAUSHABEN

Der Elefant erreicht anderthalb Meter Körpergröße und (die Bullen) fünfeinhalb Tonnen Gewicht. Er kann ganze Brote verschlucken, er ist jederzeit in der Lage, sich in der Schlange bei McDonald's sehr effektiv vorzudrängeln, und er hat unglaublichen Spaß in Porzellanläden. So gesehen hat der Elefant uns Menschen einiges voraus.

Aber der Elefant hat auch einen entscheidenden Nachteil, dachte ich zumindest. Der Elefant zieht sich, wenn seine Kinder selbständig sind, wenn sie ihn nicht mehr brauchen, freiwillig auf den Elefantenfriedhof zurück. Da muss der alte Elefant nicht sehr lange suchen, diesen Friedhof erkennt er sehr leicht, denn da liegen jede Menge Elefantenknochen herum. Das habe ich sehr genau gesehen, es war an einem Sonntag in meinem Elternhaus in Unna. Sonntags nachmittags stand auf dem Tisch meistens Frankfurter Kranz, Pflaumenkuchen oder Erdbeersahnetorte, je nach Jahreszeit. Im Farbfernseher wurde die Farbe ausgeschaltet, sonntagnachmittags waren die Filme schwarzweiß. Da nippte Heinz Rühmann an der Feuerzangenbowle, da fragte sich James Stewart, ob das Leben nicht schön sei, und Johnny Weissmüller schwang sich an der Liane durch den Urwald. In seinem ersten Film *Tarzan, der Affenmensch* von 1932 genügte ihm ein einziger Satz, um Weltruhm zu erlangen.

Jane: »Jane.«
Tarzan: »Jane.«
Jane: »And you? You?«
Tarzan: »Tarzan! Tarzan!«
Jane: »Tarzan!«
Tarzan: »Jane. Tarzan. Jane. Tarzan.«

Das war der Dialog. Und schon im zweiten Film *Tarzans Vergeltung* von 1934 sehen wir, oder besser, sah ich auf der Breitcordcouch vor dem Grundig-Farbfernseher in Schwarzweiß den Elefantenfriedhof.

Auch in meinem Lieblingsfilm *König der Löwen*, bei dem Elton John für seinen Song *Can you feel the love tonight* den Oscar gewonnen hat, taucht wieder der Elefantenfriedhof auf.

Wem glauben wir mehr, der schnöden Biologie oder Hollywood? Okay, klar, natürlich der Biologie, aber wie geht es Ihnen? (Ich kriege *Can you feel the love tonight* schon wieder nicht mehr aus dem Kopf.) Ich hatte immer geglaubt, die Geschichte vom Elefantenfriedhof sei wahr. Der Elefant kann sechsmal im Leben sein Gebiss austauschen, und wenn der siebte Backenzahn ausfällt, wenn die Kinder aus dem Gröbsten raus sind, dann zieht sich der Elefant in diesen besonderen Teil des Dschungels zurück, und dann stirbt der da.

Das stimmt aber so nicht, es ist Mythos. Ich habe es recherchiert. Aber ist das wirklich wichtig? Ich bin von Beruf Geschichtenerzähler, und die Geschichte von dem Elefanten, der sich zum Sterben in den Dschungel zurückzieht, die gefällt mir. Bei *Hänsel und Gretel* fragt ja auch niemand nach dem Wahrheitsgehalt. Entscheidend ist doch nur die eine Frage: »Ist das nicht toll, dass wir keine Elefanten sind?«

Ich war neulich bei Dr. Dr. Profitlich, das ist mein Kieferchirurg, und der hat mir glaubhaft versichert, dass er meine Backenzähne auch in fünfzehn Jahren noch hinkriegt.

Ich habe also keine Probleme mit den Backenzähnen, und meine Kinder leben sehr, sehr selbständig. Ich könnte jetzt eigentlich in den Dschungel gehen. (RTL hat auch schon mal vorsichtig nachgefragt.) Mache ich aber nicht.

Ich rede hier nicht über ein Ende. Wenn man das Ganze ein bisschen optimistisch betrachtet, und Sachen optimistisch betrachten ist ja geradezu meine Passion, dann rede ich hier über einen Anfang. Ich beginne jetzt das dritte Drittel. Und in diesem dritten Drittel fallen einige Probleme weg.

Das erste Drittel gehörte den Eltern, der Tanzschule, der Universität und der Sexschule. Das zweite Drittel gehörte der Familie, dem Reihenhaus, der Karriere und der Midlife-Crisis. Das dritte Drittel gehört mir!

TATSÄCHLICH SECHZIG

Am 19. April 2021 wagte sich der Frühling zaghaft nach Deutschland vor. Wir leben in Bornheim im Rheinland, das liegt bekanntlich nördlich der Linie Saarland–Berlin, was an diesem Tag sehr vorteilhaft war, denn in diesem Bereich gab es einige Sonnenstunden, die Temperaturen lagen tagsüber zwischen zwölf und fünfzehn Grad. Der Wind kam schwach aus unterschiedlichen Richtungen.

Sie merken schon, die Wetterlage am 19. April des Jahres 2021 habe ich im Internet recherchiert. Ich weiß nämlich nicht mehr genau, wie das Wetter war. Ich bin sogar ziemlich zufrieden, dass ich mich überhaupt noch an diesen Tag erinnern kann. Beinahe wäre mir mein sechzigster Geburtstag coronabedingt durchgegangen.

Wenn es die Pandemie nicht gegeben hätte, hätte ich Freunde und Verwandte nach Holland eingeladen. Ich hatte mit der Chefin unseres Lieblingsrestaurants in Domburg schon alles besprochen. Bis zu einhundertzwanzig Personen hätte ich zur Feier einladen können. Zeeländische Muscheln hätten auf dem Buffet gestanden, es hätte Saté-Spieße gegeben, vielleicht hätte auch das eine oder andere Krustentier dran glauben müssen. Zeekraal und Lamsoren sind mein Holland-Gemüse, und ich fürchte, ich hätte mir »Frikandel speciaal, Frites Mayo« auf keinen Fall verkneifen können. Ein rauschendes Fest wäre das gewesen.

Aber nein, wir hatten den Lockdown. Anke hatte, um eine Erinnerung an meine Jugend heraufzubeschwören, eine Erdbeersahnetorte gebacken, fast genauso, wie sie damals in Unna-Stockum bei Geburtstagen auf dem Ausziehtisch im Wohnzimmer stand. Meine Tochter Judith wohnte mittlerweile mit ihrem damaligen Freund und heutigen Ehemann in einem schönen Dorf auf der anderen Rheinseite, aber zu meinem Geburtstag kamen sie natürlich zu Besuch. Sie hatte eine Schwarzwälder Kirschtorte gebacken: »Du hast ja immer erzählt, dass es die früher bei Oma immer bei Geburtstagen gab.« Tim kam etwas früher als sonst aus dem Weingut zurück, der Chef hatte ihn früher gehen lassen, weil der alte Papa ja sechzig wurde. Seine Freundin Kristina kam fast zeitgleich mit ihm an. Sie hatte eine Käsesahnetorte gebacken: »Tim hat mir erzählt, die gab es früher oft bei euch zuhause.«

Eigentlich verlief der Tag nicht sehr spektakulär für einen sechzigsten Geburtstag, aber es waren wirklich fantastische Torten. Und es war ein großartiger Tag. Jede Kalorienzählerei blieb außen vor. Am Abend kamen Ankes Eltern dazu. Wir unterstützten noch die von der Pandemie gebeutelte Gastronomie in Form einer umfangreichen Pizzabestellung, und trotzdem blieb der Tag vom Materialeinsatz her klar preiswerter als die Domburger Partyvariante.

Wir stießen noch einige Male auf meinen Geburtstag an mit einem *Kräuterberg* vom Weingut Meyer-Näkel und mit einem *Gras im Ofen* von Dr. Heger, und am nächsten Morgen wurde ich zum ersten Mal als Sechzigjähriger wach, und ich wusste nicht mehr so genau, wie am Tag vorher das Wetter war.

WER WILL SCHON ÄLTER WERDEN?

Sechzig, das ist schon eine ziemlich große Zahl. Als Curd Jürgens damals mit seinem sonoren Bariton *60 Jahre und kein bisschen weise* aus dem Lautsprecher des Grundig-Farbfernsehers direkt in das Herz meiner Mutter schmachtete, war ich vierzehn, und weil man mit vierzehn noch kein Mofa fahren durfte, saß ich auf der dunkelbraunen Breitcordcouch vor dem Grundig-Farbfernseher, und wir guckten irgendeine »Große Show für die ganze Familie«. Vielleicht war es die *Starparade* mit Rainer Holbe, vielleicht war es *Musik ist Trumpf* mit Peter Frankenfeld, oder war es die *Peter-Alexander-Show?* Ich weiß es nicht. Aber ich weiß, da stand Curd Jürgens mit diesen weißen, nach hinten gekämmten Haaren. Meine Mutter fand ihn schön, und ich fand ihn unglaublich alt. Sechzig Jahre!

Aber heute Morgen, wo ich nun mal selber sechzig bin, da liege ich so in diesem warmen, weichen Ehebett und denke bei mir: »Och, eigentlich bist du noch ziemlich jung.« Und dann höre ich mich aufstehen. Was sind denn das für Geräusche? Wenn ich früher aufgestanden bin, zack, dann stand ich einfach. Wenn ich heute aufstehe, dann ist das von Geräuschen umgeben – wenn die weißen Kalkschlegel im Kniegelenk so übereinanderreiben. Kennen Sie noch das

Geräusch früher an der Schultafel, wenn die Kreide so ganz langsam weniger wurde und man mit dem Daumennagel weiterschrieb? Dieses Geräusch habe ich jeden Morgen beim Aufstehen.

Dann cremt meine Frau mich ein. Wenn meine Frau mich früher eingecremt hat, dann war das erotisch. Wenn meine Frau mich heute eincremt, dann ist das rheumatisch. Ich werde also doch alt.

Der nächste Tagesordnungspunkt ist das Bad. Ich stehe verschlafen da, gucke in den Spiegel, und ja, das sieht nicht mehr so aus wie vor zwanzig Jahren. Nachdem ich mittlerweile gute fünfundzwanzig Kilo weniger auf die Waage bringe, passt mein Abbild wieder ganz in den Spiegel. Das ist schön. Die Figur ist wieder ganz okay, aber straffe Haut ist schon was anderes. Sie kennen die Ellenbogenhaut, die sich so faltig schrumpelig zusammenzieht, wenn man den Arm streckt. Sehen Sie, morgens im Bad vor dem Spiegel finde ich diese Ellenbogenhaut an Stellen, wo definitiv kein Ellenbogen ist. Obwohl ich niemals ein Mitglied irgendeines akademischen Wiener Zirkels war, werden meine oberen Stirnkanten mittlerweile von Geheimratsecken geziert, und das da einsetzende Haupthaar wechselte in den vergangenen Jahren von Blond zu Melatenblond, eine Haarfarbenbezeichnung, die sich einem vielleicht erst erschließt, wenn man weiß, dass Melaten der Zentralfriedhof von Köln ist. Das Haupthaar ist also ergraut. Na und? Ich habe mir jedes graue Haar einzeln verdient.

Klar, ein englischer Schauspieler sieht als Alternative zu »älter werden« natürlich »nicht älter werden«, also Tod. Das ist halt typisch britisch. Das ist deren schwarzer Humor, aber nicht die einzig mögliche Sichtweise. Nehmen wir als Gegenbeispiel einen Vertreter des rheinischen »goldenen« Humors, Willi Schneider. Hätte man den gefragt: »Wie fühlt man sich, wenn man älter wird?«, dann hätte der geantwortet: »Man müsste nochmal zwanzig sein, und so verliebt wie damals.« Hätte man ihn daraufhin mit all dem Liebeskummer konfrontiert, den er durch diesen Entschluss ein zweites Mal durchleben müsste, hätte er wohl geantwortet: »Schütt deine Sorgen in ein Gläschen Wein!«

Der alte Engländer hat faktisch natürlich recht. Die Alternative zu »älter werden« ist tatsächlich »nicht älter werden«. Eine Möglichkeit, noch einmal von vorne zu beginnen, existiert nämlich nicht. Aber ich möchte mir ja selbst begründen, warum ich guten Gewissens sagen kann: Sechzig ist o. k.! Und da kann man sich ja mal, rein fiktiv, fragen: »Würde ich denn überhaupt nochmal von vorne anfangen wollen?«

Gehen wir die Geschichte doch einfach mal ganz von vorne durch. Wir würden heutzutage wohl in der Health-and-Parenting-Abteilung der Uniklinik von unserer durch monatelange Schwangerschaftsgymnastik gestählten alkohol- und nikotinabstinenten Mutter unter Wasser zur Welt und anschließend mit einem veganen Muttermilch-Surrogat stressfrei durch die ersten drei Monate gebracht.

Ich bin noch ganz normal mit allen dreizehn Pfund Lebendgewicht bei einer Hausgeburt hervorgezaubert worden, und meine Schwester hat den Storch noch gesehen.

Ein paar Jahre später, so mit vier, also zwei Jahre nach unserem ersten Kita-Tag, würden wir Fahrrad fahren lernen, mit Integralhelm, Ellenbogen- und Knieschonern, während unsere Mutter die Aktion mit einem Helikopter überwacht und die am Lenker befestigte Dashcam meine Fortbewegungsversuche via Bluetooth auf das Display von Papas Handy überträgt. Wenn wir uns dann schon richtig gut mit dem Fahrrad fortbewegen können, dann werden die ersten zwei der zwölf titanverstärkten Stützräder abgeschraubt, und schwups, mit vierzehn können wir Fahrrad fahren. Immerhin, denn mit dem Schwimmen hat das nicht geklappt, weil sämtliche kommunalen Hallenbäder geschlossen wurden.

Ich bin damals mit dem viel zu großen Fahrrad meiner Schwester noch dreimal auf die Fresse gefallen, und dann ging's! Mit dem viel zu großen Fahrrad bin ich dann auch zur Schule gefahren, allein. Meinen Freischwimmer habe ich mit neun gemacht, in Carolinensiel, ich hätte auch noch den Fahrtenschwimmer im gleichen Urlaub gemacht, aber der Bademeister war dagegen, denn für den Fahrtenschwimmer musste man vom Dreimeterbrett springen, und er fürchtete um den Beckeninhalt. Ich war damals zwar viel kleiner, aber schon genauso schwer.

Wir sind früher zum Spielen nach draußen gegangen, und die Mütter meiner Freunde sagten immer, sie müssten wieder reinkommen, »wenn die Laternen angehen«. Meine Mama war subtiler. Sie sagte nicht: »Du musst wieder reinkommen!« Nein, sie sagte: »Wenn die Laternen angehen, gibt's Abendbrot!« Ich war immer pünktlich.

Wenn ich nochmal von vorne anfangen würde, dann würde ich wahrscheinlich gechippt, im Ohr, wie Nachbars Lumpi. Und jedes Mal, wenn ich einen bestimmten Radius verlasse, würde eine Drohne losgeschickt, um mich mit der Kamera zu überwachen. Und wenn die Kamera anzeigt, dass ich mich einer Pommesbude oder Eisdiele nähere, würde mein Smartphone kontaktiert, das anhand der letzten fünf Essens-Selfies meinen Kalorienstatus abgleicht, woraufhin sofort eine Alarmsirene ertönt, die Suchscheinwerfer gehen an, und ich kriege vor Ort eine Ernährungsberatung.

Früher im Tante-Emma-Laden um die Ecke hieß es immer: Guck mal, dem dicken Jung schmeckt's. Gib ihm noch ein Bonbon. Oder eine Scheibe Wurst. Oder wickel ihm gleich ein Bonbon in eine Scheibe Wurst. Egal. Hauptsache, der Kleine ist glücklich. Und wie glücklich der Kleine war. Ja, wenn ich so lese, wie gesund diese ganzen neuen Ernährungsarten sind, und wenn ich dann daran denke, wie ich mich ernähre, dann fühle ich mich wieder ziemlich alt. Wenn ich mich dann alt fühle, grinse ich plötzlich über das ganze Gesicht und denke so bei mir: »Veganer können nix mit Käse überbacken!«

Nee, nicht wieder von vorne anfangen.

Und jetzt kommt der wichtigste Grund.

Meine zweite Freundin war Sabine, wir waren am Abend auf einer Party im Partykeller von Isabel. Aus der Dual-Stereoanlage erklangen Sweet, Slade, Elton John, und wenn »Mandy« von Barry Manilow kam, knutschten wir beim Flaschendrehen, mit vierzehn, ohne Desinfektionsspray. Und wir knutschten lange, über eine Minute. Am nächsten Tag in der großen Pause erklärte mir Sabine sehr mitfühlend, dass man beim Küssen den Mund aufmacht.

Heute hätte ich als Vierzehnjähriger das YouTube-Tutorial »Flaschendrehen« auswendig gelernt. Ach, geben wir's zu, die Kids wissen gar nicht mehr, was Flaschendrehen ist. Die kennen keinen Klammerblues oder Dual-Stereoanlagen, und Elton John schreibt keine Schnulzen mehr. Nobby Holder, der Sänger von Slade, und Brian Connolly, der Sänger von Sweet, sind tot.

Die Bundeswehrzeit, die bliebe mir natürlich erspart, wenn ich nochmal von vorne anfangen würde. Die Wehrpflicht ist abgeschafft. Aber das Studium, das würde wieder von vorne beginnen, und was habe ich lange studiert. Gut, ich habe halbtags studiert, das dauert eben länger. In der Zeit haben mein Kumpel Notker und ich abends im *Apfel* oder in der *Kerze* oder im *Grunerts* gesessen und uns die Mädels angesehen. »Guck mal die, die mit den roten Haaren und dem blauen Pullover, die sieht doch klasse aus …« Mein Freund antwortete: »Vorsicht, wenn die rote Haare hat und dazu so einen blauen Pullover aus dem Schrank zieht, dann weiß die ganz genau, wie sie aussieht. Lass das, da beißt du auf Granit. Aber guck mal, die mit dem schwarzen Pagenkopf, die sieht doch sympathisch aus ...« »Was, die? Willst du mit Mireille Mathieu ins Bett? Nee, nee, aber guck mal die mit der karierten Bluse und den Zöpfen, die hat doch Stil.« »Bist du bescheuert, kapierst du gar nichts? Karierte Bluse und Zöpfe, weißt du nicht, was das heißt? Das ist eine Juristin. Vergiss es ...« Irgendwann nach Mitternacht haben wir dann die Kneipe verlassen, und als die kalte Nachtluft uns den Bierdunst aus der Nase geweht hatte, waren wir uns sicher: Wir hätten Frauen haben können, wenn wir nur gewollt hätten.

Ich bin mit dem, was ich hatte und habe, mehr als zufrieden. Ich habe soeben beschlossen, ich will nicht mehr von vorne anfangen. Das ist keine besondere intellektuelle Leistung, weil der liebe Gott beim »Kassettenrekorder Mensch« die Taste für das Zurückspulen ohnehin nicht vorgesehen hat. Aber selbst wenn es die Möglichkeit gäbe, habe ich beschlossen: Nein, ich will nicht von vorne anfangen.

Dieser Beschluss ist das eine, dabei zufrieden sein das andere. Ich bin sechzig und will das dritte Drittel vom Kuchen mit einem guten Gefühl starten. Das gute Gefühl ist wichtig. Die Frage »Wer will schon älter werden?« will ich mit einem eindeutigen, frisch herausgerufenen »Na, ich!« beantworten. Was brauche ich dafür, welche Zutaten muss ich besorgen, welche Rosinen und wie viel Zuckerguss, und vor allem: Wer hat das Rezept?

BEWEGLICH BLEIBEN

Im vergangenen Jahr hatte ich auch Geburtstag, ebenfalls am 19. April, ich wurde halt nur noch nicht sechzig, ich wurde neunundfünfzig. Anke und ich haben das mit den Geschenken eingestellt. Erstens habe ich alles, was ich brauche, und wenn ich etwas ganz Tolles für meine Frau finde, dann kann ich eh nicht bis zu ihrem Geburtstag abwarten, ich bin ein Schnellschenker. Meine Kinder wissen auch, wenn jemand die ultimative Idee hat, ist ein Geschenk natürlich etwas Tolles, wenn nicht, bin ich für eine Erdbeersahnetorte immer zu haben.

Zu jenem besagten neunundfünfzigsten Geburtstag waren meine Kinder der irrigen Ansicht, sie hätten die ultimative Idee. Ich bekam ein Fitness-Armband. Nun muss man sich bekanntlich freuen, wenn man etwas geschenkt bekommt, also rupfte ich mir die teure Schweizer Uhr vom Handgelenk und schmückte selbiges nun mit einem Ding aus schwarzem Kunststoff, das mir auf Knopfdruck die Uhrzeit anzeigte. Das schaffte meine teure Schweizer Automatik auf erheblich elegantere Weise. Aber wir waren ja noch nicht fertig.

Nachdem ich die notwendige App auf mein Smartphone downgeloadet hatte, oder besser, nachdem mir die notwendige App von meiner Tochter auf das Smartphone downgeloadet wurde, erfuhr ich, dass mich dieses Plastikarmband auch über meinen Puls – den aktuellen und den Ruhepuls –, die Anzahl meiner Schritte, die am Tag zurückgelegte Strecke, meinen Kalorienverbrauch und meinen wie auch immer festzustellenden Schlafindex informieren würde. Und mir würde jeden Abend per Vibration gratuliert, wenn ich zehntausend Schritte zurückgelegt hätte.

Ich erwähnte ja bereits, dass man sich über Geschenke freuen muss, also sagte ich in meiner Dankesrede auch nicht, dass ich so ein Ding überhaupt nicht brauche, weil ich ja sowieso jeden Tag zehntausend, also mindestens zehntausend Schritte zurücklege.

Ich trug das Ding tatsächlich. Ich bin ja ein guter Vater, aber ich habe nicht sehr oft draufgeguckt, manchmal natürlich, wenn das Ding wieder mit einer Vibration nervte, weil es meinte, ich wäre in der letzten Stunde nicht aktiv gewesen. Das schwarze Plastikgerät an meinem Handgelenk war der Ansicht, eine Stunde sei nur dann als aktiv zu betrachten, wenn ich zweihundertfünfzig Schritte absolviert hatte. Ich fand, wenn ich auf dem iPad bei *Angry Birds* sechzig Schweine abgeschossen hatte, war das auch nicht von Pappe, aber erzählen Sie das mal einem südkoreanischen Sportuhrenprogrammierer beziehungsweise seinem Fitness-Armband.

Wenn meine Tochter ihren Besuch ankündigte, lag das Ding vorsichtshalber auf dem Schreibtisch am Aufladekabel. Wenn sie eine Frage bezüglich meiner Fitnessfortschritte stellte oder vorwurfsvoll auf die freie Stelle an meinem Handgelenk deutete, konnte ich mit »Lädt gerade!« größere Enttäuschung der Nachkommenschaft vermeiden. Drei Tage nach meinem Geburtstag war ich zu Gast bei der allmorgendlichen Talkshow *Volle Kanne* im ZDF. Die Redakteurin zeigte lächelnd auf mein schwarzes Plastikbändchen und sagte: »Na, auch zur höheren Einsicht gekommen?« Gestern sei Detlef D. Soost zu Gast gewesen, und der hätte gesagt: »Nach der Coronakrise gibt es zwei Sorten von Deutschen. Die einen sind fit, und die anderen sind fett.« Ich hatte mir in den letzten Jahren einige Ausbuchtungen um die Körpermitte herum zugelegt, und so viel war klar: Noch fetter ging nicht!

Eines Abends – Anke hatte gerade Chorprobe im Home-Office, das Büro war also belegt, im Fernsehen kam nix, dieses Mal lag das iPad an der Ladestation, die Schweine waren in Sicherheit – kontrollierte ich aus purer Langeweile meine Werte in der Fitness-Uhr-App.

Ooooookaaaaaay!

Ich war an jenem Tag an zwei von neun Stunden aktiv gewesen, und ich hatte 0,97 Kilometer zurückgelegt, für die ich 1.211, in Worten eintausendzweihundertelf Schritte benötigt hatte. Eintausendzweihundertelf.

Das – war – bla – ma – bel!

Eintausendzweihundertelf. Detlef D. Soost würde sehr laut schimpfen. Ich ging einmal ums Haus: eintausendvierhundertvier. Um auf zehntausend Schritte zu kommen, hätte ich also knapp fünfzigmal ums Haus latschen müssen. Mein südkoreanischer Programmierer wäre begeistert, meine Nachbarn würden sich Sorgen machen, und die wären berechtigt.

Ich setzte mich wieder auf mein Sofa, schnappte mir den Laptop und googlete: »10.000 Schritte«!

Herr und Frau Google fanden innerhalb von 0,33 Sekunden 1,16 Millionen Einträge im Netz. Wow! Ich landete auf Seiten wie »klinikumbielefeld.de«, »fitbook.de«, »carpediem.life« oder »sanitas.com«. Da war ich noch nie gewesen. Aber irgendwas musste ja wohl dran sein. 1,16 Millionen Einträge. Ich klappte meinen Laptop zu. Morgen. Morgen ist auch noch ein Tag. Morgen fange ich an. Zehntausend Schritte.

Anke sang mit ihren Mädels im Home-Office *Immer, immer wieder geht die Sonne auf* von Udo Jürgens. Das ist ihr

Corona-Stück. Ich stellte mein leeres Weinglas in die Spülmaschine und ging ins Bett. Als ich da so lag, dachte ich an morgen. Mir fiel ein altes Lied von John Denver ein: *Today is the first day of the rest of my life.*

»… and look forward to my growing old.
To grow old is to change,
To change is to be new,
To be new is to be young again!«

Na, dann mal los. Ich schlief ziemlich gut.

Gedanken wollen oft – wie Kinder und Hunde –, dass man mit ihnen im Freien spazieren geht.
Christian Morgenstern

WIE VIELE SCHRITTE SOLLEN ES DENN NUN SEIN?

2020 waren die Olympischen Sommerspiele in Tokyo ja coronabedingt ausgefallen, 2021 fanden sie ohne Zuschauer statt, aber 1964 gab es die Olympiade schon einmal in Tokyo, die Stadien waren voll, und die Japaner waren damals schier aus dem Häuschen. Alle wollten Sport treiben. Das machte sich die Firma Yamasa zu Nutze. Sie brachte mit großem Erfolg den ersten transportablen Schrittzähler auf den Markt, er hörte auf den wohlklingenden Namen »Manpo-kei«, was mich zunächst einmal an eine thailändische Suppenspezialität denken ließ, aber »Manpo-kei« heißt »Zehntausend Schritte«. Diese Zehntausend-Schritte-Regel, die man heutzutage bei einer Google-Suche 1,16 Millionen Mal im Netz findet, ist also keineswegs das Ergebnis irgendwelcher medizinischer Studien, sondern einfach das Resultat eines alten Werbegags.

Die medizinischen Studien gab es trotzdem, allerdings erst nachdem der damalige IOC-Präsident Avery Brundage in Tokyo bei der Schlussfeier gesagt hatte: »See you 1968 in Mexico City!« Bei jenen Olympischen Spielen fanden bekanntlich erstmals Dopingkontrollen statt.

Mittlerweile ist eine Menge geforscht worden, und einiges steht fest, zum Beispiel, dass unser Körper einfach nicht dafür konzipiert wurde, zehn Stunden am Tag zu sitzen und auf einen Computer oder ein Smartphone zu stieren.

Die NASA hat »Bettruhestudien« durchgeführt und dabei festgestellt, dass sich im Körper selbst junger gesunder Testpersonen, wenn sie über längere Zeit ruhten und körperliches Training nur im Liegen absolvierten, Entzündungsreaktionen abspielten, die an einer erhöhten Konzentration von Entzündungsmarkern gemessen werden konnten. Ich hatte von diesen Studien vorher noch nie gehört, obwohl ich in meiner Studienzeit auch einige »Bettruhestudien« durchgeführt hatte. Ich erinnere mich noch sehr gut an einen frühen Morgen im dritten oder vierten Semester, als der Radiowecker wie jeden Morgen mit dem Mittagsmagazin auf WDR 2 seinen Dienst aufnahm. Ich blinzelte müde in den neuen Tag und vernahm die sonore Stimme des Moderators Klaus Jürgen Haller, der seine Hörerschaft mit dem Satz begrüßte: »Guten Tag, meine Damen und Herren, guten Morgen, liebe Studenten.«

Wir Menschen sind halt für ein Leben in freier Wildbahn geschaffen worden, wir sind vor dem Löwen weggelaufen und dem Schwein hinterher. Wir waren immer in Bewegung, und das ging lange gut. Als ich acht, neun Jahre alt war, hörte ich regelmäßig den Satz: »Geh mal raus an die frische Luft!« Dass meine Mama damit dafür sorgte, dass ich, kleiner, dicker Junge, der ich war, nicht noch dicker wurde, war ihr wahrscheinlich nicht bewusst. Aber es war so. Im Lastenheft bei unserer Entwicklung stand fett gedruckt: »Mensch, tagsüber ständig in Bewegung!« Ein chinesisches Sprichwort besagt: »Nur tote Fische schwimmen mit dem Strom.« Wenn ich mit dem Fahrrad den Berg hochwill, muss ich mich bewegen. Wenn ich nicht mehr strampele, geht's bergab!

Ich habe bei meinen Recherchen in diversen Studien sämtliche Zahlen zwischen 4.000 und 18.000 Schritten gelesen, ich will und kann nicht sagen, welche Zahl da richtig ist. Forscher der Universität in Stanford haben bei einer Schrittzählerstudie herausgefunden, dass die Deutschen im Schnitt gut 5.000 Schritte pro Tag gehen. Die WHO empfiehlt eben die 10.000 Schritte. An der Harvard Medical School fand man heraus, dass Frauen, die 4.400 Schritte am Tag gingen, gesünder waren als solche, die nur 2.700 Schritte gingen. Ach was! Eine Studie kam zu dem Ergebnis, dass man diesen Vorteil nicht endlos steigern kann. Ab 7.500 Schritten nimmt der Gesundheitsbenefit nicht mehr weiter zu.

Vielleicht wäre 7.777 die exakt richtige Zahl, vielleicht aber auch 13.549. Auf jeden Fall haben viele Schritte eine sehr positive Wirkung auf unsere Gesundheit. Unsere Muskeln brauchen nämlich Aufgaben, und weil wir bei der Schöpfung oder der Evolution eben nicht als Couch-Potatoes konzipiert worden sind, wirkt es sich sehr vorteilhaft aus, wenn unsere Muskeln mehr zu tun haben, als unseren Körper vom Bett in die Küche und zurück zu bewegen und ab und zu mal einen Kasten Bier aus dem Kofferraum in die Wohnung zu hieven. Das gilt insbesondere dann, wenn wir auf der Couch auch gerne mal Potatoe-Chips oder einen Schokoriegel zu uns nehmen.

Ich habe das Phänomen mit den Muskeln und dem Zucker mal genauer recherchiert. Dabei ist mir aufgefallen, Mediziner lieben Fremdwörter. Das wird nicht einfach, aber legen Sie dieses Buch während der nächsten zwei Absätze bitte nicht aus der Hand. Vertrauen Sie mir!

Also: Unsere Muskeln brauchen Nahrung, diese Nahrung ist Glucose. Vor allem durch kohlenhydratreiche Nahrung spülen wir große Mengen Glucose ins Blut. Damit die Glucose von den Muskel- und Fettzellen aufgenommen werden kann, benötigt der Körper ein Hormon, das die Permeabilität, zu Deutsch die Durchlässigkeit der Zellmembran, erhöht. Dieses Hormon wird in den Beta-Zellen der Bauchspeicheldrüse produziert, die Beta-Zellen liegen in den sogenannten

»Langerhans-Inseln«, daher leitet sich der Name des Hormons »Insulin« ab. Das Insulin sorgt nun dafür, dass die Muskelzellen die Glucose aus dem Blut aufnehmen, und senkt so den Blutzuckerspiegel.

Würde das nicht passieren, blieben sehr viel Glucose und Insulin im Blut, die nicht von den Zellen aufgenommen werden. Liegt im Blut eine überhöhte Insulinkonzentration über einen längeren Zeitraum vor, so spricht man von Insulinresistenz, die Glucose wird im Fettgewebe eingelagert, es kommt zu hohem Blutdruck. Das vermehrte Bauchfett hat auch negative hormonelle Wirkungen, zusammen entstehen so die sogenannten Zivilisationskrankheiten: Bluthochdruck, Fettstoffwechselstörungen, Arteriosklerose.

Boah! Verstanden? Ich habe Stunden dafür gebraucht. Na, dann übersetzen wir das mal ins Deutsche:

Wenn wir uns einen schönen Teller Bratkartoffeln reinschieben, sitzen die Muskelzellen dabei sozusagen auch am Esstisch und hauen immer mit dem Besteck auf die Tischplatte. »Hunger, Hunger, Hunger!« Der lange Hans sitzt in der Bauchspeicheldrüse auf seiner Insel und denkt so bei sich: »Ja, ja, die Muskelzellen, die kleinen Racker. Die können nie genug kriegen. Na, dann jage ich doch mal wieder ein bisschen Insulin in die Blutbahn.«

Nach dem schönen Teller Bratkartoffeln legen wir uns erstmal auf die Couch. Mittagsschläfchen. Die Muskeln haben nix zu tun. Und wenn Muskeln nix zu tun haben, dann gucken die ganz grimmig. Und das kennen Sie ja. Wenn man grimmig guckt, dann presst man die Lippen ganz fest aufeinander. Wenn die Lippen fest aufeinander sind, kriegt man keine Bratkartoffeln rein.

Es ist also alles fast perfekt. Die Kohlenhydrate haben genug Glucose geliefert. Die Insuline stehen bereit, um den Muskelzellen den Zucker in den Mund zu schaufeln, aber wir liegen auf der faulen Haut, der Muskelzellen-Mund schmollt, Insulin und Glucose gucken ganz schön dumm aus der Wäsche.

Wenn wir jetzt von der Couch aufstehen und einen Halbmarathon absolvieren, dann lachen die Muskelzellen lauthals, der Schlund steht sperrangelweit offen, und die Insuline schaufeln die Glucose da rein, dass es nur so blubbert.

Aber nach dem Halbmarathon haben wir erstmal genug, und dann kommt auch noch Muskelkater, und irgendwann muss auch mal gut sein. Wir liegen wieder zwei Tage auf der Couch. Die Lippen sind wieder fest aufeinandergepresst.

Dreimal Leistungssport in der Woche führt zu drei Zeitspannen, in denen die Glucoseaufnahme durch die Muskeln ganz wunderbar funktioniert, aber dazwischen wird immer wieder geschmollt.

Gehen wir aber zehntausend Schritte jeden Tag, dann bleiben die Muskelzellen-Münder geöffnet. Sie kennen doch den schönen Ausdruck: »Die kriegen das Grinsen nicht mehr aus dem Gesicht!«

Das bedeutet, dass die Insulinaufnahme aus dem Blut permanent gut funktioniert. Aktuelle Studien haben gezeigt, dass die Wahrscheinlichkeit, eine Typ-2-Diabetes zu bekommen, umso stärker sinkt, je mehr Schritte wir durchschnittlich am Tag gehen. Wenn wir tatsächlich zehntausend Schritte schaffen, liegt diese Wahrscheinlichkeit bei null.

DER ERSTE TAG VOM REST DES LEBENS

Ich wurde früh wach. Es war noch nicht mal sieben, aber ich war ja auch am Vorabend sehr früh im Bett gewesen. Ich stand auf und ging unter die Dusche. Danach versuchte ich, im Spiegel an mir vorbeizusehen. Es ging nicht. Ich füllte den Spiegel komplett aus. Wenn das der erste Tag vom Rest des Lebens war, dann musste ich jetzt auf die Waage. Ich brauchte das Anfangsgewicht, den Start der Entwicklung. Ich war schon fast auf dem Weg zu meinem Nachttisch, neben dem sich meine Personenwaage seit Monaten nutzlos fühlen musste.

Moment! Wenn ich mir vor dem Wiegen die Haare föhnte, wäre das erste Pfund bestimmt schon weg. Gut ausgeschlafen, frisch geföhnt und eigentlich frohgemut betrat ich die Waage. Nee, ne? Noch einmal runter von der Waage, Brille geputzt und wieder rauf auf die Waage. Das Ergebnis blieb dasselbe. Über einhundertdreißig Kilo.

Was hatte Detlef D. Soost gesagt? »Nach der Coronakrise gibt es zwei Sorten von Deutschen. Die einen sind fit, und die anderen sind fett!« Spätestens an diesem Morgen stand fest: Noch fetter geht nicht!

Anke fragte verschlafen: »Fährst du Brötchen holen?«

»Ja, klar!«

Ich zog mich an, küsste meine Frau zärtlich auf die Stirn

und stieg die Treppe hinunter. Bevor ich Brötchen holen ging, machte ich mir einen Kaffee und setzte mich an meinen Schreibtisch.

Manche Leute sammeln Briefmarken, andere Leute sammeln Münzen oder Strafmandate. Ich kaufte seit einigen Jahren jede lustig bedruckte Moleskin-Kladde, die ich kriegen konnte. Eine Kladde habe ich immer dabei. Jede Idee, die ich auf Tournee in irgendeinem Hotelbett ausgebrütet habe, steht in dieser Kladde.

Jeder kreative Mensch, der zwischendurch in Hotelbetten übernachtet, braucht Notizblocks, aber die dürfen niemals auf dem Nachttisch liegen. Ich habe einmal die wunderbare Geschichte von Billy Wilder gelesen, der nachts immer wieder großartige Ideen für Geschichten und Filme hatte. Wenn er am nächsten Morgen erwachte, wusste er noch, dass er eine fantastische Idee hatte, er wusste aber nicht mehr welche. Also besorgte er sich einen Notizblock, den platzierte er auf dem Nachttischchen, er legte einen Bleistift daneben, und als die nächste nächtliche Idee sein Hirn durchwaberte, griff er sich Bleistift und Papier und notierte den Gedanken.

Als er Stunden später aufwachte, geschah dies mit einem Lächeln auf den Lippen, denn er wusste ja, er hatte in dieser Nacht eine tolle Idee, und nicht nur das, er hatte auch Stift und Papier gehabt. Er schwang beschwingt die unteren Extremitäten aus der Liegestatt, ergriff den Notizblock und las: »Boy meets girl!«

Ich habe es von Billy Wilder gelernt, man darf den Notizblock nie neben das Bett legen. Man muss aufstehen, raus aus dem Halbschlaf, sich an den Schreibtisch setzen, den gibt es in jedem Hotelzimmer. Erst dann darf man seine Gedanken notieren. Dafür sammle ich meine besonderen Notizbücher. Ich habe ein Heft aus der Peter-Pan-Reihe, es ist grün, und darauf steht: »All children, except one, grow up.« Da notiere ich die schönsten Zitate aus Büchern, die ich finde. Da steht zum Beispiel: »Nimmt sich der Apfel in einem riesigen Obstgarten so wichtig wie wir? Oder ein Blatt im Wald – oder ein Sandkorn am Meeresstrand?« Das habe ich in *Sommerwogen* von Mark Twain gefunden.

In einer anderen Kladde notiere ich meine Erfahrungen mit Weinen, in wieder einer anderen schreibe ich Reiseerinnerungen auf. In meinem Büroschrank fand ich noch ein gänzlich unbenutztes Heft, mit festem gelben Einband. Kein Sinnspruch war auf den Einband gedruckt, da war nur ein Bild von Homer Simpson, in Schwarz auf Gelb, wie es sich für Homer Simpson gehört. Ich sah mir den Bengel an. Unsere Frisuren waren sehr unterschiedlich, die Figur fast identisch.

Ich schlug das Buch auf, nahm meinen Füllhalter und schrieb: »The First Day of the Rest of my Life.«

Darunter schrieb ich: »Tag 1: 132,4 kg«.

Ich zog mir eine Jacke über. Es war ein trister grauer Aprilmorgen. Ich nahm den Autoschlüssel vom Haken, zog die Haustür hinter mir zu, ging zum Wagen, ging am Wagen vorbei. Ich ging zu Fuß zum Bäcker.

Ich wohnte mittlerweile seit dreißig Jahren in diesem Dorf zwischen Köln und Bonn. Ich mag diesen Ort. Ich bin in fünfundzwanzig Minuten in der Kölner Innenstadt, in zehn Minuten in der Bonner Innenstadt, in fünfzehn Minuten erreiche ich den ICE-Bahnhof in Siegburg und in zwanzig Minuten den Flughafen Köln-Bonn. In diesem Dorf habe ich meine Kinder aufwachsen sehen, hier war ich sieben Jahre lang der Sankt Martin, hier habe ich dem Pizza-Dienst das Überleben gesichert, hier kenne ich viele ganz, ganz nette Leute, hier bin ich an Kneipentresen versackt, hier habe ich alles gemacht. Hier bin ich in dreißig Jahren niemals zu Fuß zum Bäcker gegangen.

Es kostete mich einige Überwindung, beim Frühstück

nicht sofort von meinen Erlebnissen zu erzählen. Aber hätte Anke es verstanden? Ja, ich war stolz. Am Gartentor hatte ich meine Schritte gecheckt. Sechshundertvierundvierzig! Und als ich mit der Brötchentüte und der Tageszeitung unter dem Arm wieder das Haus betrat, waren es fast zweitausend, jetzt schon mehr als am ganzen gestrigen Tag. Aus der Tageszeitung lächelte mir Alice Cooper entgegen. Der alte Rocker meiner Jugend wurde mit den Worten zitiert: »Vielleicht ist dieses Virus Gottes Weg, uns zu sagen: Nehmt ein Jahr frei!«

Beim Frühstück überlegten wir, was es zum Abendbrot geben sollte. Für heute waren fast zwanzig Grad angesagt. Man konnte über Angrillen nachdenken. »Fährst du zum Edeka und holst uns was zum Grillen?« Natürlich, aber ich nahm wieder nicht das Auto. Ich schnappte mir den Fahrradkorb und fuhr mit der Gazelle zum Edeka.

Strahlend blau war der Himmel an diesem Tag im April. Am Nachmittag kratzte die blaue Säule im Thermometer beinahe an der Zwanzig-Grad-Marke. Am Abend war es deutlich kühler, ich hatte einen warmen Pullover übergeworfen. Die Frühlingssonne hatte sich in meinem Herzen festgesetzt. Ich genoss sie noch um neun Uhr abends. Am Himmel war sie längst untergegangen, aber nicht in mir.

Wir standen auf der Terrasse. Wir waren dick eingepackt. Ich hatte die Propanglasflasche zugedreht und kratzte mit der Stahlbürste den Grillrost blitzeblank. Ich war so zufrieden, wie man es nur sein kann, wenn man richtig satt ist. Der Blanc de Noir von Meyer-Näkel war der perfekte Wein, um diesen sommerlichen Frühlingstag abzuschließen, und ich war sehr aktiv gewesen. Ich war auch ein bisschen stolz. Ich nahm noch einen Schluck Blanc de Noir, und dann drückte ich sehr bewusst und sehr optimistisch auf den seitlichen Knopf meines Fitness-Armbandes.

Siebentausenddreihundertachtundvierzig?

Siebentausenddreihundertachtundvierzig!

Ich hätte schwören können, es waren vierzehntausend. Ich war aktiv gewesen. Ich war zu Fuß zum Bäcker gegangen! Siebentausenddreihundertachtundvierzig! Es waren zu wenig.

Gut, dann morgen. Das hatte John Denver damals wohl nicht kapiert. Es muss nicht heißen »today«, sondern »tomorrow is the first day of the rest of my life«!

Nächster Tag, nächste Chance. Wieder zu Fuß zum Bäcker, und am Vormittag hatte ich auch noch einen Arzttermin. Mein Arzt hat seine Praxis im dritten Stock. Auf dem Hinweg nahm ich noch den Aufzug (bei zwei Etagen hätte ich noch mit mir reden lassen …), aber auf dem Rückweg genoss ich jede Stufe einzeln. Wenn mir ein Vibrieren am linken Handgelenk eine »inaktive Stunde« ankündigte, taperte ich brav ums Haus, bis mir ein erneutes Vibrieren signalisierte: »250/250«. Ich hatte meine Schrittzahl für diese Stunde erreicht.

Am Ende des Tages kam ich auf sieben aktive Stunden, ein echter Erfolg, und auf achttausendvier Schritte. Wieder zu wenig. Verdammt. Ich war mir sicher, es hätte gereicht.

»Tomorrow is the first day of the rest of my life!«

Aber morgen würde es schwieriger. Ich hatte einen Fernsehtermin beim MDR in Leipzig, und Leipzig ist nicht der Bäcker. Nach Leipzig gehst du nicht zu Fuß.

Jetzt muss ich zunächst einmal eins erklären: Ich bin Tourneekünstler. Ein Tourneekünstler heißt Tourneekünstler, weil er ständig auf Tournee ist. Da setzt sich der Tourneekünstler in sein Auto. Sobald er die Autobahn erreicht hat, wählt er ein interessantes Hörbuch, danach hält er nur noch dann an, wenn er dringend eine Toilette braucht oder eines dieser lustigen Frikadellen- oder Hähnchenbrust-mit-Curry-Brötchen aus der Auslage an der ARAL-Tankstelle. Sonst nicht!

Nun hatte der Tourneekünstler aber plötzlich ein doofes schwarzes Armband am linken Handgelenk, das ihn stets zehn Minuten vor der vollen Stunde daran erinnerte, dass der alte Körper nach Aktivität gierte. Parkplatzschild, Blinker rechts, kurzer Zwischenstopp, zweihundertfünfzig Schritte und wieder rein in den Boliden.

Nach der zweiten ungewohnten Unterbrechung änderte ich die Taktik. Ich steuerte zehn vor voll den Rastplatz an, absolvierte zwischen zehn vor und voll zweihundertfünfzig Schritte, checkte auf der Uhr, dass der Minutenzeiger die Zwölf passiert hatte, und schloss direkt noch einmal zweihundertfünfzig Schritte an. Haha, Blitzbirne! Das war doch das, was man uns schon im *7.Sinn* und der *ADAC Motorwelt* immer schon gepredigt hatte: auf längeren Strecken öfter mal ein Päuschen einlegen, sich ein bisschen bewegen, alles richtig gemacht. Und jetzt hatte ich fast zwei Stunden bis zum nächsten Vibrationsalarm, wenn ich dann nicht schon in Leipzig war. Ich gab Gas!

Die Proben zur Fernsehsendung fanden im Studio in der Media-City Leipzig statt. Ich überlegte kurz, ob ich den Weg vom Hotel zum Studio zu Fuß zurücklegen könnte. 4,7 Kilometer, unmöglich. Ein formschönes weißes Shuttle des MDR holte mich am Hotel ab. Ich hatte einen tollen Tag mit Stefanie Hertel und Johnny Logan, die große Show ohne Publikum, Corona sei Dank! Es war trotzdem ein Riesenspaß.

Ach ja, fünftausenddreihundertvier Schritte. Klar, an diesem Tag hatte mir das Schicksal einfach keine Chance gegeben. Der nächste Tag war der Aufzeichnungstag. Das Shuttle würde mich um 14.00 Uhr am Hotel abholen. 14.00 Uhr, aber den Vormittag würde ich nutzen.

Ich konnte es mir aussuchen. Vom Hotel aus war es ungefähr die gleiche Strecke zum Leipziger Auwald oder zum Clara-Zetkin-Park. Ich entschied mich für den Auwald.

Ein Traum. Ich bin aus dem Rheinland ja eher Nadelholzwälder gewohnt. Der Auwald sieht anders aus. Stieleichen, Eschen und Ahorne zeigten schon ihr frisches Frühjahrsgrün, und auf dem Boden war die Hölle los. Ich kannte die Pflanzen zunächst einmal nicht, aber ich habe nachgeschlagen. Das waren wohl Scharbockskraut, Schlüsselblumen und Märzenbecher, die da um die Aufmerksamkeit von Spaziergängern und Insekten buhlten. Auch der Bärlauch begann zu blühen. Wenn ich früher mit meinen Eltern durch den Hemmerder Schelk bei Unna gegangen war, um Maiglöckchen zu pflücken, die da in großer Zahl wuchsen, dann stand meine Mutter immer auf dem Waldweg und sagte pathetisch: »Kinder, atmet!« Ja, das war eine prima Idee. Ich möchte sagen, es nicht zu tun wäre sicher falsch gewesen. Nun ging ich durch den Leipziger Auwald, und ich atmete. Toll.

Ich war pünktlich zurück im Hotel, ich saß pünktlich im Shuttle, und wir hatten viel Spaß im Studio. Nach der Show tranken wir mit Corona-Abstand ein Glas Wein, und ich drückte verstohlen auf mein Fitness-Armband. Über elftausendachthundert Schritte. Geschafft! Das erste Mal waren es über zehntausend Schritte. YES!

Die Auftritte für die nächste Zeit waren abgesagt. Vielleicht hatte Alice Cooper recht, und ich hatte jetzt ein Jahr Pause. Okay, die Pause würde ich nutzen.

WAS HATTE ICH DENN NUN GELERNT?

Eines war mir in den letzten Tagen klargeworden. Als ich meinen Kindern gegenüber felsenfest behauptet hatte, zehntausend Schritte würde ich ohnehin jeden Tag gehen, lag ich nicht nur falsch. Ich lag komplett daneben. Es war nicht nur so, dass es Tage gab, an denen ich diese »magische« Grenze nicht erreichte. Wenn ich bei meinem normalen Tagesablauf blieb, würde ich sie ständig um Längen verfehlen. Es genügte eben nicht, den Weg zum Bäcker zu Fuß zurückzulegen, öfter mal die Treppe anstatt des Aufzugs zu nehmen oder einmal ums Haus oder um die Raststätte zu laufen, wenn das Armband vibrierte. Als ich in Leipzig durch den Auwald gegangen war, hatte ich mühelos die zehntausend Schritte übertroffen.

Moment, was war das gerade für ein Wort? Richtig: Mühelos! Ich wusste, das war jetzt ein wichtiger Gedanke. Den musste ich sofort aufschreiben. Ich nahm meine gelbe Homer-Simpson-Kladde und kritzelte: »Gehen ist MÜHELOS.«

Als ich vor elf Jahren einmal beschloss, sehr viel abzunehmen, verzichtete ich abends nach 17.00 Uhr auf Kohlenhydrate und fing mit dem Joggen an. Ich besorgte mir bunte Laufschuhe, Lauftights in Größe SE und einen leuchtorangefarbenen Joggingsweater. Lauftights heißen Lauftights, weil sie eng anliegen, was gerade ausladenderen Figuren, wie ich eine mit mir herumschleppe, nicht immer sehr schmeichelt.

Nicht umsonst wird ja oft bemängelt, dass in Aufzügen ein Schild mit dem zulässigen Maximalgewicht hängt, in Leggings aber nicht. SE ist schließlich eine Größenangabe und bedeutet: »Small Elephant«.

Mit orangefarbenem Leibchen, zu enger Buxe und bunten Laufschuhen joggte ich los. Am Anfang lief ich zunächst eine Minute und ging eine, dann lief ich zwei Minuten, drei, fünf, und irgendwann schaffte ich locker eine Dreiviertelstunde am Stück. Die Kondition hatte ich also nach einer Weile, aber es war nie »mühelos«. Es war immer eine Überwindung. Ich musste die dicken Schenkelchen in die Lauftights quetschen, den engen Gurt um die Brust spannen, der meinen Puls an die Laufuhr weitergab, die Joggingschuhe anziehen, und dann los. Als ich in den Auwald aufgebrochen war, steckte ich hingegen einfach in einer Jeans, Laufschuhe habe ich sowieso immer an, ich trug ein Polohemd und darüber einen Baumwollpullover, und damit war ich perfekt ausgerüstet. Ich hatte mir nur eine Jacke übergezogen, und los ging's.

Mühelos.

Wie lange war ich gelaufen? Wie viele Schritte von meinem Zehntausender-Ziel hatte ich im Auwald absolviert? Ich wusste es nicht. Warum wusste ich es nicht? Weil ich langsam alt wurde.

Meine Tochter hätte mir bei der Frage »Wie lange war ich gelaufen?« gnädig lächelnd das Fitness-Armband abgenommen und gefragt: »Datum?« Ich hätte natürlich geantwortet »Hä?«, ich wurde ja langsam alt, und sie hätte gesagt: »Wann warst du in Leipzig?« Das Datum hätte ich ihr natürlich nennen können. Es war die Muttertags-Show, da stand das Datum ja quasi im Titel. Ich hätte also geantwortet: »Am Dienstag davor!«, und meine Tochter hätte fast unmerklich den Kopf schüttelnd ihr Handy aus der Tasche gezogen, und drei oder vier Wische mit dem Finger später hätte sie gesagt

»5. Mai!«. Dann hätte sie ein bisschen auf meinem Fitness-Armband rumgetippt, und einige Millisekunden später hätte sie mir Laufzeit, absolvierte Schritte, Anzahl der Sonnenstunden in Leipzig am 5. Mai 2020 genannt. Meine Tochter war aber gerade nicht da. Ich führte in den nächsten Tagen genau Buch.

Wenn ich auf dem Weg zum Bäcker den kleinen Umweg am Rhein entlang machte, hinter dem Sportplatz längs, am Parkplatz beim Italiener hoch zum Seniorenhaus St. Angela, dann beim Gemüsebauern Merten vorbei zum Bäcker und hinter der Volksbank links zurück nach Hause, dann waren das 3,4 Kilometer, was ungefähr viertausend Schritte bedeutete. Wenn ich auf dem Hinweg noch den Umweg über den Fähranleger machte, waren es 4,9 Kilometer, und ich hatte schon gute fünftausend Schritte geschafft. Der schöne Gang am Rhein entlang bis nach Widdig zu den Rheinterrassen und oben durch das Dorf zurück waren 7,3 Kilometer. Dann brauchte ich mir über meine zehntausend Schritte gar keine Gedanken mehr zu machen. Entweder das Armband überbrachte vibrierend die gute Nachricht kurz vor dem Hoftor oder spätestens drei Meter danach.

Aber eins war auch sicher. Es reichte nicht aus, den Weg zum Bäcker zu Fuß zurückzulegen, den Aufzug gegen die Treppe zu tauschen oder einmal rund um den Rastplatz zu laufen. Ich musste mir jeden Tag eine Stunde, na, sagen wir eine halbe Stunde gönnen, in der ich ging! Gehen. Nicht laufen. Eine halbe Stunde. Das musste doch verdammt nochmal drin sein. Das kriege ich doch hin, das schaffe ich doch! Mühelos!

Golf ist in Wirklichkeit ein
verdorbener Spaziergang.
Mark Twain

HAST DU NOCH SEX, ODER SPIELST DU SCHON GOLF?

Ich hatte in den vergangenen vierzehn Jahren immer wieder Tage, an denen mein Schrittzähler mühelos in fünfstellige Bereiche vorgedrungen wäre, allerdings besaß ich damals noch keinen Schrittzähler. Die Geschichte begann mit der Planung eines Familienurlaubs im März 2007, gebucht war ein Ferienclub in Malaga, der Granada hieß. In diesem Urlaub wollte ich meine Segelfähigkeiten ausbauen, nachdem ich ein paar Jahre zuvor in einem ähnlichen Club einen Katamaran-Schein gemacht hatte. Meine Lieblingsreiseverkehrskauffrau Regina meinte, das sei eine hervorragende Idee, zumal der Wind in Andalusien gerade im März gerne mal etwas heftiger weht, und für den Fall, dass der Mast des Zweirumpfbootes mal wieder nach unten zeigen sollte, wäre der Aufenthalt im Mittelmeer sicher sehr erfrischend, die Wassertemperatur läge in dieser Zeit bei etwa siebzehn Grad.

Beide Argumente führten dazu, dass ich die Idee mit dem Segelabenteuer noch einmal überdachte, und als ich Regina nach alternativen Sportengagements fragte, glaubte ich durch das Telefon hören zu können, wie sie grinste.

Sie schlug Bogenschießen vor, außerdem befinde sich ein Golfkurs zur Erlangung der Platzreife im Angebot des Clubs. Wenn mir irgendetwas am verlängerten Rücken vorbeigeht, dann ist es Bogenschießen, also tagte während eines sonntäglichen Frühstücks der Familienrat und beschloss bei Enthaltung der maulenden Kinder die Buchung des Golfkurses.

Beim Golfsport platziert man einen kleinen weißen Ball auf ein wenige Zentimeter hohes nagelähnliches Holzständerchen, nimmt den größten Schläger, den man im Golfbag hat, und befördert den Ball mittels eines treffgenauen Schlages ein paar hundert Meter nach vorne. Dem Ball geht man hinterher, und wenn man ihn gefunden hat, haut man ihn wieder weg, bis man irgendwann auf dem Grün landet, wo mittels einer Fahne ein kleines Loch von Weitem sichtbar gemacht wird, in das man den Ball dann hineinbugsiert. Den Weg vom Holzständerchen bis zum Loch nennt man Bahn, und davon verfügt so ein Golfplatz im Allgemeinen über achtzehn Stück. Spielt man alle achtzehn Bahnen, kommt man locker auf eine fünfstellige Schrittzahl, die auch gerne mal mit einer Vierzehn oder Fünfzehn beginnt. Haut man den Ball ins hohe Gras oder in ein Waldstück, muss man durchs Gelände gehen, um ihn zu suchen, wodurch sich direkt wieder einige hundert Schritte dazuaddieren. Die gesamte Tragweite des Unterfangens ahnten wir nicht, als wir am heimischen Küchentisch den Beginn unserer Golfkarriere beschlossen.

Nun haut man als Anfänger häufiger mal mit dem Schläger die Grasnarbe kaputt, oder man befördert den Ball gegen das Clubhaus statt auf die Spielbahn. Es ist halt ein anspruchsvoller Sport. Man sagt, der Golfschwung sei nach dem Stabhochsprung die komplexeste Sportbewegung. Da stellt sich natürlich die Frage, warum macht man es dann?

Nun, der erste Grund ist, für Stabhochsprung bin ich zu fett, und der zweite Grund ist dieser eine Schlag, der unter hunderten von Krampen auch dabei war. Es gab diesen einen Schlag, bei dem man die Berührung des Balles durch die Schlagfläche kaum gespürt hatte. Der Ball stieg majestätisch in das Blau des Himmels und flog kerzengerade einhundertfünfzig Meter weit mitten auf das Fairway, wie der anglophile Golfspieler seine Spielbahn nennt. Man steht da, sieht seinem Ball hinterher und denkt so bei sich: Okay! Tiger Woods und ich, wir haben's drauf. Und dann hängst du an der Nadel, du willst ihn wieder haben, diesen einen Schlag. Er kommt auch. Er kommt selten, aber er kommt oft genug, damit du an der Nadel hängen bleibst. Du bist süchtig, du kommst vom Golf nicht mehr los.

Am Anfang habe ich mir noch einiges Gespött meiner Freunde angehört. Die Frage »Hast du noch Sex, oder spielst du schon Golf?« habe ich zigmal gehört, bevor im Jahre 2010 alle Zeitungen weltweit unisono berichteten, dass Tiger Woods zweifelsfrei nachgewiesen hatte, dass beides geht. Er war Weltranglistenerster im Golf, und er hatte zeitgleich neben seiner bildschönen Frau auch noch vierzehn Affären. Na bitte!

Bei uns im Golfclub spielen dienstags die Frauen ihr Turnier, mittwochs die Männer, und am Donnerstag ist Seniorengolf. Sowohl beim Seniorengolf als auch beim Herrengolf am Mittwoch ist mir aufgefallen, dass viele Leute dabei sind, die die siebzig passiert haben, einige sind schon über achtzig. Diese Ü-80-Sportskameraden spielen nicht nur ein gutes Golf. Auch wenn es natürlich die lustigen elektrischen Golfautos in unserem Club gibt, gehen die meisten die achtzehn Bahnen zu Fuß. Gute zehn Kilometer gehen die Männer vielleicht zwei, drei Mal in der Woche. Sie absolvieren an die hundert komplexe Golfschläge und trainieren damit sehr effektiv ihre Koordination. Das ist gerade im hohen Alter sehr wichtig. Wer seinen Körper nicht mehr gut koordinieren kann, hat zunächst mal ein höheres Sturzrisiko, aber er wird auch bald Schwierigkeiten haben, sein Auto einzuparken.

Es gibt eine schöne Möglichkeit, eine sehr effektive Koordinationsübung in den normalen Tagesablauf einzubauen. Falten Sie morgens im Bad ein Handtuch einmal in der Mitte, stellen Sie sich auf einem Bein darauf, und bleiben Sie beim Zähneputzen so stehen. Am nächsten Tag nehmen Sie das andere Bein. Klingt einfach, aber probieren Sie es mal aus.

Ein befreundeter Orthopäde hatte einen anderen Tipp: »Pass nur auf, dass du dir die Socken weiterhin im Stehen anziehst, nie im Sitzen. Dann klappt das mit der Koordination noch.« Was soll ich sagen? Ich hatte mir die Socken nie im Stehen angezogen. Also probierte ich es aus. Die Art und Weise, wie ich in Unterhose mit einer Socke in der Hand durchs Schlafzimmer hüpfte, hätte Außenstehende wahrscheinlich an einen Flamingo auf der Herdplatte erinnert, zum Glück war kein Außenstehender in meinem Schlafzimmer. Aber Training hilft. Mittlerweile klappt es ganz gut.

Ich habe neulich mit einem Clubmitglied gespielt, das tatsächlich vierundachtzig Jahre alt ist. Der Mann erzählte mir, er spiele die Runde drei Mal in der Woche. Er lachte: »Ich hab ja Zeit!« Ich schlug den Ball vielleicht ein paar Meter weiter, aber am Ende hatte er mehr Punkte auf der Scorekarte als ich. Ich fragte ihn, wie er das macht, und er antwortete schmunzelnd: »Das ist simpel, ich habe einfach niemals damit aufgehört!«

UND TÄGLICH GRÜßT DER SCHRITTZÄHLER

Ich gehe gerne. Ich ziehe meine Jacke über, öffne die Haustür und gehe einfach los. Es gibt den Begriff »ins Freie treten«. Das sagt doch alles.

Als ich früher eher dem Joggen frönte, war mein Blick meist auf den Boden gerichtet, damit ich mit meinen Quadratlatschen nicht über Zweige, Steine oder Dackel stolperte, was dem Publikum sicherlich ein leichtes Grinsen eingebracht hätte, mir allerdings diverse Prellungen oder gar Schürfwunden. Beim Gehen ist die Gefahr geringer, man kann den Blick frischauf in die Landschaft richten. Und was sind das für schöne Anblicke, die mein Antlitz da erblickt. Denken wir nur an unseren Sportplatz, direkt am Fluss, der vom alljährlichen Rheinhochwasser so oft überflutet worden war, dass der Stadtkämmerer zu dem Schluss kam, wir bauen einen neuen Sportplatz auf der anderen Seite des Dorfes, und der alte Platz wird renaturiert, das wird ein wunderschöner Anblick, und es spart am Ende auch noch Steuergelder. Das stimmt, aber man spart die Gelder natürlich nur, wenn man sich für die passive Renaturierung entscheidet, d. h., man lässt den Ascheplatz so lange liegen, bis die Natur ihn zurückerobert hat. Das wird die Natur ganz sicher hinkriegen, ob ich es hinkriege, das noch mitzuerleben, steht auf einem anderen Blatt.

Ich liebe auch die Passage auf dem Fußgänger- und Radweg entlang der B 9, wo an der Stadtgrenze zwischen Bonn und Bornheim die Elektroroller elektronisch ausgebremst werden. Das ist natürlich nicht leicht für so einen Rollerfahrer. Man knallt zufrieden über den Radweg, genießt den Wind in den Haaren, und dann überlegt sich dieses Gefährt: »Halt, Stadtgrenze, hier muss ich bremsen.« Das ist für den Easy-Rider auf dem E-Roller natürlich enttäuschend. Ich verstehe schon, dass man ein bisschen sauer über das teure Gefährt ist, das da einfach stehen bleibt. Was macht man in so einem Fall? Richtig, man brüllt laut: »Verreck doch, du Mistviech!« Man packt den Roller am Lenker, wo auch sonst, und wirft ihn im hohen Bogen in den Straßengraben, oder auf den Radweg, oder gegen die Bushaltestelle. Ich weiß es nicht genau, ich war bei einer derartigen Rollerentgleisung noch nicht anwesend, aber ich beobachte dort halt regelmäßig Elektroroller im Straßengraben, auf dem Radweg oder neben, auf und hinter der Bushaltestelle.

Im Bereich dieser Teilstrecke sollte also auch der Geher den Blick auf dem Boden halten, man verpasst natürlich den Anblick der formschönen Shell-Tankstelle, aber das lässt sich verschmerzen.

Die Waldstrecke im Kottenforst, diesem Waldstück am Ostrand des Naturparks Rheinland, ist auch immer wieder die Zwölf-Kilometer-Anfahrt wert. Ich parke auf dem Parkplatz meines Golfclubs Römerhof, tapere dann entlang des Römerkanal-Wanderweges hinein in den Forst und folge dem Weg bis zum »Kamelleboom«. Das Wort »Kamelle« kennt jeder, der jemals eine Übertragung des Kölner Rosenmontagszuges im Fernsehen verfolgt hat, bei dem abertausende von Kindern, und solchen, die vorgeben, sich noch als eines zu fühlen, lauthals »Kamelle« brüllen, um pikiert einen Schritt zur Seite zu treten, wenn es danach tatsächlich nur Bonbons regnet. Heute erwartet man da schon ein Schächtelchen Pralinen oder zumindest ein halbes Pfund Gummibären.

Der Kamelleboom war eine hohle Eiche, und wenn die Kinder beim Sonntagnachmittagspaziergang ihren Kopf in die Baumhöhle steckten, regnete es tatsächlich von oben Kamelle, vorausgesetzt, der Papa hatte sich ein paar in die Jackentasche gesteckt und streute sie der Brut pünktlich von oben aufs Haupt.

Heute sind die blattlosen Überreste des einstigen Kamellebooms in Beton gegossen, und sie werfen ein schwaches Licht auf die Qualität der Sehenswürdigkeiten im Rhein-Sieg-Kreis, ein Eindruck, der sich noch verfestigt, wenn man weiterwandert zum »Eisernen Mann«. Auch er, wie der Kamelleboom mittels multipler Beschilderung auf ein besonderes Sightseeing-Niveau gehoben, kann die hohen Erwartungen nur sehr eingeschränkt erfüllen.

Hatte ich beim Kamelleboom noch an eine rheinische Version der »Peitschenden Weide« aus den Harry-Potter-Romanen gedacht, an einen Baum, der mit weit ausladenden Bewegungen seines Geästs Spaziergänger aufs brutalste mit Bonbons beschmeißt, ja, da wurde ich ein wenig enttäuscht, aber beim Eisernen Mann sah ich natürlich die einundzwanzig Meter hohe Skulptur des »Hammering Man« des US-amerikanischen Künstlers Jonathan Borofsky vor mir, die seit 1991 vor dem Messeturm in Frankfurt steht. Bei den ersten vier Versuchen hatte mich der Wanderweg im wahrsten Sinne des Wortes am Eisernen Mann vorbeigeführt. Ich hatte ihn nicht wahrgenommen, schlimmer, ich hatte ihn nicht zu Gesicht bekommen, ich hatte ihn … übersehen.

Der Eiserne Mann im Kottenforst nahe der Ortschaft Bornheim-Brenig ist ein Pfahl, etwas mehr als einen Meter hoch, der wundersamerweise nicht rostet und scheinbar so tief im Boden steckt, dass ihn bisher kein Waldarbeiter aus dem

Boden ziehen konnte – es soll etliche Waldarbeiter gegeben haben, die sich einige Mühe gaben, dieses Ansinnen in die Tat umzusetzen. Ich möchte hier gerne zugeben, der Eiserne Mann ist eher schmucklos, aber es ranken sich mehr Mythen um ihn als um das Schwert Excalibur des König Artus, das ja auch niemand aus dem Boden ziehen konnte. Wenn zum Beispiel die Glocke der Heimerzheimer Dorfkirche um Mitternacht erklingt, dreht sich der Eiserne Mann dreimal um die eigene Achse, und eine Maid, die um Mitternacht zum ehernen Gesellen wandert und ihn dann küsst, kann getrost mit einem guten Gatten rechnen. Der Volksmund ist der Ansicht, dass das der Grund dafür ist, warum der Eiserne Mann von oben »blankgebützt« ist.

Niemand weiß allerdings genau, woher der Brauch rührt, dass jugendliche Gesellen in der Nacht von Pfingstsonntag auf Pfingstmontag am Eisernen Mann rituelle Trinkgelage veranstalten.

Ich gehe meine Hausstrecken gerne, der Rhein sieht an bewölkten Tagen völlig anders aus als bei blauem Himmel. Der Kottenforst im Frühling verändert sich jede Woche, und wenn das Hotel *Rheinterrassen* bald wieder die Terrasse öffnen darf und mir da eine Weißweinschorle mit Ausblick kredenzt wird, dann habe ich noch einen Grund mehr, diese Strecke zum einhundertneunundzwanzigsten Mal zu gehen.

Und doch, einer der größten Vorteile eines Tourneekünstlers ist, dass er regelmäßig auf Tournee ist, und da kann er Schusters Rappen auch mal auf ganz anderen Wegen satteln.

Das Hotel *Seehof* in Berlin, in dem ich immer übernachte, wenn ich wieder eine Woche bei den Wühlmäusen gastiere, liegt am Lietzensee. Der Weg um diesen Innenstadtsee im Bezirk Charlottenburg hat eine Länge von eintausendneunhundertfünfundvierzig Metern, und es war der erste See meiner Läufer- und Gehergeschichte, den ich ohne ausgiebige Rast umrunden konnte. Hätte ich dennoch übernachten müssen, wäre das Hotel ja in der Nähe gewesen.

Ich marschierte in Magdeburg an der Elbe entlang, ich ließ mich liebend gern auf den siebeneinhalb Kilometern rund um die Binnenalster von bunten Joggern überholen. In Hanau hatte ich die Strecke vom Hotel zum Festivalgelände kürzer eingeschätzt, den Rotweinwanderweg an der Ahr genoss ich wie den Rundwanderweg um Schloss Diedersdorf, als ich mit Anke bei Carmen Nebels Weihnachtsshow war.

Das Schöne an Deutschland ist ja, dass es überall anders aussieht, Nordsee, Niederrhein, Schwarzwald, Thüringer Wald, Oberbayern, Kottenforst mit Kamelleboom und Eisernem Mann. Man findet überall einen Weg, auf dem es viel Spaß macht, zu gehen und mit offenen Augen die Landschaft zu genießen.

Es ist immer wieder etwas Besonderes, einen Weg zum ersten Mal zu gehen. Ich bin Bühnenkünstler, ich liebe Premieren. Aber egal ob Erstbegehung oder Wiederholungstat, eines haben alle Wanderrouten gemeinsam. Ich fahre mein Tempo auf Schrittgeschwindigkeit herunter. Keine Überholspur auf der Autobahn, kein Internet, in dem man in Nanosekunden durch die Welt surft. Prozessor aus, Fußsohlen an und Augen auf.

Wenn wir im Radio hören, dass es im Stau auf der A 1 nur in Schrittgeschwindigkeit vorangeht, dann ärgern wir uns. Wir haben doch keine Ruhe, wir haben so viel zu erledigen, so ein Stau kostet uns Zeit. Wenn man aber gerade nicht im Auto sitzt, dann schenkt dir genau diese Entschleunigung Zeit, Zeit für dich, für die Bilder der Natur um dich herum, für die weißen Wolken, die fast noch langsamer sind als du. Zumindest sieht es von unten so aus. Du hast Zeit für die Düfte, die du wahrnimmst, für das Vogelgezwitscher, das du hörst. In Schrittgeschwindigkeit bist du mit allen Sinnen unterwegs.

Trudele durch die Welt. Sie ist so schön, gib dich ihr hin, und sie wird sich dir geben.
Kurt Tucholsky

FERNWEH

Deutschland ist schön, es sieht überall anders aus. Ich werde es ganz sicher in den nächsten Jahren nicht schaffen, Deutschland »abzugehen«. Trotzdem gibt es diese Tage, an denen das Land nicht reicht. An diesen Tagen stellt sich ein seltsames Gefühl ein. Man trifft Freunde und will trotzdem weg, man kann draußen sein und man will trotzdem raus. Wenn Sie auch einmal dieses seltsame Gefühl verspüren, das macht nichts, geben Sie sich ihm hin. Man nennt das Fernweh. Das ist völlig okay! Das Ziel meines Fernwehs ist oft gar nicht weit. Niederlande, Zeeland, Halbinsel Walcheren, Urlaub.

Es gibt ja dieses Gefühl, wie wenn sich einem die Brust zusammenzieht. Sie kennen das. Bei mir hieß sie Anja, die erste große Verliebtheit, damals war ich sechzehn, es war Sonntagnachmittag, mein Mofa war eine rote Zündapp Bergsteiger mit Zweigangschaltung, und ich fuhr zum Tanztee der Tanzschule *Langhans* in Unna. Es waren wunderbare sieben Wochen, dann fand Anja einen, der besser tanzte, aber die Tänze mit Anja hatten mir sieben Wochen lang genau dieses Gefühl gegeben, dass sich die Brust zusammenzieht, und für achteinhalb Monate Selbstbewusstsein.

Ich kenne eine Möglichkeit, dieses wunderbare Gefühl, dass sich einem die Brust zusammenzieht, selbst zu erzeugen. Und es ist ganz einfach. Ich stelle in Zeeland auf der

Halbinsel Walcheren mein Fahrrad am Naturschutzgebiet *De Manteling* ab und gehe den Weg entlang in Richtung Strand. Irgendwann erklimmt der Fußweg den Deich, aber an dieser Stelle, wo man das Meer nur ahnen kann, da verlangsame ich meinen Schritt, und ich nehme ganz bewusst diesen Moment wahr, wenn ich die Nordsee zum ersten Mal sehen kann. Dann bleibe ich stehen, nehme den Moment auf, und ich weiß, ich bin sechzehn, und mein »fiets« ist eine Zündapp Bergsteiger.

Meinen Urlaub in Zeeland genieße ich seit meiner Zehntausend-Schritte-Regel noch intensiver. Es gibt vier Wanderwege im Naturschutzgebiet *Oranjezon*. Es gibt Strandabschnitte, auf denen man fast allein entlangwandert. Und wir haben uns eine Wanderkarte des Wandernetzwerks Walcheren gekauft: »Deiche, Dünen und Wasserläufe«. Bei dem Wandernetzwerk hat sich jemand wirklich etwas Tolles einfallen lassen. Es wurden zweitausendfünfhundert Kilometer Wanderwege angelegt oder ausgewiesen, und das Beste ist, einhundertsechzig Kilometer davon führen über unbefestigte nichtasphaltierte Bauernpfade. Wo sich die Wanderwege kreuzen, befinden sich die Knotenpunkte. Jeder Knotenpunkt hat eine Nummer, und grüne Schildchen mit Pfeilen weisen den Weg zum nächsten Knotenpunkt, den man sich erwandern will. Auf diese Weise gehe ich über Dünen und Deiche, von Westkapelle nach Zoutelande, von Veere nach Vrouwenpolder, und ich kann hier einige Sommer Urlaub machen, bis ich den ersten Weg doppelt gegangen bin.

Gut, ich habe auch Wege gefunden, an denen plötzlich kein grüner Pfeil mehr zu sehen war. Schlimmer war die Lage, als ich grüne Pfeile, aber keinen Weg gefunden hatte. Einmal hatte ich mir eine schöne Wanderstrecke rund um Veere ausgesucht, die Wege führten nicht nur über befestigte Wege, es waren auch Pfade dabei. Einer dieser Trampelpfade führte neben dem Veerse Meer über einen Deich, und mitten auf der Deichkrone lagen und standen Kühe, dicke schwarzweiß gefleckte Kühe, und sahen mich fragend an. Na ja, ich bin ja Kind vom Dorf. Ich bin den Deich runtergeklettert, was nicht so einfach war. Das hatten die Kühe nämlich auch schon gemacht, was sie durch eine große Menge Fladen dokumentiert hatten. Ich bin also unten am Deich durch die Kuhfladen an den Kühen vorbei. Ich glaube, sie haben mich nur sehr peripher beachtet. Ich war ihnen wohl nicht halb so wichtig wie sie mir. Als ich die Kühe passiert hatte und wieder oben auf der Deichkrone meinen Weg fortsetzte, war ich ein bisschen stolz auf mich.

DER BEGINN MEINER E-BIKE-KARRIERE

Das Königreich der Niederlande hat gut siebzehn Millionen Einwohner. Dabei zählt man dreiundzwanzig Millionen Fahrräder, die der Niederländer »fiets« nennt, also verfügt er, vom Baby bis zum Greis, über 1,3 Fahrräder. Man versteht, warum, wenn man auf einem der perfekten Radwege unterwegs ist, die unsere Nachbarn auf siebenunddreißigtausend Kilometer gebaut haben. Wenn man dann noch bedenkt, dass jedes Jahr allein in Amsterdam fünfundzwanzigtausend Fahrräder in den Grachten landen, erkennt man, dass der Drahtesel in den Niederlanden einen weit höheren Stellenwert hat als bei uns.

Auch wir hatten uns gleich zu Beginn unserer zeeländischen Camperkarriere schöne Hollandräder zugelegt. Aber in letzter Zeit hatten wir uns öfter bei kleinen Ausreden ertappt wie »Guck mal da oben die Wolke, das könnte noch einen Schauer geben«. Oder: »Bei dem Gegenwind sollte man das Fahrrad besser im Stall lassen.« Immer häufiger waren die Fahrräder auf dem Ständer geblieben, und wir fuhren mit dem Auto zum Strand.

Es galt, sich zur Ordnung zu rufen. Denn Nicht-Fahrrad-Fahren ist auch keine Lösung. Das hatte ich in frühester Kindheit erfahren. Vielleicht war ich zehn oder elf Jahre alt. Ich hatte mit meiner Schwester und meiner Mutter meine Tante

Karin besucht. Sie wohnte mit meinem Onkel Alfred in der Bahnhofstraße in Unna-Lünern. Heute verfügen wir bekanntlich über Google Maps, das gab es damals nicht. Also, der Weg von Unna-Stockum nach Unna-Lünern betrug, sagt das Internet, 1,9 Kilometer. Mit dem Fahrrad benötigt man für diese Strecke laut Google-Maps-Abfrage vom 13. Mai 2021 sechs Minuten. Laut Ansicht meiner Mutter fünfzig Jahre zuvor, ohne Internet, ohne Google Maps, handelte es sich um eine Weltreise, vor allem, wenn man mit seinen zehn- und fünfzehnjährigen Kindern unterwegs war, die man noch während des Trampelns beaufsichtigen musste. Meine Mutter übertrieb das mit der Aufsichtspflicht. Sätze wie »Pass auf, da kommt ein Auto!« oder »Fahr nicht in der Mitte der Straße!« rufend, dabei beide Kinder im Auge habend, von denen wahrscheinlich eins hinter und eins vor ihr fuhr, übersah sie einen am Straßenrand geparkten hellblauen Opel Kadett B. Ein letzter Ausweichversuch scheiterte, sie streifte den hellblauen Kotflügel des Fahrzeugs hinten links, schlug sich bei der Aktion mit viel Mühe keinen Zahn aus, aber wir schoben danach unsere Fahrräder die verbliebenen 1,3 Kilometer bis nach Hause. Mein Vater war derart wütend auf dieses Monster von Fahrrad, das die Schuld am Unfall seiner geliebten Ehefrau tragen musste, und schlug es mit dem Vorschlaghammer zu Klump.

Ich kann mich an das genaue Datum des Unfalls und der anschließenden Hinrichtung des Fahrrades nicht mehr erinnern. Meine Mutter war damals wohl Anfang Mitte dreißig. Danach hatten meine Eltern keine Fahrräder mehr.

Sicher wollte ich meinen Eltern in dieser Beziehung nicht nacheifern. Also bestellten wir uns, um zumindest den Gegenwind als Gegenargument auszuschließen, zwei schöne neue E-Bikes. Die Bestellung erfolgte im Herbst noch vor der coronaren Zeitrechnung und vor allem, bevor ich ein Schritte zählendes schwarzes Plastikarmband am Handgelenk trug. Kurz nach Ostern standen sie im darauffolgenden Jahr bei unserem niederländischen Fahrraddealer im Ausstellungsraum. Mattschwarz, bildschön, echte Hollandräder, nur eben mit Akku! Vor dem Geschäft stieg ich auf und kriegte das Grinsen nicht mehr aus dem Gesicht. Mein Fahrrad hat unterschiedliche Unterstützungsstufen: »Eco« ist eine sehr geringe Unterstützung, also für bergab oder Rückenwind, dafür hat man natürlich eine schöne Reichweite, etwa hundert Kilometer würde ich in diesem Programm schaffen. Ein bisschen mehr Unterstützung hat man im Programm »Tour«, bei »Sport« wird es schon richtig witzig, und mit »Turbo« würde ich mir den Col de Tourmalet zutrauen.

Ich weiß noch, wie wir mal mit normalen Rädern bei vollem Gegenwind über den Veerse Dam gefahren waren. Das muss einige Zeit her sein, denn ich hatte das Anhängerfahrrad mit meinem Sohn Tim angekuppelt, und Anke hatte unsere Tochter Judith im Kindersitz. Es war eine Tortur. Ich hing mit weit heraushängender Zunge über dem Lenker des Fahrrades, und von hinten brüllte mein Sohn: »Schneller, Papa, schneller!« Ich hatte das »fiets« danach eine Woche lang mit Nichtachtung gestraft. Heute würde ich mit dem linken Daumen dreimal auf einen Schaltknopf drücken, hätte den »Turbo«-Gang eingelegt und würde fröhlich winkend mühelos an den Zeitgenossen vorbeifahren, die noch mit der nichtelektrischen Drahteselvariante unterwegs sind.

Haben Sie es gemerkt? Da war das Wort wieder! Mühelos. Ich glaube, so könnte man es ganz treffend beschreiben: E-Bike fahren verhält sich zu Fahrrad fahren wie gehen zu joggen.

Beim Joggen muss man die dicken Schenkelchen in enge bunte Laufhosen zwängen, dann verausgabt man sich eine Dreiviertelstunde, schwitzt dabei wie ein Eisbär in der Sauna, pellt sich danach mühsam aus der nassen Funktionskleidung und verflucht unter der Dusche den inneren Schweinehund, weil er sich schon wieder hat übertölpeln lassen. Beim Gehen zieht man eine Jacke an und geht, im Sommer lässt man die Jacke weg. Mühelos.

Fahrrad fahren muss nicht anstrengend sein. Manchmal ist es einfach entspannend, kühler Fahrtwind weht einem trübe Gedanken weg, man radelt fröhlich pfeifend in den Sonnenuntergang. Aber es gibt eben auch diese beiden Sonderbegleitumstände, die jederzeit in der Lage sind, einem den Spaß am Radeln gründlich zu vermiesen, diese Begleitumstände heißen »bergauf« und »Gegenwind«. Gut, ich gebe gerne zu, bergauf ist in den Niederlanden schwer anzutreffen, dafür hat man immer Gegenwind. Das ist an der Nordsee ein Naturgesetz. Man fährt mit Gegenwind zum gewünschten Ziel, freut sich, dass man auf dem Heimweg Rückenwind hat, dann dreht der Wind, und die Zunge hängt schon wieder draußen. Es sei denn, du fährst ein E-Bike. Du drückst mit dem linken Daumen auf den Knopf. Zack. Rückenwind. E-Bike fahren ist mühelos!

An dieser Stelle möchte ich eine dringende Warnung aussprechen. Falls Sie der Ansicht sind, Sie wären für so einen akkubetriebenen Schnickschnack noch zu jung, Sie wollen sich noch richtig bewegen, das soll ja auch eine sportliche Betätigung sein, dann bitte ich Sie: Steigen Sie nicht auf, unternehmen Sie keine Probefahrt, sonst gehen Sie über »Los«, das kostet leicht dreitausend Euro. Wenn Sie einmal auf einem E-Bike gesessen haben, sind Sie versaut. Sie wollen kein anderes Fahrrad mehr.

Wir hatten ursprünglich vorgehabt, unsere alten Hollandräder mit nach Hause zu nehmen. Ich habe sie extra nochmal beim Fahrradladen zur Inspektion gebracht. Das waren ja tadellose Fahrräder, Hollandräder von Gazelle, mit Sieben-

Gang-Nabenschaltung. Top in Schuss. Die kann man doch zuhause noch prima nutzen.

Sie ahnen es, nicht wahr? Ebay, Kleinanzeigen! Beide verkauft, haben auch noch ganz guten Erlös gebracht. Es gibt sie halt noch, die Menschen, die sich noch richtig bewegen, das soll ja auch eine echte sportliche Betätigung sein. Wir haben jetzt zuhause zwei neue E-Bikes. Mattschwarz, bildschön und mit Akku.

JETZT MUSS ICH DOCH AUCH NICHT MEHR ANFANGEN

Wann hat der Mensch eigentlich aufgehört, sich zu bewegen? Ursprünglich waren wir ja als Bewegungstier konzipiert. Wir waren früher Jäger und Sammler, und sowohl zum Jagen als auch zum Sammeln solltest du verdammt gut zu Fuß sein. Heute jagen wir an der Fleischtheke im Supermarkt und sammeln auf dem Wochenmarkt. Eine Studie besagt, dass wir uns um zwei Drittel weniger bewegen als vor hundert Jahren. Wie das vor hundert Jahren lief, kann ich mangels Erfahrung nicht sagen, aber an die Zeit vor fünfzig Jahren kann ich mich noch sehr gut erinnern. In meiner Erinnerung haben meine Eltern meistens gesessen. Vielleicht sahen sie die Möglichkeit, gemütlich auf dem Sofa zu sitzen, als kleinen Luxus. Sie glaubten, das hatten sie sich verdient. Vielleicht hatten sie das …?!

Mein Vater war ein großartiger Mann. Er wurde 1931 in dem Dorf Liepe 2 irgendwo in der Nähe von Samotschin, knappe hundert Kilometer von Posen entfernt, geboren. Seine Eltern hatten da einen kleinen Hof. 1939, bei Ausbruch des Zweiten Weltkriegs, war er acht, bei dessen Ende vierzehn. Beschissener kann eine Kindheit nicht verlaufen. Am Ende des Krieges zog er mit seinen Eltern mit dem Flüchtlingstreck Richtung Westen. Die beiden Schwestern Waltraud und Christel musste man zurücklassen, noch irgendwo in Gefangenschaft.

Die verkleinerte Familie landete wieder in einem Dorf, dieses Mal hieß es Altendorf, es gehörte zu Fröndenberg im Kreis Unna. Viel gelernt hatte mein Vater als Junge nicht. Joachim Willibald Stelter besuchte in seinem Leben insgesamt vier Jahre lang die Schule, zwei Jahre auf Deutsch, zwei Jahre auf Polnisch, aber die Eltern hatten eine tolle Idee. Sie dachten so bei sich, Pferde wird es immer geben. Der Junge lernt Sattler und Polsterer. Obwohl er nur vier Jahre Schulbildung hinter sich hatte, und die noch, wie man heute sagen würde, bilingual, schaffte er die Gesellenprüfung. Sein Gesellenstück war eine selbstgenähte Brieftasche aus braunem Leder. Ich ärgere mich heute noch darüber, dass sie bei der Haushaltsauflösung (schreckliches Wort) verschwunden ist.

Das mit den Pferden, die es immer geben würde, hatte sich so nicht bewahrheitet. Wenn es in Wirtschaftswunderzeiten einen Handwerksberuf gab, den man gar nicht gebrauchen konnte, dann war es der des Sattlers und Polsterers. Die einzigen Leute, die noch ritten, waren Hans-Günter Winkler und Josef Neckermann, Polstergarnituren wurden in allen Stilrichtungen und Farbvariationen gekauft, und wenn die Breitcordcouch oder das Wirkvelours-Sofa vom vielen Kulenkampff-Gucken abgesessen war, dann kam es auf den Sperrmüll, und es gab ein neues, denn die Mode war schon ganz woanders, der Sattler und Polsterer wurde nicht mehr gebraucht.

Es passierte viel in den nächsten Jahren. Es gab die Firma Klöckner-Moeller, die elektrische Schaltgeräte herstellte. Ursprünglich in Köln gegründet, verlegte Hein Moeller den Firmensitz nach Bonn. Das mag irrelevant erscheinen, für meinen Vater war es das nicht. Er fand im Zweigwerk von Klöckner-Moeller in Unna eine Anstellung, und er nannte sie

»die Bonner«, und auf die Bonner fuhr er jeden Morgen hin. In dieser Fabrik fand er Ingrid, eine dralle brünette Schönheit, und es war für ihn bestimmt nicht einfach, die richtigen Worte zu finden.

Aber schon bei der Gesellenprüfung hatte er einige überrascht, und wenn so eine Glückssträhne mal beginnt …!

Schon bald führte er Ingrid zum Traualtar. Sie heirateten, sie bauten ein Haus mit seinen Eltern in Unna-Stockum mit einem »Nebenerwerbsbetrieb«, das war die Nachkriegserfindung eines findigen Beamten, der der CDU auf diese Weise die Stimmen von ehemaligen Bauern aus dem ehemaligen Osten sicherte, indem er Siedlungshäuser entwarf, die mit Schweinestall und einem halben Morgen Land den Nebenerwerb sicherten, der sich zum kargen Metallarbeiterlohn hinzuaddierte.

Zwei Kinder wurden geboren, meine Schwester Petra und ich.

Die Erinnerungen an meine Kindheit sind wunderbar. Ich denke an den Trecker, der mit der Presse als Anhänger Strohballen ausstieß, an das Kartoffelernten mit anschließendem Kartoffelfeuer. Nach der Kartoffelernte bekamen wir dreißig Pfennig für das Eis am Eiswagen, sonst immer nur zehn. Ich denke an den Wintermorgen, als es so viel geschneit hatte, dass der Vater meines Mitschülers Gunter Hoferichter unsere Schlitten hinter seinen John Deere 3010 hängte und uns mit dem Trecker bis nach Unna-Lünern zur Grundschule zog. Das fällt mir ein, und ich frage mich, wie viele negative Bilder meiner Kindheit mein Gehirn mittlerweile ausgeblendet hat. Und ich überlege, wie toll das ist, dass unser Gehirn in der Lage ist, negative Bilder auszublenden.

Die Bilder meiner Kindheit würden ein eigenes Buch füllen.

Die Kindheit ging zu Ende. Ich studierte Volkswirtschaftslehre in Bonn, ich brach mein Studium ab, was mein Vater gar nicht witzig fand. »Häng dir das Diplom von mir aus hinter den Kleiderschrank, aber du hast es, und danach kannst du mit deinem Leben machen, was du willst!«, sagte Joachim Willibald Stelter, und ich würde meinen Kindern heute genau das Gleiche erzählen. Aber ich dachte damals: »Irgendwann bist du vierundvierzig. Du sitzt in einem wohlklimatisierten Büro irgendeiner Sparkasse oder Volksbank, und du denkst: ›Verdammt, ich hatte die Chance gehabt, aber ich habe sie nicht genutzt!‹« Ich hängte das Studium an den Nagel und die Gitarre um den Hals. Joachim Willibald Stelter war nicht begeistert.

Und doch war er sehr stolz. Ich weiß nicht, ob es stolzere Väter geben kann. Er hat beim Richtfest unseres Hauses mit Rudi Carrell gesprochen, er hat in Köln im Gürzenich in der siebten Reihe gesessen, und dann fragte der WDR an, ob wir bei der Sendung *Vorfahren gesucht* mitmachen würden. Die Idee der Sendung ist so einfach wie faszinierend. Ein Ahnenforscher gräbt sich bei deinem Stammbaum-Dickicht durchs Unterholz, und dann machst du dich mit der Kamera auf die Suche nach den Wurzeln. Die Geschichte meiner Mutter spielte in Unna, ich weiß, dass mein Urgroßvater in leitender Position in der Lindenbrauerei gearbeitet hatte. Das Elternhaus meiner Mutter stand genau vor dem Eingang des Kinos und wurde später vielleicht aus genau diesem Grund abgerissen. Ich weiß nicht mehr viel über dieses Haus, aber in meiner Erinnerung war die Außenfarbe Schwarz. Der Ahnenforscher musste sich entscheiden, und er fand die Geschichte meines Vaters interessanter. Er saß mit meinen Eltern im Wohnzimmer, er forschte, er fand vieles heraus, und irgendwann hieß es: »Wir müssen nach Polen.«

Wir flogen nach Poznan. Mein Vater war noch nie geflogen. Meine Mutter, die zuhause blieb, hatte mehr Angst als er.

Wir waren in Poznan, in Samotschin, in Lipa, wir trafen seinen alten Schulkameraden, Kazimierz Floczek, tranken am Nachmittag zum Kuchen mehr Wodka als Kaffee, wir besichtigten ein Kirchenarchiv, wir waren auf dem Grundstück, wo wohl mal das Bauernhaus gestanden hatte. Es stand nichts mehr. Mein Vater erkannte einen Birnbaum. Ein Mann führte ein Reh am Halsband spazieren. Wir standen an der Netze. Der Fluss war fast zugefroren. Ich legte meinem Vater den Arm um die Schulter, und ich fragte ihn: »Na, wie fühlt man sich in der alten Heimat?«

Mein Vater lächelte, sah auf die Netze und antwortete: »Ich dachte, du hättest das verstanden. Hier bin ich geboren. Hier bin ich zur Schule gegangen, vielleicht habe ich hier meine Wurzeln, aber meine Heimat, die ist doch da, wo ich meine Liebe gefunden habe, mein Haus gebaut, wo meine Kinder groß geworden sind.«

Ich schämte mich vielleicht ein bisschen. Aber da war längst nicht so viel Scham wie Stolz. Ich war so stolz auf meinen alten Vater, der so kluge Gedanken hatte, der so vieles im Leben richtig gemacht hatte.

Er arbeitete immer nur bei der einen Firma. Bei Klöckner-Moeller im Werk Unna, bei seiner Bonner. Er wurde zum Vormann befördert. Für den Vorarbeiter hätte er eine Lehre gebraucht, und die Lehre zum Sattler und Polsterer zählte natürlich nicht. Er bekam zum fünfundzwanzigjährigen Dienstjubiläum eine goldene Uhr für die Treue zur Firma, und er blieb der Bonner treu bis zu seiner Pension im fünfundsechzigsten Lebensjahr.

Am Tag seines Abschieds kam er nach Hause und setzte sich in seine Sofaecke. Er machte ein Bier auf und goss sich einen Mariacron ein, den trank er mit sich selbst oder vielleicht mit seinem Nachbarn Horst oder mit meiner Mama auf seine Rente. Er sagte: »Mein Leben war Müh' und Plag, jetzt bin ich Rentner, das hier ist meine Sofaecke, hier bleibe ich sitzen. Das habe ich mir verdient!«

Er blieb in dieser Sofaecke sitzen. Er verpachtete das Feld an einen Bauern, er behielt einen kleinen Gemüsegarten. Das war ihm recht, er hatte in seinem Leben genug gearbeitet. Er kaufte sich ein Aquarium, das stand neben der Sofaecke. Ich erwähnte ja bereits ein paar Sonntagnachmittagsspaziergänge im Hemmerder Schelk. Manchmal gingen wir über die Staumauer des Möhnesees, aber in meiner Erinnerung gehen meine Eltern nicht. Sie sitzen.

Vielleicht war das der größte Fehler meines Vaters. Als er pensioniert wurde, setzte er sich in die Sofaecke, und er blieb da sitzen, er wurde von einem Tag auf den nächsten alt. Es war seine Entscheidung. Ich bin und bleibe unendlich stolz auf ihn, aber die Sofaecke war ein Fehler.

Wer abnimmt, hat mehr Platz im Leben!
Ich

VIERZEHN PÄCKCHEN BUTTER

Ich habe gerade mit meiner Schwester Petra telefoniert. Ich habe ihr das vorangehende Kapitel vorgelesen. Sie war nicht meiner Meinung. Sie sagte, der Papa fühlte sich wohl in seiner Sofaecke und für ihn sei diese Entscheidung richtig gewesen. Geschwister müssen nicht immer einer Meinung sein.

Eingangs hatte ich mich ja gefragt, was die Voraussetzungen sind, um mit Spaß in das dritte Drittel des Lebens zu starten. Ich bin sicher, die körperliche Beweglichkeit gehört dazu.

Ich begann gerade einigen Spaß zu entwickeln, wenn ich mir die Jacke anzog und losging. Meine zehntausend Schritte schaffte ich mittlerweile fast jeden Tag. Mühelos.

Eines Morgens erlebte ich eine Überraschung. Als ich aus dem Bett stieg, sortierte ich wie üblich meine Knochen, genoss die Geräusche, die selbige beim Aufstehen so machen, ging ins Bad, versuchte den direkten Blick in den Spiegel zu vermeiden, duschte, trocknete mich ab, stieg verträumt auf die Waage und stellte fest: dreieinhalb Kilo! Ich hatte dreieinhalb Kilo abgenommen. In welchem Zeitraum? Keine Ahnung, wann war ich zuletzt auf der Waage gewesen, vor zwei, drei Wochen? Und jetzt waren es dreieinhalb Kilo weniger, sieben Pfund, vierzehn Päckchen Butter.

Hatte ich eine Diät übersehen? Hatten wir uns anders ernährt? Nein. Gut, wir hatten den ersten Lockdown. Wir sind genetisch bedingt »Gerne-Restaurant-Besucher«, und nun waren sie geschlossen. Graciano bringt nicht mehr lächelnd die Schüssel mit diesem Pizzabrot, das sich mit der selbstgemachten Kräuterbutter zu diesem delikaten Kohlehydratcocktail vereint, den man erst richtig genießen kann, wenn man diese Vorvorspeise mit dem Bruschetta abrundet und dabei noch ein gutes Gewissen erzielen kann, wenn man die zweite lächelnd dargebotene Schüssel Brot ablehnt.

Die anstehende Tournee wurde wegen Corona verschoben, keine Hotelbar, kein Hotelfrühstücksbuffet, aber war das schon eine Diät? Sicher nicht. Ich war halt nicht mehr unterwegs. Ich war jetzt ständig zuhause, die tägliche Auswahl der Menüfolge wurde ein fixer Tagesordnungspunkt nach jedem Frühstück. Meine Frau Anke kocht sensationell, bei der Zubereitung der Speisen kann sie jedoch auf meine fachkundigen Kommentare durchaus verzichten. So ernannten wir mich kurzerhand zum »Einkaufsbeauftragten«, eine ehrenhafte Position, der ich natürlich mit Feuereifer nachging. Ich fuhr also morgens mit dem Fahrrad zu diversen Hofläden, und davon haben wir bei uns im »Vorgebirge« wirklich einige wunderbare Exemplare. Ich war beim Fischhändler meines Vertrauens und bei den Fleischern, die mir ganz genau sagen konnten, woher ihr Fleisch kommt. Ich genoss den Satz: »Passens op! Wenn Se för Ostere Fleisch wolle, dann möten Se dat vürbestelle! Ming Fleisch kütt us d'r Eifel, un bei mir weed kein Koh geschlaach, wenn dat Fleisch nit verklopp es!« Frei übersetzt: Mein Fleisch für Ostern müsste ich bitte vorbestellen, denn sein Fleisch komme aus der Eifel, und bei ihm werde keine Kuh geschlachtet, die nicht schon verkauft sei.

Vielleicht könnte man sagen, wir haben uns wirklich bewusst ernährt, aber eine Diät war das sicher nicht. Und dreieinhalb Kilo. Ein bisschen bewusst ernährt und zehntausend Schritte und dreieinhalb Kilo.

Anke war auch überrascht. »Dreieinhalb Kilo? Das ist aber viel. Und nur vom Gehen. Weißt du noch, früher hast du Krafttraining gemacht.« Ja, früher hatte ich Krafttraining gemacht, weil halt die Muskeln das Fett verbrennen. Darüber hatte ich mal in grauer Vorzeit ein Buch geschrieben. Aber Krafttraining fiel ja aus. Mein Fitness-Studio war geschlossen. Anke kramte aus ihren Erinnerungen zwei Bänder hervor, einen Sling-Trainer.

Als ich damals über dreißig Kilo abgenommen hatte, hatte auch sie regelmäßig ein »Personal Training«. Sie war damals fit wie der berühmte Turnschuh, aber dann heiratete die Trainerin und wurde schwanger, und so ein Personal Trainer ist ja auch eine Vertrauensperson, und schwups lässt die Fitness ein bisschen nach, und irgendwann, so nach zehn Jahren, wiegt man wieder das Gleiche wie früher (sehr wohlwollend gewogen!).

»Meinst du diese Deuser-Bänder, elastische Bänder in unterschiedlichen Stärken?«

Anke widersprach: »Nein, das sind feste Bänder, die werden über der Tür oder an einer Wand befestigt, und dann trainierst du sozusagen mit deinem eigenen Körpergewicht.«

Im Internet fanden wir heraus, dass diese Schlingen-Bänder auch für coronageplagte Künstler finanzierbar waren, und vier Tage später hingen die Dinger im Dachgeschoss am Querbalken. So weit, so architektonisch interessant, aber wie geht man mit den Dingern um? Kein Fitness-Studio geöffnet, kein Personal Trainer weit und breit, der arbeiten darf.

Dann guckt man halt bei YouTube nach.

ACHTUNG! ACHTUNG! WICHTIGE MITTEILUNG!

Corona, dieser Virus, hat uns wirklich böse mitgespielt. Viele Menschen sind gestorben, viele sind erkrankt, viele haben sehr gelitten, und dieses Leiden hält oft noch nach Monaten an. Drei Wellen haben wir hinter uns. Wie viele noch kommen werden, wissen vielleicht Professor Drosten oder Herr Lauterbach. Ich weiß es nicht. Aber wir müssen damit leben. Wenn das Risiko überschaubar ist, müssen wir in die Städte gehen. Wir müssen einkaufen, in echten Geschäften, wir müssen essen gehen, nicht Essen liefern lassen. Wir müssen ins Theater, in die Kneipen. Dass die Innenstädte nicht veröden, das liegt in unserer Verantwortung.

In den 70er oder 80er Jahren, da klebte auf jeder Ente und auf jedem grünen VW Bulli (es gab damals eine Menge grüne VW Bullis) ein Aufkleber von Greenpeace. Darauf stand ein Spruch, der von dem Indianerstamm der Cree stammen sollte:

»Erst wenn der letzte Baum gerodet,
der letzte Fluss vergiftet,
der letzte Fisch gefangen ist,
werdet ihr merken,
dass man Geld nicht essen kann!«

Ob der Spruch authentisch ist, weiß ich nicht. Dass man das Wort Indianerstamm nicht schreiben darf, das weiß ich, aber ich halte es für die Geschichte für wichtig. Vor allem weiß ich eins. Wenn wir uns heute alle einen Aufkleber aufs Auto pappen sollten, dann müsste darauf stehen:

»Erst wenn die letzte Ladenglocke verklungen ist,
wenn das letzte Schaufenster zugeklebt,
die letzte Rolltreppe abgeschaltet
und die letzte freundliche Kurzwarenfachverkäuferin entlassen ist,
werdet ihr einsehen,
dass das Lächeln auf dem Amazon-Paket nur aufgedruckt ist!«

Als ich so bei YouTube nachguckte, ergab sich eine ungeahnte Schwierigkeit. Es gab natürlich überhaupt keinen Grund, diesen muskelbepackten jungen Mann, der mich freundlich mit »Ey Alter« begrüßte, abzulehnen, aber ich wollte nun mal nicht von ihm in die Kunst des Schlingen-Band-Trainings eingeführt werden. Ich wählte das nächste Tutorial, aber viele der anderen jungen Fitness-Influencer waren anscheinend bei ihrem Kollegen, den ich als Erstes gesehen hatte, in die Lehre gegangen.

Nach einiger Recherche fand ich aber doch zwei Trainer, bei denen ich wirklich Spaß hatte, mir Trainingsanweisungen zu holen und die Wirkungsweise dieser Bänder erklären zu lassen. Da war zunächst einmal Kerstin Goldstein, die mir ganz sympathisch erklärte, dass ich am Anfang gar nicht mitmachen müsste, sondern mir ansehen sollte, was da auf mich zukommen würde. Das zeigte sie mir sehr anschaulich. Ich sah es mir noch einige Male an, und es half mir sehr.

Bei der weiteren Recherche traf ich auf einen bekannten Namen. Ingo Froböse. Er erklärte das Sling-Training auf eine schonende Art und Weise. Er hatte eine durchtrainierte Frau namens Katrin dabei, die führte die Übungen durch, und Froböse stand daneben und erklärte. Er machte das sehr gut. Vor allem fand ich spannend, als er sagte: »Ziel muss es sein, die Muskulatur zum Brennen zu bringen, weil sie nur dann richtig auf das Training reagiert.«

Zur Befestigung der Öse, in die die beiden Schlingen eingehängt werden sollten, waren zwei mächtige 10er-Holzschrauben mitgeliefert worden, mittels deren die Metallplatte am Dachbalken befestigt werden musste. Der Hersteller gab eine maximale Zuglast von dreihundertfünfundsiebzig Kilogramm an. Das stimmte mich optimistisch. Ich gelte in unserer Familie gemeinhin nicht als der große Handwerker. Das war schon als Kind so. Wenn ich mal einen Hammer in die

Hand nehmen wollte, stürzte meine Mutter schon aus dem Haus und rief voller Schreck: »Gib mir den. Steck deine Nase lieber in die Schulbücher.«

Es sollte auch für den erwachsenen Bernd dabei bleiben. Als wir unser Reihenhaus bezogen, brachte ich die geschmackvolle weiße Designer-Außenleuchte selbst an. Es sei schließlich ein Kinderspiel, stand in der Anleitung. Für die erforderlichen Bohrlöcher war eine Schablone in der Packung, die ich dummerweise falsch herum hielt, sodass die Außenleuchte, wenn ich sie in diesen Löchern festgedübelt hätte, die Wand ab dem ersten Stock aufwärts beleuchtet hätte. Geistesgegenwärtig erkannte ich diesen Lapsus, bohrte neue Löcher – etwas zu nah an den alten, sodass sich zwei Bohrlöcher zu einem größeren vereinten, in dem der Dübel nicht gehalten hätte. Mit den nächsten vier Löchern klappte die Anbringung der Leuchte dann tadellos. Seit diesem Tage achtet meine Frau darauf, dass Wandhalterungen von meinem Sohn, Schwiegersohn oder extra dafür qualifizierten Handwerksbetrieben angebracht werden. Die lapidare Begründung lautet dann immer: »Sonst perforierst du mir wieder das Haus.«

Anke war nicht zuhause. Ich bohrte die Löcher für die 10er-Holzschrauben selbst, schraubte die Ösenplatte bombenfest in den Dachbalken, vergaß nicht mal die Unterlegscheiben und betrachtete stolz mein Werk.

Ich hatte einen iPad-Halter gekauft, den ich auf einen Mikrofonständer schraubte, von denen habe ich schließlich einige zuhause, und zack, war Ingo Froböse mein Personal Trainer.

Zunächst lernte ich die Übung »Low Row«. Man steht mit dem Gesicht Richtung Öse und vollführt einen Ruderzug, bei dem man die Ellenbogen unten hält. Die Frage ist nun, wo man seine Füße platziert. Wenn man aufrecht stehen würde, bräuchte man ja keine Schlingen, um sich festzuhalten. Je weiter man aber die Füße nach vorne in Richtung Wand stellt, desto mehr legt man sich nach hinten, wobei Brust, Bauch und Beine eine Linie darstellen sollten. Schließlich hatte mein neuer Personaltrainer auf dem iPad ja gesagt, die Muskeln müssten brennen. Es brannte noch nicht, es kokelte vielleicht ein bisschen, also schob ich meinen Stand noch ein paar Zentimeter weiter in Richtung Wand.

»Je weiter man sich nach hinten legt, umso intensiver ist die Beanspruchung«, ertönte es aus dem Lautsprecher. »Zweimal zehn bis fünfzehn Züge.«

Nach dem »Low Row« kam der »High Row«, wieder ein Ruderzug, dieses Mal die Ellenbogen seitwärts, sodass die Hände beim Rudern auf Augenhöhe blieben. Beim »Butterfly« zieht man sich mit den Schlingen nach vorne, indem man die Arme nach außen drückt.

Und wie die Muskeln brannten, ich stellte die Füße wieder ein paar Zentimeter weiter nach hinten.

Im nächsten Video kam wieder ein »Butterfly« vor. Dieses Mal hieß er aber »Butterfly reverse«, denn ich stand mit dem Rücken zur Wand und legte mich nach vorne, indem ich die Arme auseinanderdrückte.

Nun hatte ich das mit dem Stand vielleicht ein bisschen übertrieben. Ich hatte mich nach vorne gelegt. Mein kerzengerader Körper beschrieb zum Fußboden ungefähr einen Fünfundvierzig-Grad-Winkel. Bei der dritten oder vierten Wiederholung des »Butterfly reverse« brannten die Muskeln aber so, dass ich die Arme nicht wieder nach vorne bekam. Ich hing im wahrsten Sinne des Wortes in den Seilen. Wenn man hängt, steht man aber nicht, wenn man nicht steht, kann man auch nicht stehen bleiben. Um mich wieder Richtung Wand zu schieben, reichte meine Muskelkraft nicht mehr aus, also entschied ich mich, die Griffe der Schlingen einfach loszulassen, woraufhin sich der Winkel blitzschnell von fünfundvierzig Grad auf null Grad senkte. Man kann auch sagen, ich lag auf der Nase.

Ich war froh, dass Anke nicht zuhause war, und nahm mir vor, beim nächsten Schlingentraining eine Gymnastikmatte auszulegen. Gymnastikmatten sind keine Kissen, aber sie sind definitiv weicher als Parkettfußboden.

Ingo Froböse, den Namen kannte ich. Er kommt wie ich aus Unna, ist in Heeren-Werve aufgewachsen, und genau da war mein Freibad. Wahrscheinlich haben wir einige Male auf der gleichen Wiese gelegen. Ingo Froböse. Im Sommer Deutscher Vizemeister im Sprint, im Winter ist er hinter einem Bob hergelaufen, aber nach seiner Karriere hat er noch studiert, promoviert, habilitiert, und jetzt ist er Universitätsprofessor für Prävention und Rehabilitation an der Sporthochschule in Köln. Der Mann hat Bücher geschrieben wie *Das Turbo-Stoffwechsel-Prinzip* oder *Die Gesundheitsformel der Hundertjährigen*, und er lehnt beim Abnehmen Diäten ab. Der Mann ist mit vierundsechzig noch durchtrainiert bis dorthinaus, aber er kümmert sich seit Jahrzehnten um das Körpergewicht von meinesgleichen.

Meine Schwester Petra hat gesagt, mein Vater hatte das Recht, sich mit fünfundsechzig in die Sofaecke zu setzen. Vielleicht sollte man einen Experten fragen.

Hat jemand die Telefonnummer von Prof. Dr. Ingo Froböse?

Das Leben ist wie Fahrrad fahren. Um die Balance zu halten, musst du in Bewegung bleiben.
Albert Einstein

AUF EIN GLAS WASSER MIT INGO FROBÖSE

Ich hatte mir einige Räume vorgenommen, die ich im dritten Drittel meines Lebens erstmalig betreten wollte. Darunter waren einige Restaurants, wie zum Beispiel das Noma in Kopenhagen oder das Arpège in Paris. Ich war noch nicht im Guggenheim-Museum in Bilbao, und ich möchte einmal in diesem Hotel aus Glaskuppeln in Kakslauttanen in Lappland übernachten, wo man nachts vom warmen Doppelbett aus die Nordlichter beobachten kann. Ich hatte hingegen nicht damit gerechnet, dass ich mit über sechzig Lenzen noch einmal die heiligen Hallen der Sporthochschule in Köln betreten würde.

Einer meiner Freunde hatte nicht nur tatsächlich die Telefonnummer von Ingo Froböse, er hatte auch schon mit ihm gesprochen. »Bewegung im Alter« ist eines seiner Forschungsthemen, und er freute sich auf ein Gespräch mit mir.

Der freundliche Pförtner in dem kleinen Glashäuschen in der Nähe des Stadions war wohl der einzige Mensch auf zwei Quadratkilometern, der wie ich ein bisschen Übergewicht um die Körpermitte herum spazieren trug. Alle anderen Menschen auf diesem Areal waren sportlich, trainiert und beneidenswert schlank. Na ja, ich war ja immerhin auf dem richtigen Weg. Aber lohnt es noch, mit über sechzig Jahren den Schalter umzulegen? Das wollte ich von Ingo Froböse erfahren.

Er empfing mich gut gelaunt in seinem hellen Büro, zwei Gläser Wasser standen auf dem Tisch. Ingo Froböse muss man nicht fragen, wie es ihm geht. Man sieht es. Natürlich ist er schlank, natürlich hat er eine sportliche Figur, aber da hat sich auch ein verschmitztes Lächeln mittels kleiner Fältchen um die Augen in sein Gesicht fest eingegraben. Seine Haut war selbst jetzt, im Frühsommer, schon so weit gebräunt, dass man sofort sah, der Mann hielt sich nicht zu lange in diesem Büro auf.

»Herr Professor, ich glaube, wenn man fröhlich ins dritte Drittel des Lebens starten will, ist körperliche Beweglichkeit eine Grundvoraussetzung. Lohnt es sich noch, mit über sechzig damit anzufangen?«

Froböse lachte: »Besser wäre es gewesen, das ganze Leben über aktiv zu bleiben, aber besser spät als nie.«

Er erzählte mir von einer Studie der Universität Trondheim, die ergeben hat, dass auch Menschen, die erst spät zur sportlichen Betätigung finden, das Risiko eines Herzinfarktes oder Schlaganfalls deutlich senken. »Selbst wenn man nach einem wenig aktiven Leben erst im Alter mit regelmäßigem Training beginnt, wachsen die Muskeln, und der Körper verändert sich. Es hat sich gezeigt, dass sogar eine Verdoppelung der Kraft möglich ist. Man hat in einer Studie mit über Neunzigjährigen nachgewiesen, dass selbst in diesem hohen Alter noch ein Aufbau der Muskelmasse möglich ist.«

Ja, aber ich wollte ja nicht Nachmittage auf der Hantelbank verbringen, ich mache ab und zu mein Schlingentraining, und ansonsten ist meine sportliche Betätigung das Gehen.

Damit war der Professor durchaus einverstanden.

»Schlingentraining ist eine Supersache, aber auch gegen das Gehen ist absolut nichts einzuwenden. Der Körper weiß ja nicht, ob man Jeans und Pulli trägt oder einen richtigen

Trainingsanzug. Er weiß nur, mein Besitzer ist unterwegs und ich muss Energie produzieren. Wenn man regelmäßig ein paar Kilometer stramm geht, hat das sehr positive Effekte, genauso wie bei einer Jogging-Einheit, nur mit einer geringeren Intensität. Aber das macht ja nichts, denn gerade diese geringeren Intensitäten sind ja nach einem Arbeitstag auch entspannend, das hat dann eine regenerierende Wirkung.«

Er erzählte von Studien, in denen nachgewiesen wurde, dass sich auch Spaziergänge positiv auf den Fettstoffwechsel auswirken. Spaziergänger haben einen niedrigeren Cholesterinspiegel als Nichtspaziergänger. Das Herz-Kreislauf-System profitiert auch bei einer niedrigen Belastung.

»Man sollte nach dem Ausdauertraining subjektiv immer das Gefühl haben, dass man noch ›unterfordert‹ ist, man sollte nicht ausgepowert sein. Es ist doch toll, wenn man nach dem Sport sagen kann: ›Wow, ich könnte noch mehr!‹ Dann hat man alles richtig gemacht, und vor allem hat man Lust, das in zwei, drei Tagen wieder zu machen. Genauso sollte es sein.«

»Aber Sie sprechen immer wieder von Muskelaufbau, da hilft mir das Gehen nicht so sehr weiter.«

Jetzt war Ingo Froböse in seinem Element. Er schob mir ein Buch über den Tisch, *Das Turbo-Stoffwechsel-Prinzip*, und meinte: »Da steht alles drin! Wir brauchen beides. Wenn der Motor gut laufen soll, brauchen wir Hubraum und PS. Der Hubraum ist unsere Muskulatur. Wenn Sie mit Ihrem Auto vor der roten Ampel stehen und der Motor läuft, verbraucht er trotzdem Benzin, obwohl Sie nicht fahren. Unsere Muskulatur verbraucht selbst dann Energie, wenn wir auf dem Sofa sitzen. Aber für die Muskulatur müssen wir was tun. Es gibt einen altersbedingten Muskelschwund, man nennt das Sarkopenie. Das ist ein Wort aus dem Griechischen und bedeutet: ›Verlust des Fleisches‹. Und das hat fatale Auswirkungen.«

Aber gegen diese Sarkopenie könne man etwas tun. Froböse sprach von Botenstoffen, die man Myokine nennt, das kommt aus dem Griechischen und setzt sich zusammen aus den Wörtern »Mys« für Muskel und »kinema« für Bewegung, eine ausgesprochen pfiffige Bezeichnung, denn unsere Muskeln produzieren diese Myokine nur bei Kontraktion. Wenn die Muskeln arbeiten, kann die Konzentration dieser Botenstoffe bis auf das Hundertfache ansteigen. In einer Ruhephase nimmt diese Konzentration aber schnell wieder ab.

»Das wissen wir noch gar nicht so lange. Erst 2007 hat Professorin Bente Karlund Pedersen von der Universität Stockholm diese Stoffe entdeckt und den schönen Namen ausgesucht. Den Namen Karlund Pedersen können Sie sich schon mal merken, der taucht bei der Nennung der Nobelpreisträger in den nächsten Jahren garantiert auf.«

Das erste Myokin, das Frau Karlund Pedersen entdeckte, heißt IL 6. Es fördert die Immunzellen und unterstützt bei Entzündungen. Unsere Muskeln schicken viele verschiedene Myokine durch unseren Körper, IL 8 verbessert die Sauerstoffversorgung der Muskeln. IL 15 hilft beim Abbau des bösen viszeralen Bauchfetts. Man geht davon aus, dass es hunderte verschiedener Typen mit unterschiedlichen Reparatur- und Heilungsaufgaben gibt. Diese zu bestimmen und zu erforschen ist sicher eine Menge Arbeit, deshalb hat man es sich mit der Namensgebung ein bisschen einfacher gemacht und die Dinger einfach durchnummeriert. Ein besonders schöner Name fehlte aber noch. BDNF. Das ist eine Abkürzung und steht für »brain-derived neurotrophic factor«. Dieses Myokin führt zu Wachstum und Vernetzung von Nervenzellen im Gehirn. Das ist für die Gehirnleistung im Alter extrem wichtig.

Das waren mir dann ein paar Fachbegriffe zu viel. Wenn viele Fremdwörter auftauchen, brauche ich Bilder im Kopf.

Also fragte ich nach: »Wie soll ich mir diese Myokine vorstellen? Da sind in unserem Körper Reparaturtrupps unterwegs, quasi eine Handwerkerbereitschaft, die mit dem kleinen Lieferwagen überall dort auftaucht, wo es in unserem Körper etwas zu reparieren oder zu heilen gib. Und weil man bekanntlich den Fliesenleger nicht mit der Elektroinstallation betraut, gibt es auch verschiedene Reparateure. So in etwa?«

Froböse lächelte mich an, als wollte er sagen: Na, Sie sind mir ja ein Komiker. Er sagte es nicht, dabei hätte ich ihm natürlich zugestimmt.

»Wenn Sie so wollen, ja, unsere Muskeln sind nicht nur die Basis unserer Kraft und unserer Beweglichkeit. Sie stellen auch heilsame Botenstoffe her, und sie sind sogar in der Lage, Nervenzellen im Gehirn wachsen zu lassen. Das Dumme ist aber, beim Menschen beginnt der natürliche Muskelabbau schon mit fünfunddreißig Jahren, mit sechzig beschleunigt er sich. Je weniger Muskelmasse wir haben, desto weniger heilsame Myokine werden produziert. Man kann sie nicht kaufen, essen oder einnehmen, man kann sie nur erlaufen, erradeln oder antrainieren.«

Das dürfe ruhig ein bisschen anstrengend sein. Unsere Muskeln erneuern sich alle zwölf Jahre, die sind immer in der Pubertät, die dürfe man ruhig fordern.

»Die Muskulatur ist der Hubraum von unserem Motor, und dann brauchen wir noch PS. Das ist das Ausdauertraining. Wir brauchen Muskeln, aber wir müssen sie auch benutzen. Das hält unseren Kreislauf in Schwung. Hätten Sie geglaubt, dass Ausdauersportler vierundfünfzig Prozent mehr Energie verbrennen als untrainierte Menschen. Sie verbrauchen nicht nur während des Trainings Kalorien, durch die regelmäßige Bewegung wird auch der Grundumsatz höher.

Hubraum und PS. Muskeln und Ausdauer. Nur so bleiben

wir auch bis ins hohe Alter mobil. Den Satz ›Dafür bin ich zu alt. Das kann ich nicht mehr!‹ müssen wir ganz dringend aus unserem Vokabular streichen. Unser Körper erneuert sich ständig, und er ist auch im Alter immer für Training bereit. Unser Skelett erneuert sich alle fünfzehn Jahre, unsere Muskulatur alle zwölf Jahre. Aber wir müssen selber aktiv etwas dafür tun. Wir müssen uns selber dazu entschließen. Außer dir hat niemand ein Interesse daran, dass du gesund bleibst. Nur du, guck in den Spiegel.«

Wenn ich noch ein bisschen Motivation für mein Bewegungsprogramm gebraucht hatte, dann wurde sie heute geliefert, von diesem vor Kraft und Motivation strotzenden zufriedenen Mann. Wir standen in der Tür zu seinem Büro, ich bedankte mich für das Gespräch: »Dann kann man sich ja für das dritte Drittel noch allerhand vornehmen!«

Froböse lachte: »Ja natürlich. Das Leben muss doch spannend bleiben. Wissen Sie, ich finde, es ist ein erstrebenswertes Ziel, mit neunundneunzig von einem eifersüchtigen Ehemann in flagranti erstochen zu werden.«

Wenn ich mich morgens bücke, um mir die Schuhe zuzubinden, halte ich kurz inne und überlege, was kann ich noch machen, wenn ich schon mal hier bin.

Bill Mockridge

AUCH DER GEIST MUSS BEWEGLICH BLEIBEN

Das ist natürlich ein Ding. Diese Myokine bewirken, dass auch im hohen Alter noch ein Zellwachstum stattfindet, sogar im Gehirn. Bis vor wenigen Jahren ging man davon aus: Bis zum Erwachsenenalter baut sich das Gehirn auf, und danach baut es sich wieder ab, langsam, aber sehr, sehr sicher. Heute weiß man, dass man etwas dagegen tun kann.

Coole Sache, diese Myokine. Sie funktionieren aber nur, wenn unsere Muskeln arbeiten. Wenn man die Muskeln trainiert, hat das auch Ergebnisse im Gehirn. Ich dachte, wenn ich mich ein bisschen oder ein bisschen mehr sportlich betätige, halte ich meinen Körper fit, dass ich dabei aber auch mein Gehirn fit halte, war mir neu.

Ich muss dafür sorgen, dass beide Voraussetzungen erfüllt sind, damit ich fröhlich ins dritte Drittel starten kann. Ich muss beweglich bleiben, mein Körper muss weiterhin funktionieren. Ich muss den Ü-80-Kollegen auf dem Golfplatz nacheifern, ich muss den Rollator so lange wie irgend möglich aus meinem Haushalt verbannen. Okay, wenn es nicht anders geht, dann ist dieses Ding halt im wahrsten Sinne des Wortes eine »Gehhilfe«, und gehen ist besser als sitzen, aber so lange wie möglich will ich ohne die Dinger auskommen. Es ist doch klar, man geht ›über den Rollator gebeugt‹.

Ich will aber so lange wie möglich aufrecht gehen, oder wie meine Mama immer sagte: »Stell dich gerade hin!«

Dafür habe ich mein Bewegungsprogramm. Zehntausend Schritte in möglichst reizvoller Umgebung, dabei höre ich den Vögeln beim Zwitschern zu, oder ich lasse mir von einem guten Schauspieler via Kopfhörer ein Buch vorlesen. Ich fahre Fahrrad, ab und zu spiele ich eine Runde Golf, ein, zwei Mal in der Woche mache ich mein Schlingentraining. Die zehntausend Schritte haben eine tolle Wirkung auf die Ausdauer, auf das Herz-Kreislauf-System, gegen Diabetes. An den Bändern absolviere ich mein Krafttraining. Beim Schlingentraining und beim Golf tue ich etwas für meine Koordinationsfähigkeit. Ich habe es mir fest vorgenommen. Ich werde viel dafür tun, körperlich beweglich zu bleiben.

Kraft, Ausdauer, Koordination werden durch Bewegung gesteigert, und wir wissen jetzt, es erhöht auch unsere Gehirnleistung. Das Erinnerungsvermögen, Reaktionsschnelligkeit, intellektuelle Leistung, alles das wird durch Bewegung positiv beeinflusst. Die Fähigkeit unseres Gehirns, sich auf neue Situationen einzustellen, bleibt viel besser erhalten. Körperliche und geistige Beweglichkeit gehören zusammen. Da fällt uns doch allen der eine lateinische Satz ein, den sogar jeder Nichtlateiner kennt.

Mens sana in corpore sano.

Diesen Satz haben wir alle schon einmal gehört, wenn nicht auf Lateinisch, dann auf Deutsch. »In einem gesunden Körper wohnt ein gesunder Geist!«

Um diesen Satz ranken sich sehr viele Deutungen, richtig wie falsch, sinnvoll wie bösartig. Das Zitat entstammt dem Werk des römischen Satirikers Juvenal. Der lebte von 60 bis 127 nach Christus. Das entspricht einem Lebensalter von siebenundsechzig Jahren, was man in der damaligen Zeit als ein »gesegnetes Alter« bezeichnete. Juvenal war Satiriker, weshalb ich als Komiker natürlich eine gewisse geistige Nähe empfinde, und das korrekte Zitat lautet: »Orandum est, ut sins mens sana in corpore sano.« Das bedeutet dann so viel wie, und ich gebe gern zu, ich habe es nachgelesen: »Man sollte darum beten, dass sich ein gesunder Geist mit einem gesunden Körper verbinden möge.«

In der Antike war das Zitat so lang, aber heute können wir guten Gewissens sagen, auch die gebräuchliche Abkürzung hat ihren Sinn. Heute sagt man: »In einem gesunden Körper wohnt ein gesunder Geist!« Das hat mit dem ursprünglichen Zitat wenig zu tun, aber es stimmt trotzdem.

Bis vor zwanzig Jahren war die Wissenschaft noch der Ansicht, dass unsere Gehirnzellen schon nach dem sechzehnten Lebensjahr nur noch abnehmen. Sie haben ihren Höhepunkt erreicht, und dann werden sie langsam abgebaut, was der geneigte Sechzigjährige ja auch jeden Morgen im Gespräch mit der Gattin feststellt: »Wo willst du hin?« – »Ich fahr noch eben in die Stadt. Ich habe ein wichtiges Gespräch!« – »Mit wem?« – »Ääh!«

Es gibt eine Studie aus den USA, die erforscht hat, warum wir uns Namen so schlecht merken können. Der Grund ist, dass Klang und Aussprache eines Wortes im Gehirn in einem Ordner einsortiert werden, die Bedeutung des Wortes ebenfalls, allerdings steht dieser Ordner in einem anderen Regal. Daher fällt es uns ab dem fünfunddreißigsten Lebensjahr schwer, einen Namen, also ein Wort, das nicht mit einem Sinn verbunden ist, mit einer bestimmten Person zu assoziieren.

Das ist ein Ansatz. Professor Froböse meint, das Gehirn sei wie eine Waschmaschine – was wir nicht brauchen, kommt weg!

So geht das. Der Name ist weg! Und das geht schon seit einiger Zeit so. Ich kann mir die bekloppttesten Telefonnummern merken, Namen aber nicht.

Ich hatte irgendwann ein Auge auf ein hübsches Mädchen geworfen, das nach der Schule in der gleichen Kneipe stand wie ich. Lassen Sie mich nachdenken, die Kneipe in Unna hieß *Alternative,* Gerhart-Hauptmann-Straße glaube ich. In Unna trank man als Oberstufenschüler damals Schlösser Alt, und wir grölten einmal in der Stunde mit: »We don't need no education …«! Das war *The Wall* von Pink Floyd. 1979 bis Ende 1984 hatte die Band von dem Album über dreißig Millionen Stück verkauft, und jedes einzelne war berechtigt.

»Hey teacher, leave them kids alone!«

Sehen Sie, was ich noch alles weiß, und auch den Namen von dem Mädchen weiß ich natürlich, aber ich nenne ihn hier nicht. Sie hatte in dem Sommer einen Ferienjob in einer Bäckerei in Dortmund, und ich kann Ihnen noch die Telefonnummer der Bäckerei nennen. Auch das werde ich nicht tun, aber wir können festhalten, ich kann mich an Details aus der Vergangenheit erinnern, wie das heute beim besten Willen nicht mehr möglich wäre.

Tja, aber damals war ich vielleicht siebzehn oder achtzehn Jahre alt. Mein Gehirn war ein Hochleistungscomputer, mein Prozessor war wahnsinnig schnell, obwohl vielleicht schon auf dem absteigenden Ast.

Man unterscheidet bei unserer Intelligenz zwei Bereiche. Da ist einmal die Geschwindigkeit, unser Prozessor, da geht es darum, in welchem Tempo wir wahrnehmen, denken, Zusammenhänge erkennen, Schlüsse ziehen. Den Höhepunkt dieses Tempos, das haben schlaue Wissenschaftler ausgerechnet, erreicht der Mensch im Alter von sechzehn Jahren.

Aber da ist auch noch unser Langzeitgedächtnis, unsere Festplatte, die ist riesengroß, da sammeln wir unsere Erlebnisse, unsere Erfahrungen. Diese Festplatte ist im Alter von sechzehn Jahren nur zu einem Bruchteil gefüllt. Mit sechzehn, da hat man vielleicht schon den ersten Sex hinter sich, aber noch keinen guten Sex, es fehlt noch die Hochzeitsnacht, dieser Kater nach der Studentenparty, die Geburt des ersten Kindes.

Die Geschwindigkeit des Denkens nimmt ab dem sechzehnten Lebensjahr ab, aber die Erfahrungen nehmen zu. Wenn man das kombiniert, errechnet sich ein Höhepunkt unserer geistigen Fähigkeiten mit ungefähr sechsundzwanzig Jahren. Heisenberg und Einstein haben in diesem Alter ihre größten Entdeckungen gemacht. Steve Jobs wurde 1955 geboren, der erste Mac kam 1984 auf den Markt. Bill Gates wurde ebenfalls 1955 geboren. Das Betriebssystem MS-DOS wurde 1981 veröffentlicht.

Das könnte mich als Sechzigjährigen jetzt melancholisch stimmen. Tut es aber nicht.

Ja, unsere Denkgeschwindigkeit lässt nach. Ja, die größten Erfindungen werden von sechsundzwanzigjährigen Jungspunden beim Patentamt angemeldet. Denn mit sechsundzwanzig stehen uns auch nicht so viele Erfahrungen im Weg. Da hat man die berühmten Flausen im Kopf, und die werden eben nicht von so viel Erfahrungen überdeckt. Da heißt es noch nicht: »Das haben wir immer schon so gemacht!« Oder: »Wo kommen wir denn da hin?« Da wird einfach gemacht. Und das ist auch gut so.

Halten wir also fest, die großen Erfindungen werden mit sechsundzwanzig gemacht, aber unser Schatz an Erfahrungen, an Erinnerungen und an Fertigkeiten nimmt auch danach immer weiter zu. In einem siebzigjährigen Hirn sind vierhundertmal mehr Wissensinformationen gespeichert als im Denkorgan eines Zwanzigjährigen.

Und all diese Erfahrungen, die Erlebnisse, führen dazu, dass ein Mensch natürlich auch mit sechzig, siebzig oder achtzig Jahren noch zu ganz besonderen Leistungen fähig ist.

Ältere Menschen verlieren sich nicht so sehr in Details. Sie überschauen das Ganze.

Hier lohnt sich ein Blick in meinen Bücherschrank. Ich habe im vergangenen Jahr drei Bücher von sehr alten Autoren gelesen.

Die *Abschiedsfarben* von Bernhard Schlink glänzen mit einer Sprache, wie sie vielleicht nicht mehr lange geschrieben wird. Es sind Geschichten voller Melancholie und voller Lebensfreude, Geschichten vom Scheitern und von glücklichen Momenten. Ich habe es als Hörbuch gekauft, Schlink las die Geschichten selbst, die Stimme ist die Stimme eines alten Mannes, manchmal bricht sie, und ich habe jede Minute genossen.

Elke Heidenreich hat ein Buch mit kurzen Geschichten über Kleidung geschrieben, über die Mode, *Männer in Kamelhaarmänteln*. Mal schreibt sie böse – sie hat mir einige positive Gedanken zu Heinz Rühmann genommen –, mal schreibt sie entlarvend, und dann wieder hatte ich beim Lesen Tränen in den Augen.

Helga Schuberts Buch *Vom Aufstehen*, ein Leben in Geschichten, war vielleicht die größte Überraschung für mich. Sie schreibt über ihre Vergangenheit als von der Stasi überwachte Autorin in der DDR, über Berlin und über ihr Dorf in Mecklenburg, über ein junges Mädchen und über eine alte Frau, die ihren Mann pflegt und die durch ihre Geschichte und vielleicht auch durch ihren Glauben mit sich völlig im Reinen zu sein scheint. Was für ein Buch!

Diese drei Bücher faszinierten mich sehr, und Bernhard Schlink ist mit sechsundsiebzig Jahren der jüngste der drei Autoren. Das stimmt mich doch optimistisch. Die Denkgeschwindigkeit unseres Gehirns mag ab dem sechzehnten Lebensjahr abnehmen, aber unsere Erfahrungen, unsere Erlebnisse nehmen zu. An diesen drei Büchern erkennt man, dass man bei aller Modernisierung der Sprache das Wort Weisheit nicht unterschätzen sollte. Und nicht nur das.

Albert Einstein veröffentlichte 1905 vier Aufsätze, darunter seine *Spezielle Relativitätstheorie*. Carl Friedrich von Weizsäcker meinte später, jeder dieser Aufsätze wäre nobelpreiswürdig. Man sagt, das Jahr 1905 war Einsteins »Wunderjahr«.

Die Bilder, die wir von Einstein kennen, zeigen ihn aber stets mit Zauselbart und weißhaarigem Wuschelkopf. Ich habe nach einem Bild gesucht, das ihn als jungen Forscher zeigt, und ich bin fündig geworden. Es gibt eine Fotografie von 1903 mit seinen Kommilitonen Maurice Solovine und Conrad Habicht von der Akademie Olympia. Sagen wir mal so: Das Poster hätte ich mir nicht in meine Studentenbude gehängt. Einstein mag mit sechsundzwanzig am effizientesten gedacht haben, aber mit siebzig sah er eindeutig cooler aus!

Als ich nach Deutschland kam, sprach ich nur Englisch. Aber weil die deutsche Sprache so viele englische Wörter hat, spreche ich jetzt fließend Deutsch.

Rudi Carrell

ICH LERNE NIEDERLÄNDISCH

Wir sammeln ein Leben lang neue Informationen und Erfahrungen auf unserer Festplatte; wenn wir uns genug bewegen, können wir auch im höheren Alter noch für neue Verbindungen im Gehirn sorgen. Und dann las ich ein Interview mit Professor Gerhard Roth, der am Institut für Hirnforschung der Universität Bremen über Veränderungen des menschlichen Hirns im Alter forscht. Froböse hatte mir erklärt, dass man seine Muskeln ständig beschäftigen soll, und Herr Roth erklärte nun, dass man sein Hirn häufig beanspruchen und etwas lernen solle, so bleibe man fit im Kopf.

Wichtig ist dabei, dass wir uns mit etwas Neuem beschäftigen, denn dann werden beim Lernen neue Verbindungsstraßen in unserem Gehirn aufgebaut. Auf die Weise ist es uns möglich, ein Leben lang zu lernen. Diese Formbarkeit des Gehirns nennen Wissenschaftler »Plastizität«.

Ich lehnte mich gemütlich in meinem Schreibtischsessel zurück und dachte fröhlich lächelnd: Da habe ich wohl die Plastizität meines Gehirns positiv beeinflusst, ohne zu wissen, dass man die Plastizität beeinflussen kann. Mehr noch. Ich habe es getan, ohne zu wissen, was die Plastizität des Gehirns eigentlich ist. Und das geschah so:

Seit über fünfundzwanzig Jahren verbringe ich meine

Sommer gerne in Zeeland, einer südwestlichen Provinz der Niederlande. Ich mag die Landschaft, den Strand, die Dünen, die vielen Radwege, und ich liebe das Meer. Ich mag die Menschen. Ich bin immer sehr vorsichtig bei Verallgemeinerungen. »Die Holländer sind …« oder »Die Deutschen sind …« sind gefährliche Satzanfänge, aber ich glaube schon, die Niederländer sind eher gelassener als wir, sie sind kinderlieb, und sie sind vielleicht nicht so materiell orientiert wie wir Deutschen. Es gibt ein lustiges Gerücht, dass es in den Niederlanden einmal eine Gardinensteuer gegeben habe, die auf die Größe der Fensterdekoration erhoben wurde. Diese Steuer sei der Grund dafür, dass die Niederländer nur sehr kurze oder gar keine Gardinen vor den Fenstern hätten. Wie gesagt, ein Gerücht! Ein solche Steuer hat es nie gegeben. Die gardinenlosen Fenster der Niederländer resultieren eher aus der calvinistischen Historie der Niederländer. Man hatte keine Gardinen vor den Fenstern, weil man nichts zu verbergen hatte.

Ich mag auch die niederländische Musik. Ich saß mal aus Recherchezwecken (ich musste Biersorten probieren, die der »inspecteur« in meinen Zeelandkrimis trinkt) in einer Kneipe in Middelburg, und aus den Lautsprechern kam ein bockstarkes Lied. Die komplette niederländische Thekenbelegschaft sang lauthals mit. Ich fragte nach dem Titel, und der Wirt notierte für mich auf seinem Kneipenblock: »Bløf: *Aan de Kust*«. Dann lief *Festival der Liebe* von Jürgen Marcus, was die Kollegen genauso laut mitsangen. Beim nächsten Lied notierte der Wirt auf meinem Zettel: »*Dansen aan Zee*«. Das Lied war wieder von Bløf, einer Rockband aus Vlissingen. Ich mag auch den Sänger Marco Borsato. Ich war im Konzert von Guus Meeuwis in s'Hertogenbosch. Was für ein Abend. Es war natürlich schade, dass ich die Texte nicht verstand.

Ich verbrachte meine Urlaube seit über zwanzig Jahren in Zeeland, und ich verstand die Texte nicht, weil ich kein

Niederländisch sprach. Und warum sprach ich kein Niederländisch? Weil fast alle Niederländer Deutsch sprechen. Als mir das auffiel, dachte ich, das ist ein ziemlich arroganter Gedanke von uns Deutschen. Das wird geändert. Ich lud mir auf mein Handy eine Fremdsprachen-Lern-App herunter und abonnierte den Niederländisch-Kurs.

Ein Mann mit einer sehr sonoren Stimme nannte mir ein Wort, und ich musste es nachsprechen. Mein Handy erkannte, auf welche Weise auch immer, ob ich das Wort richtig ausgesprochen hatte, wenn ja, ging es zum nächsten Wort. Ich musste Wörter schreiben, Wörter eines Satzes in die richtige Reihenfolge bringen und die gelernten Vokabeln immer wieder wiederholen.

Ich übte jeden Tag ein bis zwei Aufgaben. Der Aufwand war nicht allzu groß. Ich brauchte eine Viertelstunde, vielleicht eine halbe. Aber ich übte jeden Tag. Dass ich mal einen Tag ausließ, kam selten vor. Irgendwann merkte ich, dass ich die Wörter in den Liedern wiederfand. Irgendwann verstand ich die Texte.

Manchmal verstehe ich nicht alles, dann muss ich den Text im Internet nachsehen, aber das muss ich bei Herbert Grönemeyer auch!

Niederländische Lieder verstehen ist toll, aber sich auf Niederländisch unterhalten können, das ist noch einmal etwas ganz anderes. Ich musste manchmal darum kämpfen, es tun zu können. Einmal saß ich mit Anke auf der Terrasse unseres Lieblingsrestaurants und erklärte dem Kellner mit einem Anflug von Stolz: »Goedenavond, ik had graag een pot mosselen in witte-wijn-saus met fritjes!« Er antwortete: »Ein Topf Muscheln in Weißweinsauce mit Pommes frites, kommt sofort.« NEEEEEEIN! Ich wollte doch Niederländisch lernen. Mittlerweile spielen die meisten mit. Der Kellner in meinem Lieblingsrestaurant und der Campingplatzchef sprechen Niederländisch mit mir. Ich spreche das nicht perfekt, aber ich kann mich gut verständigen, und es macht eine Menge Spaß.

Ich habe lustige Wörter gelernt. Der See heißt auf Niederländisch »meer«, und das Meer ist die »zee«. »Schoon« heißt nicht schön, sondern sauber. Wenn man meint, man kommt mit einem Problem klar, sollte man nicht »ik kom klaar« sagen, weil der Niederländer das möglicherweise als erfolgreichen Abschluss eines Sexualaktes versteht. Es gibt Wörter, die soooo lustig sind. Der Marienkäfer heißt »lieveheersbeestje«, was so viel bedeutet wie Liebherrentierchen, und der Steinpilz heißt »eekhoorntjesbrood«, also Eichhörnchenbrot. Die Verkleinerungssilbe »tje« hängt der Niederländer an alles Mögliche, selbst an die Zahl »eins«. Man trinkt noch »eentje« mit. Da ist das kleine Bierchen schon in der Zahl enthalten. Sehr praktisch.

Einige Monate später ereilte mich eine Anfrage des NDR, ob ich nicht Lust hätte, im neuen Quiz *Hätten Sie's gewusst?* mit Jörg Pilawa mitzumachen. Na ja, Quiz ist quasi mein Hobby. Ich habe bei Günter Jauch für den guten Zweck eine halbe Million gewonnen, und ich habe jahrelang das NRW-Duell moderiert. Aber im neuen Quiz von Pilawa sah das anders aus. Da brauchte ich ein Spezialgebiet, in dem ich mich sehr gut auskannte. Sowas hatte ich nicht. Im Gegenteil, bei Quizsendungen kam mir gerade meine themenübergreifende gesunde Halbbildung immer sehr zugute, aber wollte ich das dem NDR-Redakteur gegenüber zugeben? Nein, das wollte ich nicht. Also schlug ich als Spezialgebiet »Niederlande« vor. Das war ihm zu grob gefasst. Wir einigten uns auf »das niederländische Königshaus«. Ich hatte mein Engagement bei der neuen Quizsendung in der Tasche und ein ziemliches Problem am Hals. Was wusste ich denn nun tatsächlich über König Willem-Alexander, Prinz von Oranien-Nassau und seine Familie. Nicht allzu viel, vor allem wusste ich nicht genug, um erfolgreich an einer Quizsendung teilzunehmen, und das Problem bei Sendungen ist, da gucken Leute zu. Eine Blamage wollte ich also tunlichst vermeiden.

Ich kaufte mir die Bücher *Kleine Geschichte der Niederlande* von Geert Mak und *Geschichte der Niederlande* von Christoph Driessen und bimste mir die niederländische Geschichte von Wilhelm von Oranien bis Willem-Alexander in den Kopf, und ich hatte schon wieder eine Menge Spaß dabei.

In dem Quiz schnitt ich dann ganz gut ab, aber am Ende fehlte mir eine einzige richtige Antwort. Ich wusste, dass die Niederländer die Frisur von Beatrix als Helm bezeichnen, ich wusste, dass sie nun, da sie die Krone an ihren Sohn Willem-Alexander weitergegeben hat, wieder den Titel Prinzessin trägt. Aber wie lange sie nun Königin war? Keine Ahnung, irgendwas um dreißig Jahre, es waren dreiunddreißig. Zack, Geld futsch.

Aber das war rückblickend betrachtet nicht schlimm. Denn Professor Roth sagte in dem Interview, das ich gelesen hatte, dass man auch im Alter lernen soll, aber ohne den Anspruch auf absolute Meisterschaft, ohne Stress. »Das ist überaus wohltuend für die Nervenzellen im Gehirn. Das ist das Rezept für Zufriedenheit und geistige Fitness.

Zufriedenheit ist vielleicht das höchste Ziel im dritten Drittel meines Lebens. Ich glaube, Glück ist kein Zustand, aber man braucht glückliche Momente, die man einsammeln muss. Man steckt sie in die Hosentasche und verwahrt sie. Ich glaube ganz fest, dass die Zufriedenheit von selbst kommt, wenn man genug glückliche Momente eingesammelt hat.

Nachdem ich 2019 eine Meniskusoperation hatte, fiel die darauffolgende Physiotherapie in den Zeeland-Urlaub, und mein Physiotherapeut gehörte tatsächlich zu den sehr wenigen Niederländern, die nun wirklich kein Wort Deutsch sprechen. Bei meinem ersten Besuch erklärte ich ihm mein Anliegen auf Niederländisch, wir machten vier Termine ab, und ich verabschiedete mich. An der Tür hielt mich eine sehr alte Dame mit schneeweißem Haar am Ärmel fest. Ich drehte mich um, und sie sagte lächelnd: »Wat mooi, dat u Nederlands praat!« Was ist das schön, dass Sie Niederländisch sprechen. Ich war wirklich ein bisschen stolz. Das war ein sehr glücklicher Moment.

WAS KÖNNTE MAN DENN NOCH ALLES LERNEN?

Wir bleiben fit im Gehirn, wenn wir regelmäßig etwas Neues lernen. Dabei sind Freude, Spaß und Glücksmomente echte Lernbeschleuniger. Und das Lernen zahlt sich aus, das lässt sich nachmessen. Im Jahr 2008 wurde am Uniklinikum Hamburg-Eppendorf eine Studie durchgeführt. Man bat vierundvierzig Frauen und Männer, die alle über sechzig Jahre alt waren, drei Monate lang Jonglieren zu üben. Tatsächlich bekamen alle vierundvierzig Probanden es hin, es dauerte zwar etwas länger als bei jüngeren Leuten, aber nach drei Monaten ließen alle die Bälle durch die Luft wirbeln.

Diese Erkenntnis reichte den Wissenschaftlern natürlich nicht aus, also steckten sie die zukünftigen Varietékünstler in einen Kernspintomographen und stellten fest: Da hatte sich in den Gehirnen der Studienteilnehmer allerhand getan. In den Hirnbereichen, die für Bewegung im Raum zuständig sind, aber auch im Hippocampus, der entscheidend ist für Lernen und Gedächtnis, und im »Belohnungssystem« des Gehirns war ein klares Wachstum nachzuweisen.

Gut, überzeugt, dann lernen wir halt wieder etwas. Wir wissen ja nun, es muss uns interessieren, es muss uns Spaß machen, und es darf kein Stress daraus werden.

Mein Sohn Tim ist Weinküfermeister, und er hatte, um in seinem Fachgebiet noch breiter aufgestellt zu sein, am International Wine Institute in Bad Neuenahr einen Sommelier-Kurs absolviert. Das wäre natürlich ein Thema für mich, aber um zur Prüfung zugelassen zu werden, braucht man eine Berufsausbildung als Restaurantfachmann.

An deutschen Hochschulen sind sechs Prozent der Studienanfänger älter als siebenunddreißig, viele ältere Menschen drücken gern nochmal die harte Bank im Hörsaal. Aber mit sechzig eine Berufsausbildung zum Restaurantfachmann zu beginnen erschien mir dann doch übertrieben. Tim erklärte mir, das müsse ich auch nicht. Es gebe einen Kurs zum Junior-Sommelier. Das sei der Einstiegskurs, dafür brauche man keine Berufsausbildung.

Mein Beruf ist Komiker, und da gibt es keine Ausbildung, aber dass mein Sohn mit achtundzwanzig Jahren Sommelier ist, und ich mit sechzig Junior-Sommelier, das kommt mir als Komiker doch sehr entgegen. Wir sprachen an einem Adventssonntag mit der ganzen Familie darüber, wir hatten uns so sehr über den »Junior« amüsiert, und wir hatten auch schon ein bisschen das Verkosten trainiert (man kann ja nicht völlig unvorbereitet in so einen Kurs gehen), sodass ich am Ende des Tages, als es losging, nicht mehr der älteste Kursteilnehmer war. Mein Schwiegervater Walter hatte sich ebenfalls angemeldet, und der ist siebenundsiebzig.

Tim hatte uns gezeigt, wie man den Wein im Mund behält, an die verschiedenen Stellen der Zunge transportiert. Wir schmecken die verschiedenen Geschmacksrichtungen an unterschiedlichen Stellen dieses rosafarbenen Fleischlappens. Süß schmecken wir an der Zungenspitze, sauer an den Seitenrändern der Zunge und bitter hinten am Zungenrund. Wenn der Schluck Wein dann die Hafenrundfahrt hinter sich hat, dann spuckt der Sommelier die Probe in ein schwarzes Spuckgefäß, das er vorsorglich bereitgestellt hat.

Süß und sauer unterscheiden klappte bei mir immer,

Steinobst von grünen Früchten trennen klappte schon seltener, und das mit dem Spucken ging immer schief. Vielleicht lag das an einer über Jahrzehnte antrainierten, reflexhaften Kontraktionsprozedur in den Halsmuskeln, aber ich spuckte immer nach hinten.

Es gab allerhand zu lernen. Beim Verkosten geht es zunächst um den optischen Eindruck des Weines, dann kommt das Riechen und Schmecken. Es gibt Primäraromen, die von der Traube stammen, Sekundäraromen entstehen bei der Weinbereitung und die Tertiäraromen im Reifungsprozess.

Beim Schmecken erkennt man florale Noten, Steinfrüchte oder Krautigkeit. Ich hatte mir früher immer einen Spaß daraus gemacht, auf Stehpartys mein knubbeliges Riechorgan in ein Rotweinglas zu halten, das Bouquet aufzunehmen, um dann der umstehenden Schar von Partygästen ein enthusiastisches »Pfingstrose« entgegenzurufen. Wenn die dann nach einer eigenen Riechprobe begeistert »Genau!« zustimmten, dann wusste ich, die hatten auch keine Ahnung von Wein. Inzwischen erwarte ich von mir aber dann schon ein salbungsvoll vorgetragenes: »Stilvoll, ölig, extraktreich, feine Noten von schwarzer Johannisbeere, schwarzer Kirsche, ein wenig Vanille, aber auch nasse Steine, Tabak, Leder, eine leichte Delle im Abgang, aber ich als Junior-Sommelier möchte hier schon freiheraus sagen, ja, das ist ein Roter.«

Wir hatten einige Online-Wein-Tastings bei uns im Esszimmer. Walter und ich spürten bald, dass man tatsächlich Erfahrungen sammelt, dass wir schon an der Farbe des Weines Aussagen über seine geografische Herkunft oder sein Alter machen konnten. Wir lernten, dass man im Chianti Classico die Rebsorte Sangiovese verarbeitet und dass der berühmte Brunello di Montalcino auch ein Sangiovese ist. Nur in der idyllischen Gemeinde Montalcino in der Provinz Siena, da nennt man den Sangiovese halt Brunello. Wir probierten uns durch die Anbaugebiete Frankreichs und Italiens, wir wussten bald, dass die häufigste Rebsorte in Argentinien der Malbec ist und dass Zinfandel in Italien Primitivo heißt. Alles das lernten wir, nur mit dem Spucken, da haperte es noch.

Neurowissenschaftler haben auch herausgefunden, dass es kaum etwas Besseres für die geistige Fitness bei älteren Menschen gibt, als ein Musikinstrument spielen zu lernen. Da müssen viele Informationen mit allen Sinnen verarbeitet werden. Haut, Augen, Ohren werden gefordert. Zeitgleich müssen die Bewegungen sehr fein abgestimmt sein, um der Geige oder der Klarinette die richtigen Töne zu entlocken. Spielt man mit anderen Musikern zusammen, muss man auch den Klängen der anderen lauschen, und das muss mit räumlicher und zeitlicher Präzision passieren. Das gibt ein Feuerwerk der Neuronen und Synapsen.

Meine Frau Anke nimmt Gesangsunterricht, sie singt in einem Mädelstrio und im Chor der Musikschule, und sie lernt seit einiger Zeit Posaune. Ich habe mich anfangs oft gefragt, warum meine schöne zarte Frau ein solches Instrument spielen will, und vor allem, warum sie so viel Freizeit in der Musikschule, beim Unterricht oder beim Chor verbringt. Inzwischen bin ich schlauer geworden. Ich werde jedes dieser Ansinnen in Zukunft noch stärker wertschätzen. Ich werde sie unterstützen, und ich werde gerne ihrem Gesang lauschen. Und wenn sie vormittags im Wohnzimmer Posaune übt, dann gehe ich meine zehntausend Schritte.

Wenn ich mit dem Junior-Sommelier fertig bin, kann ich noch einmal die niederländischen Vokabeln wiederholen, oder ich lerne Trompete oder … ich hab's: Ich lerne Jonglieren. Was die Senioren in Hamburg-Eppendorf können, das kann ich auch.

TUT'S NICHT AUCH EIN KREUZWORTRÄTSEL?

Niederländisch lernen war am Anfang nur eine Idee. Ich wollte nicht, dass der Pommesverkäufer im Strandpavillon natürlich Deutsch spricht, aber der geneigte Pommeskonsument, also ich, kann kein Niederländisch. Aus dieser Idee wurde schnell mehr. Plötzlich verstand ich Liedtexte, plötzlich konnte ich Speisekarten lesen, auch wenn keine deutsche Übersetzung auf der Rückseite stand. Plötzlich wurde ich von einer alten weißhaarigen Niederländerin beim Physiotherapeuten gelobt.

Der Junior-Sommelier war am Anfang nur ein Scherz, doch plötzlich merkte ich, wie interessant das Thema ist, ich las mich weiter ein, verkostete fleißig mit meinem Schwiegervater und kapierte, was mein Sohn für einen wunderbaren Beruf hat.

Wenn wir neugierig bleiben, empfinden wir das Leben als Abenteuer und nicht als stressige Belastung. Aber auch Stress, psychischer Druck und Misserfolg sind möglich. Wir haben einerseits unseren Forscherdrang, der uns Spaß macht. Andererseits ist da die Angst vor dem Unbekannten. Wenn der Neandertaler einen neuen Pilz probierte, konnte diese Erfahrung seine Speisekarte um eine wohlschmeckende Beilage zum Steak erweitern, oder er lag bald irgendwo in der Nähe des heutigen Düsseldorf von Magenkrämpfen geschüttelt im Gras.

Es gibt Zeitgenossen, die sind ganz einfach – genetisch bedingt, vom lieben Gott beschlossen oder warum auch immer – gänzlich unmusikalisch. Wenn so einer sich jetzt eine schöne Geige kauft, um mittels regelmäßiger Übungsstunden seinen Alterungsprozess zu verlangsamen, so wird das zu einem Geigenlehrer in Therapie, einem Geigenschüler im Vollstress und letztlich zu einem knappen Pfund Brennholz führen. Vielleicht haben Sie keinen Zugang zu fremden Sprachen, oder Sie haben die berühmten zwei linken Hände, wenn es um Elektrotechnik geht. Wenn Sie Ihre Lernambitionen gerade auf ein solches Themengebiet richten, wird der Erfolg sicher unbefriedigend sein. Sie machen sich Stress, Sie setzen sich psychischem Druck aus. Stresshormone können Teile des Gehirns regelrecht lahmlegen. Man spricht vom Blackout.

Deshalb fahren viele Menschen mit steigendem Alter ihre Neugier immer weiter runter. Kleine Kinder kennen keine Angst. Sie sind einfach neugierig, wollen alles wissen. Deswegen stellen sie viertausend Fragen in der Stunde, lauschen jedem Geräusch, wollen alles anfassen. Schon junge Erwachsene wissen eigentlich genug, um sich in der Welt zurechtzufinden. Wenn Sie sich jetzt tatsächlich für etwas völlig Neues interessieren würden, dann müssten Sie Zeit und vielleicht Geld investieren, und Sie haben doch schon Familie und Karriere und Fußballverein, da bleibt nicht sehr viel Raum, also lassen es viele von Ihnen. Bei Menschen über sechzig wird die Vorsicht oft noch größer. Sie sind dem Neuen abgeneigt, eingefahren, engstirnig. Sie winken ab und sagen: »Das kenn ich doch schon alles! Tut es dann ein Kreuzworträtsel nicht auch oder so ein lustiges Sudoku?«

Wenn ich auf dem iPad mit verärgerten Vögeln grüne Schweine abschieße, taucht immer wieder eine Werbung auf, die mir sagt, dass ich durch fünfzehn Minuten eines Computerspiels pro Tag das Alter meines Gehirns um bis zu vierzig Jahre senken kann. Und solche Werbung ist erfolgreich. Der

Umsatz digitaler Gehirnjogging-Angebote hat sich in den letzten Jahren mehr als versechsfacht.

Sie können das ruhig machen. Solche Spiele machen Spaß. Unnütze Vitaminpräparate können Schaden anrichten, ein bisschen Gehirnjogging sicher nicht. Und wenn man erlebt, dass einem die Übungen immer besser von der Hand gehen, wenn man seine Geschwindigkeit erhöht oder bessere Punktzahlen erreicht, dann gibt das bestimmt Selbstvertrauen und Motivation.

Aber Gehirnjogging-Spiele, Kreuzworträtsel oder Sudokus fordern uns nicht sehr stark. Diese Fähigkeiten haben wir schon länger eingeübt, neues Erlernen ist da meist nicht im Spiel. Also, spielen Sie ruhig, aber glauben Sie den hippen Werbetextern, die Ihnen ein um dreißig Jahre verjüngtes Gehirn versprechen, kein Wort.

Nein, wir müssen aus unserer »Kenn ich doch schon alles«-Komfortzone raus. Man kann das trainieren.

Dazu sollte der gänzlich unmusikalische Mann vielleicht doch nicht Geige lernen, die Dame ohne Sprachbegabung auf den Suaheli-Kursus an der Volkshochschule verzichten. Die niederländische Sprache interessierte mich, für guten Wein habe ich eine Passion. Und so kennt doch jeder seine Hobbys und Talente, jeder weiß doch, was ihn schon immer interessiert hat. Wenn das, was wir neu lernen, das, was wir vertiefen, unser inneres Interesse angeht, dann macht uns das einfach Spaß, man nennt das »intrinsische Motivation«. Zack, schon wieder was gelernt. In unserem Interessengebiet lernen wir schneller. Unsere Neugier wird befriedigt, das macht Spaß, das Belohnungszentrum im Gehirn wird wieder aktiv. Die »Freude am Lernen«, die wir spätestens in der sechsten Klasse eingebüßt haben, kommt zurück, im Gehirn ist Feuerwerk, da wird mit einem Gläschen Dopamin angestoßen, und das bedeutet: Es geht uns saugut.

Die wahren Abenteuer sind im Kopf, und sind sie nicht in euren Köpfen, dann suchet sie.
André Heller

HATTE ICH IHNEN HEUTE SCHON GRATULIERT?

Sie sitzen gerade in einem bequemen Sessel oder gemütlich am Esstisch, und Sie haben ein Buch in der Hand. Sie lesen! Das ist eine super Idee.

Die Kommunikation über ein Schriftsystem kennen die Menschen erst seit weniger als sechstausend Jahren, im Vergleich zur Evolution ist das ein Wimpernschlag. Als der Mensch auf die Idee kam, zu lesen und zu schreiben, hat sich sein Gehirn erheblich entwickelt.

Auch heute bringt das Lesen unsere Gehirnleistung gehörig auf Trab. Wir hatten gesagt, unser Gehirn verfügt, bildlich gesprochen, über einen Prozessor und eine Festplatte. Auf der Festplatte (Wissenschaftler nennen das »kristalline Intelligenz«) wird unser Wissen, werden unsere Erfahrungen gespeichert. Unsere erlernten Fähigkeiten, unser Wortschatz, das große Einmaleins, die Hauptstädte der Staaten Europas und das Wissen, wie man schwimmt, das Wissen aus Sachbüchern, die wir gelesen haben, alles das tummelt sich auf unserer Festplatte.

Aber auch vieles, was wir aus Romanen, aus der Belletristik lernen, landet in diesem Speicher. Autoren haben unterschiedliche Schreibstile, eine unterschiedliche Wortwahl. Wenn wir lesen, lernen wir, mit Sprache Bilder zu malen. Dieses Wissen steigert sich mit jedem Buch. Unsere Festplatte hat Platz genug.

Der Prozessor (die allgemeine Intelligenz) ist währenddessen nicht untätig. Ständig müssen Verbindungen erstellt werden, vom dreiundzwanzigsten Kapitel zum Prolog. Hatte der Verdächtige seine Aussage nicht mit der linken Hand unterschrieben? Der Graf hatte doch früher ein Verhältnis mit dem Chauffeur. Und hatte Poirot nicht am Hotelfenster Wortfetzen gehört? Die Wörter untereinander, die verschiedenen Kapitel und das Gelesene und die reale Welt, all das muss miteinander in Verbindung gebracht werden. Das steigert unsere Fähigkeit, Muster zu erkennen, Zusammenhänge zu sehen und Probleme logisch zu lösen. Der Prozessor wird durch lesen ordentlich gefordert.

Über die emotionale Intelligenz hatten wir noch nicht gesprochen. Das ist unsere Fähigkeit, unsere eigenen Gefühle und die Gefühle anderer wahrzunehmen, zu verstehen und darauf zu reagieren. Beim Lesen sehen wir die Geschichte durch die Augen der Charaktere, wir fühlen mit ihnen, erleben ihre Siege und Niederlagen, leiden mit ihnen oder freuen uns für sie. Das schult das Verständnis für unsere eigenen Gefühle, aber auch für die Emotionen anderer. Lesen zeigt uns, dass es mehr gibt als unsere eigene Sichtweise, dass man mit anderen Menschen diskutieren, Kompromisse finden kann. Lesen macht uns empathisch.

Na, lieber Leser, das ist doch mal faszinierend, oder? Und es wird noch faszinierender.

Im Fernsehen kommt die Verfilmung eines Romans, den ich vor Kurzem gelesen habe. Ich freue mich auf den Film, habe mir ein schönes Glas Wein eingeschenkt und es mir im Fernsehsessel gemütlich gemacht. Ja, spannend, Sizilien, die Landschaft, genauso, wie es im Buch beschrieben worden ist, und jetzt noch mit Musik. Herrlich!

Und dann kommt der Commissario! Mensch, das gibt's doch nicht. Der ist ja falsch! Die haben für die Rolle den völlig falschen Schauspieler ausgesucht. Man sollte den Redakteur entlassen oder den Regisseur oder den Redakteur und den Regisseur. Ich rege mich gerade gewaltig auf, und meine Frau sagt: »Wieso? Das ist doch eine sehr gute Besetzung.«

Was war passiert? Wenn wir ein Buch lesen, sind sehr viele Areale unseres Gehirns aktiv. Das Sprachzentrum, klar, aber es sind auch Hirnbereiche aktiv, mit denen eigentlich nicht zu rechnen ist. Das Bewegungszentrum, Bereiche, die Sinnesempfindungen und Emotionen steuern, die Erinnerungen hervorholen. Wenn wir ein Buch lesen, versetzen wir uns nicht nur in die Charaktere, es geht weit darüber hinaus. Wir erleben die Geschichte live mit, Kino im Kopf. In meinem Kopfkino sah der Commissario halt völlig anders aus als in der Verfilmung und auch völlig anders als im Kopfkino meiner Frau.

Die Vernetzungen in unserem Gehirn werden gefördert, teilweise bleiben sie noch bestehen, wenn wir das Buch schon aus der Hand gelegt haben. Wir füllen unsere Festplatte mit Wissen, wir kommen zur Ruhe, wir bauen Stress ab. Forscher der Universität Yale haben tatsächlich herausgefunden, wer täglich eine halbe Stunde liest, lebt länger. Ob das nun wirklich stimmt, weiß ich nicht, ich weiß, wenn man liest, dann hat man Kino im Kopf. Man geht als Königin durch die Welt oder als Chief Inspector, man wächst im Buckingham Palace auf oder in einer armseligen Hütte in den Sumpfgebieten von North Carolina. Man erlebt einen einzigen Tag als Anzeigenakquisiteur in Dublin oder sieben Schuljahre als Zauberlehrling in Hogwarts. Ob man länger lebt, das weiß ich nicht, aber man lebt spannender, erfüllter, und man lernt die tollsten Geschichten der Welt kennen.

Ach ja, Sie lesen gerade ein Buch. Herzlichen Glückwunsch!

GEHEN WIR MAL IM GEISTE JOGGEN

Mein Gehirn muss also im wahrsten Sinne des Wortes auf Trab gehalten werden. Wenn ich meinem Gehirn regelmäßig Arbeit verschaffe, sorge ich dafür, dass mein Geist nicht verödet. So weit sind sich die Forscher mittlerweile einig.

Am besten ist es, wenn das, was ich meinem Gehirn zu tun gebe, für mich interessant ist und Spaß macht. Wenn ich mir selbst durch das Lernen Stress auferlege, hat das keine positiven Wirkungen auf meinen Denkapparat.

Ich finde den Gedanken, meinem Gehirn etwas zu tun zu geben, sehr reizvoll. Ich liebe Bücher, beim Lesen lernt man ständig etwas Neues, und es macht Spaß. Die teilweise Beherrschung der niederländischen Sprache ermöglicht es mir, Liedtexte im Radio zu verstehen, ich kann mich mit Menschen unterhalten, und ich kann ihnen zeigen, dass sie mir so wichtig sind, dass ich mir immerhin die Mühe gebe, ihre Sprache zu sprechen. Der Junior-Sommelier – da war sie wieder, diese wunderbare Mischung aus Lernen, also geistig aktiv bleiben, aber auch wieder Spaß haben. Der Junior-Sommelier hat noch einen anderen entscheidenden Vorteil. Wenn ich mir jetzt abends ein Glas Wein eingieße, kann ich das als Fortbildungsmaßnahme verbuchen. Und ja, ich gebe es zu. Ich habe es getan. Jawohl! Ich habe die Jonglierbälle bestellt.

Wir müssen unserem Geist immer wieder etwas Neues geben, damit diese lustigen Synapsen entstehen. Die Synapse ist die Verbindung zwischen einer Nervenzelle und einer anderen Zelle. Diese andere Zelle kann eine Sinneszelle, eine Muskelzelle oder möglicherweise auch einfach nur eine andere Nervenzelle sein. Im Gehirn baut sich also etwas Neues auf. Bis vor einigen Jahren sind selbst die schlauesten Wissenschaftler davon ausgegangen, dass das Gehirnwachstum kurz nach der Pubertät, so ungefähr mit zwanzig, weitgehend abgeschlossen ist, und dann heißt es wie in dem alten Chanson von Hildegard Knef: »Von nun an ging's bergab!«

Heute ist man ein Stückchen weiter. Wir können, wenn wir unser Gehirn ein Leben lang auf Trab halten, das »bergab« ganz schön nach hinten schieben. Es liegt bei uns selbst. Wir müssen unser Gehirn trainieren. Beim Körper hilft Jogging, aber es gibt ja auch den Begriff Gehirnjogging. Ich habe immer wieder gelesen, es bringt nicht viel, weil man da gelernte Fähigkeiten immer wieder anwendet, die neuen Verbindungen fehlen.

Ich saß einmal bei einer Talkshow mit Katja Burkard im Wartezimmer, sorry, beim Fernsehen heißt das »Special Guest Lounge«. Mit mir wartete ein weiterer »special guest«, der mir sagte, Gehirnjogging könnte durchaus sinnvoll sein, aber als er mir gerade erklären wollte warum, kam der Aufnahmeleiter und sagte: »Herr Stelter, Sie können jetzt ins Studio!«

Als ich nach dem Interview wieder herauskam und jetzt endlich wissen wollte, was denn nun dran ist am Gehirnjogging, sagte der Aufnahmeleiter: »Herr Konrad, jetzt sind Sie dran!«

Dieser Satz des Aufnahmeleiters blieb mir im Ohr. Das überraschte mich ein bisschen, mein Namensgedächtnis spielt mir sonst öfter mal einen Streich. Aber »Herr Konrad, jetzt sind sie dran«. Na bitte!

Herr Konrad und Gedächtnistraining, das ist für Herrn und Frau Google kein Problem. Ich hatte schon bei unserem ersten Gespräch gespürt, dass mir da ein Mensch gegenübersaß, dessen Gehirn ein paar besondere Fähigkeiten hat, aber was die Suchmaschine jetzt ausspuckte, hätte ich so nicht für möglich gehalten.

Boris Nikolai Konrad ist Neurowissenschaftler und Physiker, hat einige Bücher über unser Gehirn- und Gedächtnistraining geschrieben, und er ist mehrfacher Weltmeister im Gedächtnissport. Er war dreimal zu Gast bei *Wetten, dass..?* Beim ersten Mal merkte er sich die Restaurantbestellungen von fünfzig Gästen, und er hatte dafür nur vier Minuten Zeit. Beim zweiten Mal prägte er sich fünf ungelöste Sudokurätsel ein und ordnete ihnen hinterher die richtige Lösung zu. Das toppte er 2014 bei seinem dritten Erscheinen in der Sendung noch einmal. Da prägte er sich die Farbkombinationen von fünf Zauberwürfeln ein. Danach wurde einer der Zauberwürfel zufällig ausgewählt, Konrad wurden die Augen verbunden, und er löste diesen Zauberwürfel blind.

Mit diesem Genie hatte ich mich in der »Special Guest Lounge« unterhalten, das Gespräch musste ich dringend fortsetzen. Ich schrieb ihm eine Mail, und wir verabredeten uns in einem Café in Kleve.

Von den Leuten, die ein Brett vor dem Kopf haben, sind die Schachspieler wahrscheinlich am intelligentesten.
Thomas Gottschalk

AUF EINEN LATTE MACCHIATO MIT BORIS NIKOLAI KONRAD

Boris Nikolai Konrad ist ein gutaussehender junger Mann mit einem lustigen Bart, der auch D'Artagnan gut zu Gesicht gestanden hätte. Er trägt einen leicht spöttischen Zug um den Mund, und wenn ich jetzt behaupten würde, ich hätte hinter seinen Brillengläsern sofort diese klugen Augen erkannt, dann wäre das übertrieben, nein, es wäre sogar gelogen. Man sieht Herrn Konrad seine besonderen Fähigkeiten beim besten Willen nicht an. Man betrachtet Menschen halt von außen. Ich denke, das ist auch gut so für Herrn Konrad.

Er saß schon am reservierten Tisch, als ich eintraf. Ich war pünktlich, er war pünktlicher. Er trank einen Latte macchiato, gute Idee. Ich schilderte ihm die Grundidee meines Buches. Man kann mit sechzig fröhlich ins dritte Drittel des Lebens starten. Aber damit man fröhlich ins dritte Drittel starten kann, braucht es Voraussetzungen. Da haben wir die körperliche Mobilität, darüber hatte ich mit Ingo Froböse ein spannendes Gespräch geführt. Aber man braucht auch die geistige Mobilität. Das Gehirn muss auf Trab gehalten werden.

Konrad grinste: »Sehen Sie. Jedes neue Problem, das wir durchdenken und lösen, baut neue Verbindungen im Gehirn auf, vergrößert unsere Möglichkeiten. Wenn wir sagen, unser

Gedächtnis wird im Alter immer schlechter, dann stimmt das nicht überall. Manches wird sogar besser. Was nachlässt und vielen daher auffällt, ist die Lerngeschwindigkeit. Wenn bei einer Aufgabe zum Wörtermerken Studenten nach wenigen Minuten fünfundzwanzig Wörter in der richtigen Reihenfolge aufsagen können, schaffen Senioren in der gleichen Zeit vielleicht nur fünfzehn. Aber wenn sie ihr Gedächtnis trainieren, können auch die alten Leute schnell auf dreißig Wörter kommen, und damit sogar besser abschneiden als die Studenten. Dazu kommt, dass unser Gedächtnis verknüpfend lernt. Ältere Menschen haben viel erlebt, sie können auf bereits Erlerntes, auf ihre Erfahrungen zurückgreifen.«

Ich erzählte ihm, dass ich Bilder im Kopf brauche, wenn viele Fremdwörter ins Spiel kommen, von dem Bild, dass unser Gehirn einen Prozessor für die Geschwindigkeit hat und eine Festplatte für das ganze gespeicherte Wissen. Der Prozessor wird mit der Zeit langsamer, aber die größere Festplatte kann das teilweise ausgleichen – stimmt das ungefähr?

»Wenn Sie so wollen, ja! Aber es gibt tatsächlich eine Studie von Hawthorne und Germine, dass die Gedächtnisleistung von Menschen ab dem sechzigsten Lebensjahr viel steiler abfällt. Die meisten von uns werden es spüren, dass das Gedächtnis zwischen dem sechzigsten und dem siebzigsten Lebensjahr deutlich nachlässt. Das passiert nicht in allen Bereichen, von unserem Vokabular verlieren wir zum Beispiel nichts. Sehr wohl betroffen ist aber unser Arbeitsgedächtnis, wo die neuen Informationen hinkommen, bevor das Gehirn sich überlegt, ob die Informationen es wert sind, ins Langzeitgedächtnis übernommen zu werden. Unser episodisches Gedächtnis lässt auch nach.«

Die Falte oberhalb meiner Augenbrauen hatte wohl wieder die Form eines Fragezeichens angenommen, weshalb Konrad erklärte: »Das episodische Gedächtnis ist ein Teil des

Langzeitgedächtnisses. Es speichert Erfahrungen, die wir in der Vergangenheit gemacht haben. Dieses episodische Gedächtnis nimmt im Alter neue Informationen schwerer auf, und bei Erfahrungen, die wir früher gemacht haben, gehen die Quellen verloren. Wir erinnern uns an das Gelernte, aber wir wissen manchmal nicht mehr, wann und wo wir das gelernt haben.«

Es ist natürlich sehr schade, dass unsere Gedächtnisleistung abnimmt, aber es ist jetzt auch nicht wirklich neu. Ich will doch wissen, ob ich es verhindern oder zumindest verlangsamen kann. Ich war für diese Antwort immerhin nach Kleve gefahren. Was hatten die Studien denn herausgefunden?

Konrad lacht: »Alt werden ist per se ein Risikofaktor. Wer auf keinen Fall Alzheimer bekommen will, sollte jung sterben.« Es gebe eine Menge Studien, die belegen, was für unsere Gedächtnisleistung im Alter negativ ist, zum Beispiel Rauchen, Alkohol, Diabetes und Depression. Ich hoffte im Stillen, dass das Bundesministerium für Bildung und Forschung keine siebenstelligen Summen in solche Untersuchungen gesteckt hatte.

Auch nicht ganz so überraschend war die ziemlich sichere Erkenntnis, dass Vitaminpräparate oder Ginkgo-Tabletten nichts bringen. »Wenn Sie im Vorabendprogramm in einem Ginkgo-Werbefilmchen Senioren beim Wandern, Tennis und Golf sehen, die Ihnen erzählen, dass ihr Gedächtnis prima funktioniert, liegt das sehr wahrscheinlich an Wandern, Tennis und Golf und nicht an irgendwelchen Präparaten auf der Basis von Ginkgo Biloba.«

Bestätigt sind wirklich nur zwei Faktoren, die sich positiv auf die Gedächtnisleistung auswirken. Wandern, Tennis und Golf ist eben der eine. Der andere positive Effekt ist die geistige Betätigung. Lesen, Lernen, soziale Kontakte sind da wichtig. »Aber Gedächtnistraining kann auch durchaus eine Rolle spielen.«

Ich hatte da bisher nur sehr skeptische Stimmen gehört, also fragte ich: »Wiederholt man da nicht immer wieder bereits erlerntes Wissen? Wenn man seit Jahrzehnten Kreuzworträtsel ausfüllt, dann weiß das Gehirn halt, dass die Truppenspitze TETE ist, und die Stadt in NRW mit vier Buchstaben ist entweder UNNA oder HAMM. Dieses Wissen ist schon fertig trainiert, das baut unser Gehirn doch nicht weiter auf.«

Konrad grinste. Er zog ein Päckchen Spielkarten aus der Tasche, nahm die Karten aus der Pappschachtel und reichte sie mir.

»Mischen?«, fragte ich. »Mischen!«, war seine Antwort.

Ich gab mir große Mühe, dass nach diesem Vorgang auch nicht zwei Karten in der gleichen Reihenfolge verblieben waren. Dann reichte ich ihm das Kartenspiel.

Boris Konrad sagte: »Schauen Sie auf die Uhr!«

Ich aktivierte die Stoppuhr auf meinem Handy.

Es war ein Pokerblatt mit zweiundfünfzig Karten. Er ließ jede Karte durch seine Hände gleiten, wiederholte diesen Vorgang und gab mir die Karten zurück. Die Stoppuhr stand bei 1:14 Minuten.

Er sagte: »Pik 7, Herz 9, Herz Dame, Karo König, Kreuz 2, …« Einmal kam er ins Stocken und meinte: »Legen Sie die Karte bitte zur Seite!« Dann fuhr er fort. »Herz 2, Kreuz 3, Karo Bauer, …« So ging es weiter, bis ich die letzte Karte auf meinen Stapel legte. Dann zeigte er auf die Karte, die ich zur Seite gelegt hatte: »Und das ist die Pik 2!«

Alles richtig. Ich war fasziniert ob dieser Gedächtnisleistung.

»Können Sie das auch?«, fragte er.

»Nie und nimmer«, antwortete ich. »Zweiundfünfzig

Spielkarten, und Sie haben sich die nur eine gute Minute lang eingeprägt.«

»Bei der Meisterschaft hatte ich nur dreißig Sekunden.«

Ich erinnerte ihn daran, dass bei der Meisterschaft wahrscheinlich auch keine Bedienung an den Tisch kommt und fragt: »Noch einen Latte macchiato?«

»Wären Sie mit dreizehn Karten einverstanden?«, hakte er nach.

Ich konnte mir beim besten Willen nicht vorstellen, dass ich mir dreizehn Karten ansehe und sie ein paar Minuten später in der richtigen Reihenfolge aufsage. Und ich fand das auch nicht weiter schlimm, denn *Wetten, dass..?* gibt es nicht mehr, und für *Das Supertalent* würde die Nummer wahrscheinlich nicht reichen.

Boris Konrad suchte aus dem Spielkartenstapel die Pik-Karten heraus. »Pik sehe ich immer als Gewalt. Bei *Alice im Wunderland* sind die Pik-Karten die Soldaten. Das As stelle ich mir als ein Buch vor, vielleicht ein Kriminalroman. Das Buch steht mit dem Rücken nach oben, wie ein A. Die 2 ist für mich ein Kruzifix, zwei Balken werden gekreuzt. Die 3 ist ein Schlüssel, weil sie wie der Schlüsselbart aussieht. Die 4, das sind die Gitterstäbe eines Gefängnisfensters, die 5 ist eine Hantel, unten das schwere Gewicht und oben der Griff, mit dem man es hochhebt. Die 6 ist die Bombe, der obere Teil ist die Zündschnur. Die 7 sieht aus wie eine Pistole, der kleine Griff und der längere Lauf. Die 8, das sind natürlich die Handschellen. Die 9 ist ein Beil, und die 10 ist ein Graffito, die 1 ist die Spraydose, die 0 ist die Schrift.«

Dann kamen die Bilder an die Reihe. Der Bube war für ihn ein Verbrecher und die Dame ein Geldschein, weil auf vielen Geldscheinen der Kopf einer Frau abgebildet ist. Fehlte nur noch der König. Irgendwer muss den Kriminalfall ja lösen, deshalb war der König ein Richter.

Wir gingen die Bedeutungen der Karten noch einmal durch, und ich war mir recht sicher, dass ich sie mir gemerkt hatte.

Dann bat mich Boris Konrad, mir dieses Café in Kleve, in dem wir saßen, mal genauer anzusehen. Er drehte den Kopf in Richtung der Eingangstür. »Nehmen wir die Tür mal als Ausgangspunkt für unsere kleine Reise durchs Lokal. Wenn Sie bei der Tür beginnen, was sehen Sie als Nächstes?«

Links von der Tür hing ein großer Spiegel, dann kam die Eingangstür zur Lounge, dann ein Fenster, das wie ein Bullauge aussah, ein Bild mit vielen Buchstaben, daneben hing ein Flachbildfernseher, ein Garderobenständer aus goldfarbenem Metall, dann die Theke, auf der Theke die Zapfhähne. Links neben dem Tresen stand eine Vitrine mit Kuchen. An einem Haken hingen Tageszeitungen, ein brauner Schrank, mit Besteck, Aschenbechern und Speisekarten, und die Tür zur Terrasse. Wir hatten dreizehn Punkte im Raum gefunden.

Boris Konrad mischte die dreizehn Karten und legte sie vor mir hin. Die erste Karte war die 3, der Schlüssel. Ich stellte mir vor: An der Eingangstür steht jemand und hat einen Schlüsselbund in der Hand, er hantiert am Schloss herum. Die 6 war die Bombe. Er schaut in den Spiegel und denkt, ich könnte die Tür ja sprengen. Die Tür zur Lounge ist auch geschlossen, da hat jemand ein riesiges Graffito draufgemalt. Dann sieht er auf der Fensterbank unter dem Bullauge ein Bündel Geldscheine. Die Buchstaben auf dem Kunstwerk ergeben plötzlich einen Sinn. Da steht: »Mein Geld«. Im Fernsehen läuft die Übertragung eines Wettbewerbs im Gewichtheben. Auf dem messingfarbenen Garderobenständer steht ein Buch. Es ist das Bürgerliche Gesetzbuch. Da sieht er auf dem Tresen eine Pistole. Er überlegt, wenn er jetzt den Wirt einfach abknallt oder ihn mit Handschellen an die Zapfanlage fesselt, kann der ihn nicht verfolgen. Aber ob er jetzt den

Wirt erschießt oder aus der Vitrine den Kuchen klaut, morgen steht auf jeden Fall in der Zeitung, dass er hinter Gittern sitzt. Er könnte vor lauter Wut den braunen Schrank in Stücke hacken, aber da kommt der Richter durch die Terrassentür, und er bestellt lieber nur einen Latte macchiato.

Boris Konrad nahm mir den kleinen Stapel Karten ab, und ich zählte auf. 3, 6, 10, Dame, 2, 5, As, 7, 8, Bube, 4, 9, König. Okay, ich hatte für das Einprägen nicht 1:13 Minuten gebraucht. Ich hatte zwar nicht mitgestoppt, aber es war wohl eher eine Viertelstunde. Aber ich hatte alle dreizehn Karten in der richtigen Reihenfolge genannt.

»Wenn Sie das trainieren, werden Sie sicher schneller, und Sie werden sich auch bald mehr Karten merken können. Jede neue Geschichte ist eine neue Herausforderung. Dazu gibt es sehr viele verschiedene Arten von Gedächtnisspielen, und da sind sehr anspruchsvolle Varianten dabei, man spricht ja nicht umsonst von Gedächtnissport. Diese Gedächtnisübungen können ein Baustein sein, wie auch lesen oder ein Musikinstrument erlernen. Diese Betätigungen können wir nutzen, um unser Gehirn in allen Altersstufen zu fordern.«

Wir hatten ja schon besprochen, dass unser Gehirn verknüpfend lernt. Wenn die Denkgeschwindigkeit nachlässt, kann ein älterer Mensch das dadurch ausgleichen, dass er auf seinen Erfahrungsschatz zurückgreift. Da ist das Wort Schatz also wirklich berechtigt. Wenn wir immer wieder neue Verknüpfungen im Gehirn schaffen, ist es ja nachvollziehbar, dass es weniger tragisch ist, wenn anderswo welche verloren gehen. Zumindest für einige Zeit kann man so das Nachlassen der Gehirnleistung kompensieren. Die Zeit, in der unser Gehirn, weil es immer gefordert wurde, auf hohem Leistungsniveau bleibt, nennt man »kognitive Reserve«.

Es gab im letzten Jahr eine Studie des Leibniz-Instituts für Arbeitsforschung an der TU Dortmund. Zweihundertsechsundvierzig Personen aus drei Altersgruppen nahmen daran teil. Es gab junge (19–33 Jahre), mittelalte (40–53) und alte Probanden (65–88). Wie man das erwarten konnte, nahmen die Leistungen mit zunehmendem Alter ab, aber in der Gruppe der älteren Teilnehmer gab es sehr große Leistungsunterschiede. Die besten dieser Gruppe schnitten ähnlich gut ab wie der Durchschnitt der mittelalten Gruppe. Dabei waren die im Schnitt zwanzig Jahre jünger. Diese älteren Leute konnten auf ihre kognitive Reserve zurückgreifen.

Das Wort Reserve kannte ich eher im Zusammenhang mit dem Sparschwein, in dem sich der Notgroschen befindet, oder ich denke an das rote Lämpchen im Tacho meines Autos, das aufleuchtet, wenn der Inhalt des Treibstofftanks die kritische Marke von fünf Litern unterschreitet. Genauso muss man die kognitive Reserve auch sehen. Normalerweise wäre der Tank leer, der Motor stottert, bleibt stehen, und man tapert vergnügt mit dem blauen Kanister unter dem Arm über die Bundesstraße bis zur nächsten Tankstelle. Aber nein, man hat ja noch die Reserve. Normalerweise lässt das Gehirn ab dem sechzigsten Lebensjahr ganz schön zu wünschen übrig, es sei denn, man hat sich eine Reserve aufgebaut (Thinktank, haha!) und man ist weiterhin dabei, das zu tun. Das Gehirn plant eine Haushaltsauflösung, aber da unterbricht man es kurz und sagt: »Es war nicht meine Schuld. Ich bitte um Geduld.« Genau das ist übrigens der letzte Satz des Chansons von Hildegard Knef!

Wenn man fröhlich in das dritte Drittel starten will, braucht man geistige Mobilität. Wie man das hinkriegen kann, habe ich in einer knappen Stunde beim Latte macchiato in einem Café in Kleve verstanden.

Vielen Dank, Boris Nikolai Konrad!

DIE »KENNE ICH DOCH SCHON ALLES«-KOMFORTZONE

Ich habe von einem Mann gehört, der verbrachte seinen Urlaub jedes Jahr im schönen Allgäu – in demselben Hotel und in demselben Ort. Er bucht am Ende seiner Ferien stets den Urlaub für das nächste Jahr, und das auch nur unter der Voraussetzung, dass er denselben Tisch im Restaurant bekommt.

Wie mag es diesem Herrn gehen, wenn er am zweiten Weihnachtsfeiertag um 20.15 Uhr im ZDF *Das Traumschiff* sieht? Da steuert Florian Silbereisen in seiner Rolle als Kapitän Max Parger das weiße Kreuzfahrtschiff mit traumwandlerischer Sicherheit in einen exotischen Hafen, sagen wir mal nach Auckland in Neuseeland. Das Kamerateam folgt einigen Schauspielern ins Landesinnere, nach Rotorua, wir sehen heiße Quellen und brodelnden Schlamm; einige Maoris mit aufwendigen Tätowierungen und martialisch herausgestreckter Zunge führen traditionelle Tänze auf, einer der Traumschiff-Passagiere wird aufgefordert mitzutanzen. Eindrucksvolle Bilder von landschaftlicher Schönheit nehmen uns mit auf die Doppelinsel im Südwestpazifik.

Was denkt nun unser Allgäu-Urlauber? Denkt er: Das möchte ich auch mal sehen, ich packe meine Koffer und fahre dahin. Nein, das denkt er nicht. Er denkt sich: Wie gut, dass ich so einen schönen Fernseher habe. Da kann ich das ohne große Reise ansehen. Und dieser brodelnde Schlamm, hör mir doch auf. Der stinkt doch garantiert. Im Fernsehen kriege ich das nicht mit.

Eine Frau sitzt wochenlang jeden Freitagabend vor der Glotze und guckt *Let's dance*. Sie sieht nicht nur die schönen Menschen, Kostüme mit einem Hauch Erotik, da ist auch die Musik, der Rhythmus, und sie bemerkt, dass die Tänzer jede Woche ein bisschen besser werden. Wird sie sich deshalb auch in einer Tanzschule anmelden?

Ach, lieber nicht. Man weiß ja gar nicht, ob da genug männliche Partner dabei sind, und es ist ja auch gar nicht sicher, dass ihr einer davon gefällt oder ob sie einem davon gefällt. Manchmal tut ihr auch das Knie weh. Nee, besser sie guckt sich das weiterhin im Fernsehen an.

Woher kommt dieses Unbehagen, wenn es um Veränderungen geht? Gerade bei älteren Leuten beobachte ich es immer wieder, und wir wissen, wenn wir geistig mobil bleiben wollen, ist das keine gute Idee.

Wir haben uns doch früher auch immer verändert. Wenn wir zurückschauen, kommen wir ins Staunen, wie sehr und wie oft wir uns verändert haben. Ich hatte mal lange Haare und Minipli, um Gottes willen, und was ich für Klamotten trug. Bis zu meinem fünfundzwanzigsten Lebensjahr fand ich Lesen sterbenslangweilig. Da hatte die Schule bei mir ganze Arbeit geleistet, aber danach wurde ich eine regelrechte Leseratte. Ich habe mein Hochschulstudium mitten im Examen an den Nagel gehängt, weil da am Straßenrand zwei Schilder standen, unter dem Pfeil nach links stand »Bühne«, und rechts stand »Examen«. Ich sagte mir damals: »Mit vierundvierzig wirst du in einem wohlklimatisierten Büro einer Volksbank oder Sparkasse sitzen und Kunden beraten, welche Investmentfonds sie kaufen sollen. Irgendwann schaust du aus deinem Bürofenster, und du denkst so bei dir: ›Damals hattest du die Chance, aber du hast sie nicht genutzt.‹ Ich bin nach links gegangen.«

Schauen Sie doch mal gerade zurück, dann sehen Sie bestimmt auch die Weggabelungen in Ihrem Leben, Sie denken an Menschen, die Sie zurückgelassen haben, Entscheidungen, die Sie für Ihr Leben getroffen haben. Und? Was meinen Sie? Waren diese Entscheidungen richtig? Haben Sie den Eindruck, dass diese Veränderungen in Ihrer Vergangenheit insgesamt positiv waren. Bei mir war das der Fall, glaube ich. Beim Betrachten alter Fotoalben denke ich immer wieder, die glatten Haare stehen mir besser, ich lese sehr gerne, und irgendwann, als ich vierundvierzig war, stand ich in einer Volksbank am Geldautomaten, zeigte mir selber die Beckerfaust und sagte: »Yes!«

Die Sozialpsychologen Daniel Gilbert und Timothy Wilson haben zu diesem Thema Studien durchgeführt. Die befragten Leute sahen in den bisherigen Veränderungen in ihrem Leben hauptsächlich Verbesserungen. Mehr noch, wenn sie über diesen Wandel sprachen, bekamen sie schlagartig gute Laune und sahen die Gegenwart in strahlendem Licht. Mit dem Wort »Veränderung« verbanden die meisten etwas Positives.

Wenn das aber so ist, warum fährt der Mann wieder und wieder ins Allgäu und spart nicht für einen Abenteuertrip nach Neuseeland? Warum meldet sich die Dame nicht sofort in der Tanzschule an und belegt den Kurs »Standard Dance für Llambi-Fans«?

Die Antwort auf diese Frage muss wohl leider lauten: »Na ja, jetzt sind wir halt alt.« Wir glauben, nach all dem Wandel, all den Veränderungen der letzten Jahre und Jahrzehnte sind die jetzigen Erfahrungen, unsere jetzige persönliche Reife richtig toll! Jetzt haben wir eine Art Plateau erreicht, wo wir glauben, dass jetzt keine weiteren Veränderungen mehr nötig sind, warum auch? Sehen Sie, da ist er wieder, unser Satz: »Kenn ich doch schon alles!«

Wann verändert unser Leben seine Geschwindigkeit von »Turbo« auf »Eco«? Mit dem Studienabschluss, mit der Geburt der Kinder, dem Beginn der Wechseljahre, dem Auszug der Kinder oder dem Beginn des Rentenalters? Die meisten Befragten antworteten auf diese Frage: »Jetzt!« Wann immer dieses jetzt auch sein mag. Harvard-Professor Daniel Gilbert nennt es »End of History Illusion«, es ist die Illusion, am Ende der Entwicklung zu stehen. Es fällt uns zwar sehr leicht, zu sehen, wie wir vor zehn Jahren waren, die Veränderungen erkennen wir sofort, es fällt uns aber erheblich schwerer, uns vorzustellen, wie es in zehn Jahren sein wird. Gilbert sagt: »Wir Menschen sind Baustellen, die sich irrtümlicherweise für abgeschlossen halten.«

Es kann uns ja auch niemand zwingen, uns noch zu verändern. Warum sollte ich einem Ideal hinterherlaufen, das vielleicht gar nicht zu mir passt. Warum sollte ein introvertierter Buchhalter es für erstrebenswert halten, Gigolo beim Seniorentanztee zu werden? Warum sollte jemand, der schon beim Einkaufen in der benachbarten Großstadt vom Heimweh befallen wird, Abenteuertouren am Amazonas planen? Wenn das Dreimeterbrett Ihnen schon als Kind Höhenangst gemacht hat, sollten Sie vielleicht tatsächlich auf Bungee-Jumping vom Berliner Fernsehturm verzichten.

Vielleicht haben wir ja auch einfach recht, wenn wir sagen: »Jetzt!« Jetzt ist der Moment, an dem wir genug Erfahrungen gesammelt haben. Im Wort Ruhestand steckt doch das Wort Ruhe. Und Ruhe ist die Abwesenheit von Druck, die Abwesenheit von Stress, von Streit. Ruhe ist doch etwas Wunderbares.

Manch einer ist in seiner Erbitterung härter denn ein Stein, sein Herz aber ist voll von gärenden Träumen.
Fjodor Dostojewski

JA, ABER ...

Es stimmt, niemand kann uns zwingen, uns zu verändern. Alle Lebewesen altern, aber der Mensch ist das einzige, das weiß, warum. Wir erleben das Altern ganz bewusst, zuerst bei den Großeltern, Eltern, später auch bei uns. Nur der Mensch denkt über das Altern nach, nur er kann das Altern als Problem empfinden. Und wenn der Mensch denkt, dass man diesem Problem am besten begegnet, indem man schön ruhig sitzen bleibt, dann ist das seine eigene Entscheidung. Der Mensch ist eben in der Lage, solche Entscheidungen zu treffen.

Aber im Alter fällt manches weg.

Er geht in Rente. Im Job war er gefordert, der Job war Anstrengung, körperlich wie geistig, und die Tage hatten Struktur. Der Wecker klingelte um halb sieben, Frühstück gab es eine Viertelstunde später, der Bus fuhr um 7.36 Uhr, und und und – und plötzlich klingelt der Wecker nicht mehr.

Sie war immer sehr stolz auf ihr kleines »Familienunternehmen«, sie war »Mama-Taxi«, Psychotherapie-Service, Sterneküche, Nachhilfe und beste Freundin in einer Person. Jetzt arbeitet der Sohn in Hamburg, und die Tochter studiert in London. Manchmal hat sie gar keine Lust mehr zu kochen.

Solche Übergänge können reibungslos funktionieren, oder eben auch nicht. Er hat sich das ganze Leben im Beruf so richtig reingehängt. Er hat buchstäblich alles gegeben, sogar seine Gesundheit. Die Bandscheibenvorfälle kommen ja nicht von ungefähr. Und es war ja nicht so, dass er am fünfundsechzigsten Geburtstag zum Ständchen der Blaskapelle vom Chef mit einem Frühstückskorb und einem Strauß Blumen für die Gattin verabschiedet worden ist. Nein, er war erst neunundfünfzig. Da wurde im Betrieb ein bisschen eingespart, nicht viel, zwei Abteilungen wurden zusammengelegt, da waren halt ein paar Stellen doppelt besetzt, und der Kollege aus der anderen Abteilung war siebenunddreißig. »Das verstehen Sie doch, nicht wahr?« Nein, er verstand es nicht. Er war gekränkt. Tief gekränkt. Wenn er diesen Personalchef mal nachts trifft, und wenn er zufällig eine Dachlatte in der Hand hat …

Die Tochter studiert in London, der Sohn arbeitet in Hamburg. Na gut, dann sorgt sie sich halt um ihren Mann. Wie heißt es immer so schön: »Hinter jedem erfolgreichen Mann steht eine starke Frau.« Und dann kommt der erfolgreiche Mann nach Hause, und sie findet diese Quittung, als sie sein Sakko in die Reinigung bringen will. Was denn für ein Ring? Er sagt, er wollte eh mit ihr darüber reden. Er hat sich eine Wohnung gemietet. Sie war nicht nur traurig. Die Welt brach zusammen, er hatte sie so gekränkt.

Wenn man so gekränkt wurde, steht man dem oft hilflos gegenüber. Wenn man keinen Ausweg aus der Kränkung sieht, wird daraus ein tiefer Groll, die Lebensfreude geht verloren. Man sieht die Mitmenschen durch eine tiefdunkle Brille. Das fängt oft bei der Familie an, reicht über die Nachbarn und hört beim Bundeskanzler bestimmt nicht auf. Die ganze Lebenseinstellung wird negativ.

Man denkt sich: »Mensch, das ist ja gründlich schiefgegangen, und wenn das schon so schiefgegangen ist, dann klappt das beim nächsten Mal sicher wieder nicht.« So entsteht die

Überzeugung, dass Dinge sich nicht mehr positiv verändern können. Eine solch negative Lebenseinstellung nennt man Verbitterung. In Verbitterung steckt das Wörtchen »bitter«. Und ich finde, Verbitterung, das klingt auch ein bisschen passiv. Die Verbitterung passiert mit einem, das ist keine bewusste Entscheidung. Die Verbitterung vergällt einem das ganze Leben.

Ich kenne einige tief verbitterte Menschen, die meisten sind alt, viele sehr alt. Es ist nicht unmöglich, aus so einer Verbitterung wieder rauszukommen, aber es ist ein ganz schönes Stück Arbeit. Und passieren kann es jedem.

DAS JUBILÄUM, DAS GRÜNDLICH IN DIE HOSE GING

Bei mir dauerten Fernsehshows immer zehn Jahre. Am 30. Dezember 2005 ging die letzte Folge von *7 Tage, 7 Köpfe* auf Sendung. Rudi Carrell hatte mich zehn Jahre vorher auf einer Stehparty angesprochen: »Hast du Lust auf *7 Tage, 7 Köpfe?*« Ich hatte verdammt Lust. Nun war Rudi sehr krank, die Quote, die zwischendurch bei über sieben Millionen Zuschauern lag, ging zurück. Und ja, wenn ich ehrlich bin, nach dieser langen Zeit erlebten die ersten Gags auch mal eine Wiederholung. Es war wohl ein guter Zeitpunkt, das zehnjährige Jubiläum für das große Finale der Show zu nutzen.

Ich dachte mir, dann setze ich mich halt zuhause ans Telefon und warte auf den Anruf vom nächsten Sender. Dieser Anruf ließ aber ein bisschen auf sich warten. Aber nicht zu lange. Der Unterhaltungschef des WDR hatte ein schönes Format, ein Regionalquiz über Nordrhein-Westfalen. Es hieß *NRW-Duell,* und wir produzierten für den Sommer sechs oder acht Shows. Das Echo war großartig, und von da an gab es jedes Jahr dreißig Shows. Der Marktanteil lag manchmal über zehn Prozent, ein tolles Ergebnis, und mit mancher Show waren wir das morgendliche Stadtgespräch im Bus oder in der Bäckerei.

Knappe zehn Jahre und dreihundertneununddreißig Sendungen später bekam der WDR einen neuen Fernsehdirektor, und neue Besen kehren bekanntlich gut. Also dachte er so bei sich, fegen wir doch zum Beispiel mal den Stelter aus dem Studio. Es traf nicht nur mich, einige andere bekannte Gesichter verschwanden auch vom Bildschirm. Wenn man mal so beim Fegen ist.

Bei der üblichen Party nach der letzten Staffel kam niemand aus der höheren Etage. Man war schon mit dem neuen Bild des Senders beschäftigt. Man hatte wenig Zeit. Der neue Fernsehdirektor ließ sechs Flaschen spanischen Rotwein übergeben. Ich gebe gerne zu, ich war traurig, ein bisschen beleidigt und tief gekränkt. (Wenn ich dem mal nachts begegne, und ich habe zufällig eine Dachlatte …)

Nun denken wir noch einmal an die Definition von Verbitterung: »Verbitterung ist auf eine Kränkung zurückzuführen, der wir uns hilflos gegenübersehen. Man verspürt ein unangenehmes Gefühl, man hegt einen Groll, der mit einer negativen Lebenseinstellung einhergeht.«

Ja, dann muss ich sagen, alle Voraussetzungen waren bei mir gegeben. Zwei oder drei Monate später sah die Situation allerdings schon wieder anders aus. Ich hatte die Sendung zehn Jahre moderiert. Ja, die ersten Fragen hatten sich möglicherweise wiederholt. Ich hatte mit Anke sogar einmal darüber nachgedacht, ob ein zehnjähriges Jubiläum nicht ein guter Zeitpunkt für ein Finale wäre, aber ich hatte nicht schnell genug gedacht. Der Besen war schneller.

Damals war ich gekränkt, heute freue ich mich, dass ich zehn sehr schöne Jahre lang ein tolles Quiz moderiert habe.

Warum hat mich diese Situation gekränkt, aber nicht verbittert? Ich sprach lange mit meiner Frau über das Thema und diskutierte mit Freunden. Und ich warf mich mit viel Elan in die nächste Tournee. Am 1. Juni 2016 hatte ich Silberhochzeit. Das neue Kabarettprogramm sollte sich um die Ehe drehen. Ich schrieb mit Feuereifer. »Wer heiratet, teilt sich die Sorgen, die er vorher nicht hatte!« Eigentlich fehlte da noch ein Satz: »Und wer sich Sorgen anderer teilt, wird glücklich.« Aber das hätte wirklich auf kein Plakat gepasst. Mein zweiter Zeeland-Krimi musste dringend fertig werden. Er sollte zur nächsten Buchmesse in Leipzig im Regal stehen. Viel Arbeit.

Was wäre, wenn der Mann, der mit neunundfünfzig in Frührente geschickt wurde, schon seit einiger Zeit in einem Fanprojekt von Borussia Dortmund aktiv wäre, wenn er sich schon seit Jahren regelmäßig mit den Kumpels auf dem Flugplätz träfe, er baut nämlich Modellflugzeuge. »Und die Dinger gehen ab, sage ich dir!«

Wenn sie in der Theatergruppe aktiv wäre. Sie üben gerade ein neues Stück ein. *Der Besuch der alten Dame* von Friedrich Dürrenmatt. Sie spielt die alte Dame. Sie hat sich gestern noch mit dem Regisseur getroffen. Er hat gefragt, ob sie nicht auch ein bisschen bei den Kostümen helfen könnte. Na, ob sie das zeitlich hinkriegt, sie engagiert sich schließlich auch noch in dem Secondhandladen ihrer Kirchengemeinde.

Das ist natürlich keine wissenschaftlich fundierte Erkenntnis nach der Auswertung von viertausend Fragebögen, die in den letzten dreißig Jahren immer am 15. Januar eingesammelt wurden. Es ist nur eine mögliche Antwort auf eine Frage, die sich mir vor ein paar Jahren stellte. Warum wurde ich nicht verbittert? Ich hatte eine Familie und Freunde, ich hatte Menschen, die sich Mühe gaben, dass ich meinen Optimismus behielt.

Ich war beruflich breit aufgestellt. Ja, Fernsehen war wichtig, aber da war auch die Kabarett-Tour, ein Buch war in Planung, und mit an Sicherheit grenzender Wahrscheinlichkeit würde es auch im nächsten Jahr wieder Karneval geben.

Ich war traurig, enttäuscht, gekränkt, aber nicht verbittert. Vielleicht lag es auch daran, dass ich eben fünfundfünfzig war und nicht fünfundsiebzig. Vielleicht kann man es mit fünfundfünfzig oder sechzig trainieren, nicht mit siebzig zu verbittern. Das wäre eine tolle Idee. Wenn ich wüsste, wie das geht, würde ich sofort mit dem Training beginnen.

Ich hatte mehrere Bücher von Manfred Lütz gelesen. *Hilfe, wir behandeln die Falschen* oder *Lebenslust* sind Bestseller geworden. Lütz ist eine sehr witzige Mischung. Er ist Psychiater und katholischer Theologe. Und er wohnt in Bornheim, was wiederum bedeutet, dass er ein Vertreter des »rheinischen Katholizismus« ist, was ihm beim Katholizismus selbst nicht weiterhilft, aber es besagt doch eins: Er ist von Verbitterung mindestens vier Testamente weit entfernt.

Hat jemand die Telefonnummer von Manfred Lütz?

Märchen sind mehr als nur wahr. Nicht, weil sie uns sagen, dass es Drachen gibt. Sondern weil sie uns sagen, dass Drachen besiegt werden können.

G. K. Chesterton

SPASS IM ALTER ODER: ICH GEHE NACH BREMEN UND WERDE STADTMUSIKANT

Die Telefonnummer von Manfred Lütz hatte ein sehr lieber Kollege von mir. Willibert Pauels, im Kölner Karneval kennt ihn jeder als den Bergischen Jung, er ist »Diakon und Büttenclown«, und er hatte vor ein paar Jahren große Probleme mit seinem schwarzen Hund. So nennt er seine Depressionen. Willibert ist ein sehr gutes Beispiel für jemanden, der weiß, was man tun sollte, wenn man nicht weiß, bin ich nur traurig, oder ist das eine Depression. Wenn man diesen Gedanken hat, gibt es nur eine richtige Entscheidung: Man muss sofort professionelle Hilfe in Anspruch nehmen.

Willibert Pauels hat genau das getan, und es ist wunderbar, dass er heute, ein paar Jahre später, wieder auf der Kabarettbühne steht, dass er über diese Depression spricht und schreibt, und das, obwohl man es sich nur schwer vorstellen kann, auf verdammt unterhaltsame Weise. Einer der Männer die er kontaktiert hat, als er wusste, er braucht jetzt Hilfe, war eben Dr. Manfred Lütz, katholischer Theologe, Psychiater und Chefarzt des Alexianer-Krankenhauses in Köln.

Ich rief Willibert an und erzählte ihm, dass ich an einem Buch über das Älterwerden arbeitete. Ich sah vor meinem inneren Auge, wie er am anderen Ende der nicht mehr vorhandenen Leitung weise nickte. Ich schilderte ihm meine Frage, ob man es trainieren könne, im Alter nicht zu verbittern. Ich fragte ihn, ob Manfred Lütz wohl der richtige Ansprechpartner sei.

»Ja, sicher ist er das, und der hat auch ganz sicher Spaß daran, mit dir darüber zu reden, aber … (Diakone pflegen rhetorische Pausen wirkungsvoll einzusetzen!) ich kann dir dazu auch was sagen.«

Natürlich, es war ja auch dumm, nicht ihn direkt nach seiner Meinung zu fragen. Ich entschuldigte mich sofort, was er mit einem Lachen abtat. Dann erklärte er mir, er finde Lösungen für solche Probleme oft in zwei Büchern und in den Liedern von André Heller und Reinhard Mey. Ich wunderte mich: »Zwei Bücher? Die Bibel und was noch?«

»Ja, mein Lieber«, antwortete Willibald, »bei den Gebrüdern Grimm! Schauen wir uns doch mal die Bremer Stadtmusikanten aus den *Kinder- und Hausmärchen* an, die Wilhelm und Jacob Grimm gesammelt und herausgegeben haben.«

Ganz ehrlich, ich mag ihn sehr, diesen lustigen traurigen Diakon, den tiefgläubigen Kabarettisten mit Pappnase, aber dass die Bremer Stadtmusikanten mir bei Verbitterung im Alter weiterhelfen würden, erschloss sich mir nicht auf Anhieb. Ich äußerte vorsichtige Zweifel.

Aber er erzählte: »Beginnen wir beim Esel. Der hat dem Müller immer fleißig die Getreidesäcke in die Mühle getragen, und jetzt wird er immer älter und langsamer, und da überlegt sich der Müller, ihn von der ›Payroll‹ zu nehmen. Aber der Esel merkte, dass ein guter Wind wehte, nahm Reißaus und machte sich auf den Weg nach Bremen. Und da begegnete er …«

»Dem Hund«, antwortete ich.

»Dem Jagdhund«, korrigierte mich Willibert. »Aber mit

dem Jagen war das ja schwierig geworden. Er war alt geworden und immer schwächer, kam auf der Jagd nicht mehr mit, und da wollte ihn der Jäger totschlagen, im letzten Moment konnte der Hund weglaufen …«

Ja, mein Opa hatte mir das Märchen wahrscheinlich hundertmal erzählt: »… und löste das Ticket nach Bremen.«

»Richtig, die Katze hatte stumpfe Zähne, und der Hahn hatte Halsprobleme. Beide schlossen sich an. Und was war die entscheidende Begründung?« Rhetorische Pause, dann die wohlgesetzten Worte: »Etwas Besseres als den Tod findest du überall!«

Ich ahnte, worauf er hinauswollte. »Alle vier waren aufs ›alte Eisen‹ abgeschoben worden. Alle vier hätten verbittern können oder müssen.«

»Richtig, aber sie haben zwei wichtige Dinge getan. Sie haben einen Entschluss gefasst. Punkt eins. Und sie haben soziale Kontakte geknüpft. Freunde gesucht. Punkt zwei. Am Ende der Geschichte überwältigen unsere vier Freunde wen? Die Räuber. Und was wollten die Räuber ihnen stehlen? Ihre Lebensfreude. Wenn du nicht verbittern willst, entschließe dich, es nicht zu tun, werde aktiv, und suche dir Freunde!«

Ich saß da am Telefon. Ich dachte: Was für eine Argumentation, was für eine Interpretation der Brüder Grimm.

Willibert Pauels ist ein großer Kabarettist, Büttenredner und Prediger, und manchmal, wenn du ganz viel Glück hast, dann fängst du dir so eine Predigt ganz normal am Telefon. Das dachte ich, als er sagte: »So, und du wolltest die Telefonnummer von Manfred Lütz. Hast du was zu schreiben?«

Gott gebe mir die Gelassenheit, die Dinge hinzunehmen, die ich nicht ändern kann, den Mut, die Dinge zu ändern, die ich ändern kann, und die Weisheit, das eine vom anderen zu unterscheiden.

Friedrich Christoph Oetinger

AUF EINEN APFELSAFT MIT DR. MANFRED LÜTZ

Ich hatte Dr. Manfred Lütz bei einer Aufzeichnung zum *NRW-Duell* kennengelernt, der Quiz-Show im WDR, die ich zehn Jahre lang moderiert hatte. Ich hatte damals schon gedacht, dieser Mann kombiniert den rheinischen Katholizismus mit der Kauzigkeit des fröhlich alternden Psychiaters. Man kann es ganz einfach zusammenfassen: Manfred Lütz ist ein angenehmer Mensch.

Er empfing mich mit seiner Frau Isabelle im grünen Garten ihres schönen gelben Hauses. Es gab Apfelsaft vom benachbarten Apfelbauern und eine köstliche glutenfreie Erdbeertorte. Er hatte in der Zeitung gelesen, dass ich jeden Tag zehntausend Schritte gehe. Er nahm es eher belustigt zur Kenntnis.

»Ich gehe ja auch regelmäßig mit meinem Hund«, sagte er und zeigte auf ein Prachtexemplar von Basset Hound: »Er heißt Churchill, und er ist mein ältester und einziger Sohn, ansonsten haben wir uns auf Töchter spezialisiert.«

Dem Hund war deutlich anzusehen, dass Gassi gehen für ihn eher nicht in die Kategorie »Gewaltmarsch« einzuordnen war. Sagen wir es so: Nicht nur die Ohren drohten beim Laufen den Fußboden zu berühren. (Churchill stieß mir mit der

Nase gegen meinen Arm. Okay, den letzten Satz nehme ich zurück.) Und seinem Herrchen kamen die kürzeren Gassi-Strecken sicher auch entgegen. Schließlich trug sein Buch *Lebenslust* den Untertitel: »Wider die Diät-Sadisten, den Gesundheitswahn und den Fitness-Kult«.

Dieses Buch ist eine reine Provokation. Es trieft vor Ironie, ich habe es mit diebischer Freude gelesen.

»Sie müssen sich das mal vorstellen«, sagte Lütz. »Ich habe in einer seriösen Tageszeitung im Wissenschaftsteil über japanische Studien gelesen, nach denen Würmer, die so gut wie nichts essen, und wenn, dann nur Körner, uralt werden. Und dann schreibt dieser Wissenschaftsjournalist, das könne man doch auf die Menschen übertragen. Hören Sie mal! Wenn ich quasi nichts mehr essen darf, und wenn, dann nur Körner, und ich darf noch nicht mal sterben, das ist doch die Hölle!«

Für sein Buch erhielt Manfred Lütz nicht nur Anerkennung.

»Die Gesundheitsapostel sagen, wenn du keinen Sport machst, stirbst du. Wenn du dich nicht gut ernährst, stirbst du. Die drohen ständig mit der Todesstrafe, das ruiniert dir doch jede Stimmung. Aber mal ganz ehrlich: Es gibt Leute, die leben von morgens bis abends vorbeugend und sterben gesund. Aber auch die sind dann definitiv tot.«

Ein Fitness-Studio-Besitzer, der dieses Buch liest, brauche tatsächlich eine gewisse Portion Humor, sagte ich, und Lütz erinnerte an den Volksmund: Lachen ist gesund, aber für die Gesundheitsreligion müsse Lachen ja nicht unbedingt etwas mit Humor zu tun haben. »Es gibt inzwischen im Ernst Lachgruppen, wo Leute sich regelmäßig zum gemeinschaftlichen Lachen treffen. Scherze sind dabei aber verboten, denn es geht um das Lachen an und für sich.« Er schüttelte lachend das weise Haupt.

Wir sprachen über Bücher. Ich erzählte von den Büchern

sehr alter Autoren, die ich genossen hatte: Elke Heidenreich, Helga Schubert und … – wie das so ist mit der Nervosität und dem Lampenfieber, wenn man mit Bestsellerautoren zusammensitzt: Mir fiel der Name Bernhard Schlink nicht ein!

Dabei habe ich alles gelesen: *Der Vorleser, Selbs Justiz, Selbs Mord, Selbs Betrug* und natürlich *Die Frau auf der Treppe*, aber in diesem Moment, im Garten von Manfred Lütz, fiel mir der Name des Autors nicht ein.

»Und jetzt regen Sie sich gerade gewaltig auf«, meinte Lütz. Ich wusste nicht, wovon er sprach. »Dass Sie den Namen vergessen haben, das ärgert Sie jetzt gerade!« Ja, da hatte er recht, es passierte mir ja öfter, dass ich mich an Namen nicht erinnern kann. Herrgott, ich bin sechzig und nicht fünfundsiebzig, da müsste ich doch…

»Das-dür-fen-Sie-nicht-tun!« Er sprach den Satz im Stakkato und unterbrach meine Gedanken. »Es ist völlig normal, dass im Alter manche Fähigkeiten nachlassen. Manches kann ich irgendwann nicht mehr, und ich weigere mich, mich darüber zu ärgern.«

Kann man sich einfach weigern, sich zu ärgern, geht das? Und hilft das, nicht zu verbittern? »Na ja, das weiß ich nicht genau. Bei mir läuft ja noch das Live-Experiment. Aber versuchen Sie, Aggressionen herunterzufahren. Gerade jetzt in dieser Corona-Zeit werden manche Menschen sehr aggressiv!« Aggressivität sei fast so infektiös wie Corona. Der Mann hinter einem an der Supermarktkasse begegnet einem aggressiv, der Autofahrer an der Kreuzung ist aggressiv, die Frau im Wartezimmer. »Und irgendwann treten Sie Ihren Hund.« Er wandte sich entschuldigend an seinen Basset: »Sorry, Churchill!«

Ich konnte es nachvollziehen. Ich müsste mir zwar noch überlegen, wie genau man Aggressivität herunterfährt, aber man sollte es tun.

»Und seien Sie nicht neidisch. Neid ist die beste Voraussetzung zu verbittern. Und: Ärgern Sie sich nicht! Wenn Sie sich ärgern, büßen Sie die Sünden anderer!«

Lütz sprach von Entschlüssen. Man muss sich entschließen, nicht aggressiv zu sein, man muss sich entschließen, nicht neidisch zu sein. Man muss sich entschließen, sich nicht zu ärgern. Da waren sie wieder, die vier Stadtmusikanten. Man muss den Entschluss fassen. Das würde nicht einfach werden, aber es leuchtete mir ein.

»Ich erzähle Ihnen eine Geschichte«, sagte Manfred Lütz und lehnte sich im Gartenstuhl zurück. Seine Frau Isabelle lächelte, sie wusste wahrscheinlich, was folgen würde. »Ich habe Ihnen ja gesagt, dass Churchill mein ältester und einziger Sohn ist. Ansonsten haben wir uns auf Töchter spezialisiert, und beide Töchter haben die Pubertät schon hinter sich. Das ist sehr wichtig. Es gab Jahre meines Lebens, in denen ich keine Frage grammatikalisch korrekt formulieren konnte. Das Prädikat war noch nicht ausgesprochen, da antwortete zumindest eine der beiden schon: ›Nein!‹ Irgendwann ließ dann der Herrgott den Tag ins Land ziehen, als meine Tochter den Satz aussprach: ›Ja Papi, dein Argument hat mich überzeugt!‹ Da war mir klar, STOPP, kurz innehalten, das ist ein wichtiger Tag. Es ist so weit. Sie haben die Pubertät hinter sich. Das gilt es gebührend zu würdigen. Wir haben Freunde eingeladen, ein Buffet aufgebaut, Getränke gekauft und eine Party gefeiert. Und wie es sich für eine zünftige Party gehört, habe ich eine Rede gehalten. Ich klopfte mit der Gabel gegen mein Glas, und ich erzählte den Gästen, wie froh ich sei, dass meine Töchter nun diese wichtige Phase, die Pubertät, hinter sich gelassen hatten. Es sei jetzt für den Vater an der Zeit, den Mädchen etwas zu wünschen. Ich wünschte ihnen Spaß, und ich wünschte ihnen Freunde auf ihrem weiteren Lebensweg. Ich wünschte ihnen Glück, ganz viel Liebe, aber eines wünschte ich ihnen nicht. Ich wünschte ihnen nicht … Erfolg. Erfolg ist nicht wichtig! Man soll aus dem, was einem der liebe Gott mitgegeben hat, das Beste machen. Ob das dann Erfolg hat, das hängt nicht von dir ab. Genau deswegen ist Erfolg irrelevant. Wenn du alles gegeben hast, und es ist nicht von Erfolg gekrönt, ärgere dich nicht. Es hat nicht an dir gelegen.«

Ich verputzte den Rest meiner Erdbeertorte, trank meinen Apfelsaft aus und sah diese beiden zufriedenen »älteren« Menschen an. Isabelle und Manfred Lütz. Ihr ältester und einziger Sohn Churchill stupste mich am Arm. Ich hatte aufgehört, ihm den Rücken zu kraulen, was er so nicht akzeptieren konnte.

Manfred Lütz hatte gesagt, er könne nicht beurteilen, ob er verbittern werde, er befinde sich noch im Live-Experiment. Mir war klar, das kann ihm nicht passieren. Er hat eine tolle Frau, zwei Töchter, einen Hund, und er hat spannende Prinzipien. Keine Aggressivität, kein Neid, nicht ärgern. Dazu hat er noch einen Joker in der Hinterhand, der sicher dafür sorgen wird, dass er irgendeines sehr fernen Tages mit einem Lächeln auf den Lippen einschlafen wird.

Sein Joker ist der liebe Gott!

Dies ist meine einfache Religion. Es braucht keine Tempel, es braucht keine komplizierte Philosophie. Unser eigener Geist, unser eigenes Herz ist unser Tempel. Meine Philosophie ist Freundlichkeit.
Dalai Lama

EIN PAAR GEDANKEN ZUR FREUNDLICHKEIT

Manfred Lütz hat für seine beiden Töchter eine große Party gegeben, als sie die Pubertät hinter sich hatten. Das ist erst einmal eine großartige Idee. Denn die Pubertät ist ein schwieriges Problem, nicht nur für Väter.

Pubertät ist ja mehr als Pickel. Es ist die Zeit, in der Kinder zu Erwachsenen werden. Abends noch Harry Potter gelesen, am nächsten Morgen den Zauberstab in der Hand.

Wir haben ja schon viel über unser Gehirn gesprochen, und dieses Gehirn wird in der Pubertät gewaltig umgebaut. Man hat herausgefunden, dass die Substanz der Großhirnrinde gerade in der Pubertät eine große Dynamik aufweist. Zwischen den Neuronen werden viele neue Synapsen gebildet. Man spricht auch von »Reifung der Grauen Substanz«. Für mich klingt das eher wie der Untertitel zu Star Wars Episode 14. Man kann es aber auch einfacher ausdrücken. Wenn ein Mensch pubertiert, hat er eine Großbaustelle in der Hirnrinde. Genau in dem Moment, wenn der Junge nicht weiß, ob er das Mädchen lieber verfluchen oder doch lieber küssen soll, wenn das Mädchen sich fragt, rühr ich die grüne Lebensmittelfarbe jetzt in den Joghurt oder töne ich mir damit die Haare, genau in dem

Moment ist unser Kontrollzentrum wegen Renovierung geschlossen.

Nun, Großbaustellen kennen wir von der A 1. Von drei breiten auf zwei schmale Spuren, Tempobegrenzung auf sechzig, Radarfalle, ein gewaltiger Stau. Da stehst du mittendrin, du weißt nicht, warum, du fluchst, du schreist, du heulst, du lachst. Sehen Sie, genau das ist Pubertät. Und wenn man das als Eltern weiß, kann man manchmal eine nicht zu erwartende Gelassenheit an den Tag legen.

Wenn also pubertierende Nachkommen aus der Schule kommen, die Tasche in die Ecke knallen, irgendein unartikuliertes Zeug fluchen und mit Karacho die Tür ins Schloss schmeißen, dann hast du genau zwei Möglichkeiten. Entweder du stürmst hinterher, brüllst auch irgendetwas Unartikuliertes und schmeißt ebenfalls eine Tür ins Schloss, oder du denkst so bei dir: abwarten und Tee trinken. Ich wette mit Ihnen, das dauert keine zwei Stunden, dann steht das Pubertier plötzlich vor Ihnen und sagt: »Hallo, Papa!« – Stau aufgelöst!

Manfred Lütz hat beim Fest zum Ende der Pubertät seiner Töchter eine Rede gehalten. Und er hat ihnen nicht Erfolg gewünscht.

Ich habe neulich ein schönes Büchlein von George Saunders gelesen. In dem Buch geht es auch um eine Rede, die er 2013 vor Studenten gehalten hat. Diese Rede trat dann einen ganz besonderen Siegeszug an. Nur ein paar Studenten der Universität von Syracuse haben seine Worte damals gehört, aber Millionen von Menschen haben sie seither gelesen. Er gratulierte den Studenten zu ihrem Abschluss, deshalb heißt das kleine Bändchen auch *Herzlichen Glückwunsch übrigens*. Der Untertitel der deutschen Ausgabe lautet: *Ein paar Gedanken zur Güte*.

Ich bin mir bei der Übersetzung nicht so sicher. Im amerikanischen Original heißt das Bändchen *Congratulations, by the way: Some Thoughts on Kindness*. Man kann *kindness* mit Güte übersetzen, aber ich glaube, es sind Gedanken über die Freundlichkeit. Es geht um das Nettsein.

Saunders amüsiert sich darüber, dass immer wieder alte Säcke wie er, die die besten Jahre schon hinter sich haben und die eine Menge schrecklicher Fehler im Leben gemacht haben, Reden halten vor brillanten jungen Menschen, die ihr ganzes Leben noch vor sich haben. Warum sollten sich die intelligenten jungen Menschen überhaupt mit dem alten Sack abgeben? Na ja, immerhin gebe es eine Frage, die man alten Menschen stellen sollte, und diese Frage lautet: »Was hast du im Leben bereut?«

Die Jahre, in denen er ständig pleite war, und den ganzen Blödsinn, den er im Leben gemacht hat, bereut er eigentlich nicht. Aber dann erzählt er die Geschichte von Ellen. Sie war klein, schüchtern, trug eine Brille, die normalerweise nur von Omas getragen wurden, und sie kaute ständig auf einer Haarsträhne herum.

Entweder wurde sie von den anderen Kindern ignoriert, oder sie wurde geärgert. Nach einer Beleidigung sah Ellen immer aus, als würde sie »mit aller Kraft versuchen, sich in Luft aufzulösen«. Wahrscheinlich fragte ihre Mutter sie zuhause: »Und wie war's? Hast du neue Freunde getroffen?« Ellen antwortete: »Klar, ganz viele!« Und dann zog sie weg. Ende der Geschichte.

Saunders sagt, er sei noch eher nett zu Ellen gewesen. Er hatte sie nicht geärgert. Aber er hatte sich auch nicht hinter sie gestellt. Er hatte ihr nicht geholfen. Er war nicht freundlich zu ihr gewesen. Was er in seinem Leben am meisten bereut, sagt Saunders in seinem Buch, sind die Momente, »in denen ein anderes menschliches Wesen direkt vor ihm litt«. Und er war nicht freundlich gewesen.

Ja, warum sind wir dann nicht freundlicher?

Wenn wir mal zurückschauen, hat es doch immer Situationen gegeben, in denen wir freundlich waren, und das hat uns gefallen. Es gab andere Fälle, in denen wir die anderen ignoriert oder abgelehnt haben. Wenn es diese beiden Möglichkeiten gibt, dann können wir es doch entscheiden. Wir können uns entschließen, freundlicher zu sein.

An der Stelle legt Saunders einen Optimismus an den Tag, den ich leider nicht so einfach mit ihm teile. Er meint, man werde mit zunehmendem Alter automatisch freundlicher. Er meint, im Alter erkennen wir sowieso, wie sinnlos eigennütziges Verhalten ist, sogar unlogisch. Er zitiert den Dichter Hayden Carruth, der in einem Gedicht, das er am Ende seines Lebens schrieb, sagte, er sei nun fast nur noch Liebe.

Das wäre sehr schön. Ich würde mich freuen, und ich finde, wir sollten im Alter erkennen, dass Egoismus das Gegenteil von Glück bewirkt. Ich bin auch sicher, dass es für Hayden Carruth und George Saunders zutrifft, aber es gibt so viele verbitterte Menschen, für die gilt es eben nicht.

Wer mit siebzig immer noch der Beste, der Schönste und der Klügste auf allen Gebieten sein will, wird am Ende sicher nicht fast nur noch Liebe sein. Er wird sich über Gott und die Welt aufregen. Erst wenn man schließlich die Selbstsucht hintenanstellt, erleichtert das das Älterwerden sehr.

Vielleicht können wir uns darauf einigen, dass man im Alter gute Möglichkeiten hat, freundlicher zu werden. Und wenn diese Möglichkeiten im Alter wahrscheinlich kommen, kann man doch auch jetzt schon damit anfangen. Worauf wollen wir denn warten?

Saunders sagte den Studenten, dass sie an der Schule richtig Gas gegeben haben, um einen Studienplatz zu kriegen, an der Uni Vollgas, damit sie einen guten Job ergattern, und dann geht es im Job mit Elan auf die Karriereleiter. Aber ob das klappt?

Und dann sagte Saunders einen Satz, an dem Manfred Lütz bestimmt viel Spaß gehabt hätte. »Erfolg ist ein Berg, der immer höher wird, während man ihn hinaufwandert!« Wenn es nur noch um Erfolg geht, bleiben ganz große Fragen links liegen.

Also sollte man am besten sofort damit anfangen.

»Findet heraus, was euer liebevollstes, großzügigstes und unerschrockenstes Ich zum Vorschein bringt – und strebt danach, als wäre alles andere egal. Denn tatsächlich ist alles andere egal.«

Mann, das sind große Worte. Ich glaube, die Studenten, die da in der Aula saßen, werden ihren Ohren nicht getraut haben. Da haben sie gerade ihr Examen in der Tasche, und dann kommt der alte Sack und sagt: Nun nehmt das mit der Karriere mal nicht zu ernst. Nicht erst Examen, im Job glänzen, Haus kaufen, Yacht chartern, danach kann ich immer noch ein guter Mensch werden. Tja, da haben die Studenten bestimmt eine Zeitlang ganz schön blöd geguckt.

Aber als sie vielleicht mit den Kommilitonen darüber sprachen, oder als sie am Abend wieder zuhause waren, oder als sie am nächsten Morgen eine Nacht lang darüber geschlafen hatten, dachten ein paar von ihnen bestimmt: Er hat recht. Man kann es ja zumindest mal versuchen.

RANDOM ACT OF KINDNESS

Im Januar 2021 bekam ich Post vom Bundeswirtschaftsminister. Er schickte mir einen Gutschein über sechs FFP2-Masken, die ich mir in der Apotheke abholen könnte. Ich musste da an diesem Tag eh ein Rezept einlösen, also nahm ich den Gutschein mit. Nachdem ich das gewünschte Medikament erhalten hatte, fragte die Apothekerin: »Und die Corona-Schutzmasken möchten Sie auch gleich mitnehmen?« Sie zeigte auf den Gutschein in meiner Hand. Ich gab ihr das Blatt Papier und sagte: »Nein, ich glaube, ich kann mir meine Schutzmasken selber kaufen. Wenn Sie demnächst mal den Eindruck haben, da steht ein Kunde vor Ihnen, der den Gutschein wirklich gebrauchen kann, geben Sie ihm die Masken.« Die Apothekerin war überrascht, und sie freute sich über die Idee. Danach hatte ich den ganzen Nachmittag gute Laune.

Ich habe mich schon vor Jahren entschlossen, ein optimistischer Mensch sein zu wollen. Das klappt bei mir aber nicht automatisch. Ich muss an meinem Optimismus arbeiten. Deswegen liege ich oft abends im Bett und frage mich, was hast du heute Schönes gesehen? Was hast du Schönes erlebt? Welche freundlichen Menschen hast du getroffen? Da war ja immer was. Und so gibt es jeden Tag irgendetwas Schönes, das man erlebt hat. Im Notfall muss man halt ein bisschen kramen. Mit diesen Gedanken schlafe ich ein. Dann schlafe ich gut. Am nächsten Morgen werde ich wach, und es geht mir gut.

Ich möchte ein Mensch sein, der die Menschen mag, ein Philanthrop. Ich möchte glauben, dass der Mensch im Prinzip gut ist, ich möchte davon ausgehen, dass jeder Mensch ein Gefühl davon hat, wie wir uns den anderen Menschen gegenüber verhalten sollten: offen, fair, aufrichtig, ohne Hintergedanken. Natürlich, wenn ich diesen Ansatz habe, kann ich enttäuscht werden. Aber selbst wenn ich es hier und da völlig wider Erwarten mit einem Arschloch zu tun habe – mit den ganzen anderen netten Menschen habe ich sicher mehr Spaß, wenn ich in denen nicht schon vorsichtshalber Arschlöcher sehe.

Ich möchte ein Mensch sein, der sich an Regeln hält. Ich denke da gerne an den Satz meiner Mutter. Meine Mutter sagte immer: »Das tut man nicht!« Also habe ich das nicht getan. Und wenn ich es doch getan hatte, hatte ich tagelang ein schlechtes Gewissen, und ich habe ganz doll gehofft, dass Mama nicht mitkriegt, dass ich das getan hatte, denn »das tut man nicht«.

Dieses »das tut man nicht« war früher mehrheitsfähig. Wenn Sie heute jemandem sagen: »Das tut man nicht«, dann sagt der wahrscheinlich: »Wieso? Ist doch legal?« Vieles, was wir tun, mag legal sein, aber es hat mit menschlichem Miteinander nichts zu tun. Rettungssanitäter, Feuerwehrleute werden angepöbelt und beschimpft, manchmal tätlich angegriffen. Wenn auf der Autobahn ein Unfall passiert, dann zücken Menschen ihre Handys und filmen das! Die Autos dieser Amöbenhirne verstopfen währenddessen die Rettungsgasse, sodass weitere Rettungsfahrzeuge nicht zum Unfallort fahren können.

In Internetforen werden Menschen bis aufs Blut gemobbt, mit einem Vokabular, das mir den Schweiß auf die Stirn treibt. Da sitzen Leute Chips mampfend auf ihrem Sofa, wahrscheinlich allein, weil sie den Kontakt zu ihrem sozialen Umfeld längst verloren haben. Sie sitzen da in Unterhose, den Laptop auf den Knien, und posten ihren Hass und ihre Wut in die Welt. Wahrscheinlich wissen sie sogar, gegen wen sich ihre Wut richtet. Am meisten hassen sie sich selbst. Und Hass ist immer der Anfang von allem, und die Ursache von Hass ist Dummheit.

Gerade in der Coronazeit haben wir eine Aggressivität, einen Hass erlebt wie selten zuvor. Der Begriff Wutbürger war plötzlich in aller Munde, als wenn Wut eine Tugend wäre. Im Netz gibt es die Hater, als wenn Hass cool wäre. Sie nennen sich Querdenker, dabei denken sie nicht quer. Sie denken schnurgerade und keinen Zentimeter nach links oder rechts, und wer nach links oder rechts denkt, wird wieder beschimpft und bepöbelt.

Es geht mir nicht darum, ob jemand eine andere Meinung hat. Wenn sich jemand nicht impfen lassen will, dann ist das seine Entscheidung. Aber er soll nicht von Diktatur reden. Wenn wir eine Diktatur wären, hätte er die Wahl nicht. »Ich weiß, dass ich nicht weiß«, sagte Sokrates schon 400 v. Chr. Heute glauben so viele Menschen, dass sie alles wissen. Sie sehen sich im Besitz der einzigen Wahrheit und reagieren mit Wut und Hass auf jeden, der anderer Meinung ist.

In Amerika hat Donald Trump behauptet, die 59. Präsidentschaftswahl am 3. November 2020 sei von den Demokraten gekauft worden. Viele Amerikaner glauben ihm das bis heute, und sie hassen alle, die das nicht glauben. Zwei Teile der Gesellschaft stehen sich diametral gegenüber. Sie sind so hasserfüllt, dass sie nicht mehr miteinander reden können. Das hat Donald Trump erreicht. Ich bin gespannt, ob und wann die USA diesen Graben überwinden können.

In Russland sitzen Internettrolle an Computern und hacken sich durchs Internet. Sie manipulieren Nachrichten und Wahlkämpfe. Der Präsident sagt, er habe damit nichts zu tun. Aber der Präsident sagt auch, er führe keinen Krieg gegen seine Nachbarn.

Noch ein anderer Präsident wäre lieber Sultan. Er nennt jeden einen Terroristen, der nicht seiner Meinung ist, und wer nicht seiner Meinung ist und als Journalist arbeitet, kommt ins Gefängnis. Den Tag der Pressefreiheit nennt man in seinem Land »Hofgang«.

Jetzt könnte man natürlich sagen: »Okay! Schlimm! Kann man aber nix dran machen. Ich alleine schon mal gar nicht!«

Nein, das kann man nicht.

Congresbury ist eine kleine Ortschaft im Südwesten Englands, genau genommen liegt sie an den südwestlichen Hängen der Mendip Hills in der Grafschaft Somerset, dreizehn Meilen von Bristol. Die kleine Ortschaft hat dreitausendfünfhundert Einwohner, die ganz besonders stolz auf ihre Dorfkirche sind, denn diese *Anglican Church of St. Andrews* stammt aus dem 13. Jahrhundert und ist unter den denkmalgeschützten Bauwerken Großbritanniens im Grad eins gelistet. 2016 feierte man in Congresbury das 800. Jubiläum der Dorfkirche, und weil sie der ganze Stolz der Gemeinde ist, musste man sich etwas ganz Besonderes einfallen lassen. So riefen die Bewohner von Congresbury ein »Jahr der Freundlichkeit« aus. Aus Anlass des achthundertsten Jubiläums der Dorfkirche wollte man achthundert freundliche Aktionen durchführen, achthundert freundliche Gesten, achthundert gute Taten zum Wohle der Allgemeinheit. In der Kirche wurde eine Box aufgestellt. Da konnte man seine gute Tat auf einen Zettel schreiben und einwerfen. So wurde das archiviert und dokumentiert.

Glauben Sie mir, die Bewohner von Congresbury haben

eine ganze Menge Kreativität an den Tag gelegt. Einige Leute haben eine Altkleidersammlung durchgeführt und die Kleidungsstücke dann ins dreihundertzwanzig Kilometer entfernte Flüchtlingslager von Calais gefahren. Einer hat die Tierarztrechnung für seinen Nachbarn übernommen. Da wurden wildfremde Autos gewaschen. Da wurde Omas über die Straße geholfen, ob sie da jetzt hinwollten oder nicht. Einige Studenten haben die Parkbänke neu gestrichen.

Irgendwann war die Box voll, das Jahr zu Ende, und es waren sogar achthundertfünfzig gute Taten geworden.

Das Ziel war erreicht, aber die Bewohner von Congresbury hatten noch etwas ganz anderes erreicht. Sie hatten erfahren, sie hatten gelernt, dass das ganze Dorfleben viel wertvoller, viel sinnvoller wird, wenn man miteinander lebt und nicht nebeneinander, schon gar nicht gegeneinander.

Eigentlich schade, dass das Jahr schon vorbei war, dachten sich die Leute. Sie beschlossen, aus Anlass des achthundertertsten Jubiläums ihrer Dorfkirche im darauffolgenden Jahr achthunderteins gute Taten zu begehen.

Neurologen haben mehrfach nachgewiesen, dass sogar mehr Glückshormone ausgeschüttet werden, wenn man anderen etwas Gutes tut, als wenn man es für sich selbst tut. In Congresbury ist dafür ein Begriff entstanden. Man nennt es »Random Act of Kindness«. Wenn ich es mal sehr frei übersetzen darf, könnte man es vielleicht einen »Akt unbegründeter Freundlichkeit« nennen.

Probieren Sie es aus.

Wenn Sie das nächste Mal im Café sitzen und einen Cappuccino trinken. Wenn die Bedienung kommt, um zu kassieren, bezahlen Sie mal ihren Kaffee und den nächsten, den irgendein Gast bestellt. Sie werden sehen, das macht Spaß. Wenn der Autofahrer an der Ampel neben Ihnen wild gestikuliert, schimpft und hupt, lächeln Sie ihn freundlich an, und bitten Sie ihn, doch vor Ihnen in die sich verengende Straße einzufahren. Das Gesicht, das Sie dann durch die Seitenscheibe sehen, macht auch Spaß.

Ich saß einmal in Zeeland in einem Strandpavillon und wollte ein Buch lesen. Es ging aber nicht, denn am Tisch neben mir saßen sechs junge Leute, die sich darüber unterhielten, was sie für das nächste Jahr geplant hatten. Der eine wollte ein soziales Jahr einlegen. Eine junge Frau plante ein Auslandssemester, wusste aber noch nicht, ob es in Griechenland oder auf Malta sein sollte. Sie sprachen darüber so laut, vor allem sprachen sie darüber so interessant, dass ich mein Buch zur Seite legte. Ich dachte, was sind das für tolle, engagierte junge Leute. Irgendwann kam der Kellner zum Kassieren. Jeder nestelte in seiner Jeanshose rum, und ich sagte: »Lasst mal, ich übernehme die Runde.« Ich bezahlte und wünschte ihnen einen schönen Tag. Ich hatte ihn ja schon.

Was ist denn der Mensch? Wenn es nur nach der Natur gehen würde, würde der Mensch, wie fast jedes andere Säugetier auch, seine große Intelligenz und seine unglaublichen motorischen Fähigkeiten einfach nur dazu einsetzen, den Schwächeren auszuschalten.

Der Mensch hat sich dagegen entschieden. Er gab sich eine Moral, er gab sich Gesetze, die nicht den Stärkeren bevorteilen, sondern den Schwächeren schützen.

Ich will glauben, dass das so bleibt. Deshalb liege ich oft abends im Bett und überlege: Was habe ich heute Schönes gesehen? Was habe ich Schönes erlebt? Welche netten Menschen habe ich getroffen?

Mit diesen Gedanken schlafe ich ein. Dann schlafe ich gut. Am nächsten Morgen werde ich wach, und es geht mir gut.

Das ist wichtig, denn ich möchte ein optimistischer Mensch sein.

»Wie isset?« »Jot.« »Die Frau?« »Jot.«
»Beruf?« »Jot.« »Und sons?« »Och jot!«
Konrad Beikircher

NA, WIE GEHT'S?

Es ist eine unserer Begrüßungsfloskeln. »Na, wie geht's?« Im Normalfall erwarten wir auf diese Frage ein dahingeworfenes »Gut!« oder vielleicht ein »Geht so!«. Schlimmstenfalls ein »Muss ja!«. Ganz selten antwortet mal einer der so begrüßten mit: »Ja, da sprichst du etwas an. Mir geht es im Moment gar nicht gut. Hast du mal ein Stündchen Zeit?« Da denken wir dann schon: »Meine Güte, hätte ich ihn bloß nicht gefragt.«

Und wir müssen ihn ja auch gar nicht fragen. Wie es uns geht, steht ja regelmäßig in der Zeitung. Da werden weltweit Untersuchungen durchgeführt, wie glücklich oder zufrieden wir gerade sind.

Es gibt den *World Value Survey* oder den *World Happiness Report*. Da werden große Mengen an Daten erhoben, da wird eingeordnet, gewichtet und bewertet. Es werden Algorithmen erstellt, es wird gewogen, überwogen, errechnet und verrechnet, und am Ende sind die Skandinavier wieder die Glücklichsten.

Im *World Happiness Report* von 2021 haben die Deutschen einen großen Sprung nach vorne gemacht. Sie sind von Platz siebzehn auf Platz sieben gestiegen. So etwas nennt man in Hitparaden Shootingstar. Die Begründung ist recht einfach. In diesem Jahr wurden erstmals die Auswirkungen von Corona berücksichtigt. Da floss die Aufstellung der medizinischen Versorgung mit großer Gewichtung in die Betrachtung ein, also war es nur verständlich, dass wir in den Top Ten gelandet sind.

Ob diese Gewichtung richtig war? Fragen Sie die Statistiker. Es ist eine Erhebung der menschlichen Werte. Wie man diese bewertet, ist eine andere Sache.

Meike van den Boom hat für ihr Buch *Wo geht's denn hier zum Glück?* die dreizehn glücklichsten Länder bereist (streng nach Happiness-Glücks-Ranking) und spannende Gespräche geführt. Sie wollte wissen, warum sind die Leute in diesen Ländern glücklicher als wir? Das Buch erschien 2015, da hatte Deutschland seinen coronabedingten Siegeszug in die oberen Ränge noch nicht angetreten.

Natürlich waren wieder einmal sämtliche skandinavischen Länder dabei, inklusive Island. Island, dreihundertfünfzigtausend Menschen wohnen auf einer furzenden Insel, es wird monatelang nicht hell, und die haben nicht einmal genug Geld für einen Nachnamen, sind aber glücklicher als wir! Kanada, Australien, ja damit war zu rechnen. Aber wir finden unter diesen glücklichen Leuten auch Bewohner von Kolumbien, Mexiko oder Costa Rica, und das überraschte mich schon. Das tägliche Leben in Kolumbien wird durch die Drogenkartelle geprägt. In Mexiko gab es in 2019 mehr als fünfunddreißigtausend Mordopfer, und doch fühlen sich die Mexikaner, wenn sie nicht gerade den Pistolenlauf eines Drogendealers an der Schläfe haben, ziemlich glücklich.

Ich glaube nicht, dass Glück ein Zustand ist, ich glaube, dass man viele glückliche Momente einsammeln muss, um zufrieden zu werden. Und es steht außer Frage, dass man in Deutschland ein sicheres Leben führt, dass die Kriminalität im Vergleich zu Mexiko und Kolumbien sehr niedrig ist, dass wir ein Sozialstaat sind und eine Demokratie, dass auch in Pandemie-Zeiten fast immer noch ein Bett auf der Intensivstation zu bekommen war, all das ist positiv. Macht es ein Leben zufriedener? Ja, vielleicht, aber es gibt eben auch die anderen Punkte, wo wir gerade nicht so gut abschneiden.

Da lohnt es sich doch, noch einmal in die Welt zu schauen und sich die dreizehn Länder anzusehen. In den skandinavischen Ländern sind die sozialen Unterschiede zwischen den Menschen geringer. Man ist zufriedener, wenn man sich nicht ständig mit anderen vergleicht. Selbst eine Achtundzwanzig-Meter-Yacht macht schließlich nicht glücklich, vor allem dann nicht, wenn der Nachbar eine Dreißig-Meter-Yacht hat. In den skandinavischen Ländern ist die solidarische Gemeinschaft ein wichtiger Wert.

Speziell in Mittelamerika werden traditionelle Werte sehr hochgehalten. Da spielen die Familie, die Ehe, die Kinder, der Zusammenhalt der Generationen eine sehr entscheidende Rolle. Da werden die sozialen Kontakte zu den Verwandten, zu den Nachbarn intensiv gepflegt. Fast alle Studien zeigen, dass dauerhafte Partnerschaften ein Garant für hohe Zufriedenheit sind. Dazu zählt nicht nur der Ehepartner oder die Ehepartnerin. Es gibt viel mehr wichtige Verbindungen. Freundschaft, Verwandtschaft, das Netzwerk von Leuten, die sich gegenseitig helfen und unterstützen.

Je älter Menschen werden, desto mehr schätzen sie die Beständigkeit und den Zusammenhalt. Aber je älter Menschen werden, desto mehr Partnerschaften gehen ihnen auch verloren. Damit meine ich nicht nur, dass ein Partner stirbt. In Mexiko oder Kolumbien ist wahrscheinlich noch eine ganze Familie am Start, in unseren westlichen Gesellschaften haben wir das Individuum so stark in den Vordergrund gestellt, dass im Hintergrund keiner mehr war. Die Kinder sind aus dem Haus. Ältere Menschen sind vielleicht nicht mehr so mobil. Die setzen sich nicht nachts ins Auto und fahren zum Frühstück nach Paris. Wahrscheinlich sitzen sie eher in ihrer

Wohnung oder vielleicht sogar in ihrem viel zu großen Haus, und sie fragen sich, warum bin ich eigentlich so allein?

Was können wir tun, um fröhlich ins dritte Drittel zu starten? Da haben wir den nächsten Punkt. Wir müssen uns so früh wie möglich um unsere sozialen Kontakte kümmern, um die Familie, um die Freunde. Man muss sich immer wieder fragen, wer ist mir da auf dem Weg verloren gegangen? Ist das nicht schade? Na, dann ran ans Telefon, verabreden, raus aus dem Haus, so wie früher.

Ja, die Kinder kommen nicht mehr so oft wie früher. Die müssen ja Examen machen, im Job glänzen, Haus bauen, Karriere machen, da ist nicht mehr so viel Zeit. Okay, dann backt man mal einen Kuchen und fährt kurz bei denen vorbei. Es muss ja nicht für drei Tage sein. Unsere Freundschaften können wir nur selber im Griff halten. Wenn man einen Brief schreibt, kommt auch meist einer zurück. Wenn man zum Telefon greift, ist die Wahrscheinlichkeit ziemlich hoch, dass auf der anderen Seite jemand Hallo sagt. Wenn man es nicht tut, stellt sich vielleicht irgendwann die Frage: »Warum bin ich eigentlich so allein?«

Eine der wichtigsten Reisen, die man unternehmen kann, ist die, bei der man das Ziel hat, jemand anders auf halbem Weg zu begegnen.
Norwegisches Sprichwort

MUT ZU LYKKE

Die Skandinavier sind jedes Jahr ganz vorne in den Rankings über die glücklichsten Länder. Im Moment ist Finnland auf Platz eins, auf dem zweiten Platz folgen die Dänen. Dann haben sich die Schweizer dazwischengemogelt, und wieder geht es ab nach Skandinavien: Island Platz vier, Norwegen Platz fünf.

Die Dänen sind übrigens auch oft mit auf dem Siegertreppchen, mal Platz zwei, dann mal drei, dann mal wieder ganz vorne. Glück heißt auf Dänisch Lykke. Das Schöne an diesem Wort ist, dass man es tatsächlich ins Deutsche übersetzen kann. Das klappt bei vielen Wörtern nicht. Und wenn wir uns einige dieser Wörter mal genau anschauen, dann kriegen wir vielleicht eine Idee davon, woran es uns Deutschen hapert. Mit den Wörtern, die man nicht ins Deutsche übersetzen kann, meine ich nicht die Mär, dass die Eskimos tausend Wörter für Schnee haben. Das ist auch nur so ein modernes Märchen wie der Elefantenfriedhof, über den wir schon gesprochen haben.

Aber wo wir gerade bei Schnee sind: Ich hätte da mal eine kleine Frage. Dezember, 15.00 Uhr, Matschschnee, dunkel. Was machen wir da? Richtig, wir sitzen mit einem Tässchen Kaffee auf dem Sofa und gucken *Bares für Rares*. Aber was macht zum Beispiel der Norweger in der Situation? Ich sage es Ihnen: Er trainiert Skilanglauf. Skilanglauf! Gut, das ist Volkssport in Norwegen, die stehen im Medaillenspiegel bei den Olympischen Winterspielen noch weiter vorne als im Happiness-Report. Sowas kommt ja nicht von ungefähr. Aber wir hatten gesagt: »Matschschnee«. Nun, wenn es draußen weiß ist, fährt der Norweger Ski, und ob der Schnee nun Altschnee, Neuschnee, Pulverschnee oder Matschschnee ist, geht dem Norweger sowas von am verlängerten Rucksack vorbei. Aber wir hatten doch auch gesagt, es ist dunkel! Nein, das ist es nicht. Die Norweger haben beleuchtete Skilanglaufloipen. Wir haben so etwas nicht. Aber wir waren auch noch nie gut im Skilanglauf. Wir sind gut im Biathlon, da kann man wenigstens das Schießen drinnen trainieren.

Oder nehmen wir ein anderes Beispiel. In Norwegen gibt es, wie fast überall auf der Welt, Kindergärten, aber der Norweger hat sich gedacht, es heißt doch Kindergarten, also Kind im Garten, und nicht Gesocks in der Hütte. Deshalb gibt es in Norwegen jede Menge Kindergärten ganz ohne Haus. Da gibt es nur einen Treffpunkt, eine Wiese oder einen Baum, da kommen die Kindergärtnerinnen hin, und die Kinder auch, und dann spielen die den ganzen Tag draußen. Das sagen Sie mal den Elternvertretern in einer deutschen Kindertagesstätte. Da kriegen Sie was zu hören: »Draußen? Draußen ist gefährlich! Draußen ist Wetter! Und in Norwegen, da sind draußen Elche und Rentiere, und wenn Rentiere rennen, nicht auszudenken!«

Stellen Sie sich in diesem Szenario bitte mal die deutsche Helikoptermutter vor. Sie fährt vor in ihrem Fünf-Meter-achtzig-SUV (wir brauchen viel mehr SUVs, der Klimawandel ist da, die Meeresspiegel steigen, wir brauchen viel mehr Bodenfreiheit!), löst die Kindersicherung und pult die Brut aus den Kindersitzen. Da sind Michel-Melchior (fünf) und Esther-Elisabeth (drei), beide gewandet in Taucheranzug, Gummistiefel, Knieschoner, Ellenbogenschoner, Atemschutzmaske und Integralhelm. Ich gebe Ihnen Brief und Siegel, es dauert keine zwei Tage, und die beiden ungeimpften Pädagogik-Opfer sind schon wieder abgemeldet.

Da gibt es einen gewissen Unterschied zwischen den Norwegern und uns. In der norwegischen Sprache gibt es das Wort »friluftsliv«. Es beschreibt die Auffassung der Norweger, dass ein Großteil des Lebens eben draußen stattfinden sollte, in der Natur. So, und dieser Auffassung ist der Deutsche nun mal nicht. Das Recht auf Natur hat Norwegen 1957 in einem Gesetz festgehalten. Der Deutsche findet draußen auch toll, wenn wir fünfundzwanzig Grad haben und in einem Biergarten sitzen. »Herr Ober, ein Glas Bier!« – »Ham wa nich! Draußen nur Fässchen!«

Wandern wir mit dem Finger über die Landkarte ein bisschen weiter südöstlich, und schon landen wir in Schweden.

Schweden ist toll. In Schweden tanzen junge Frauen mit selbstgeknüpften Blumenkränzen im flachsblonden Haar, während ihre blonden, muskulösen Ehemänner den kompletten Haushalt erledigen und hinterher noch das Baby in den Schlaf wiegen. In Schweden sitzen alte, gutmütig dreinblickende Damen vor roten Holzhäusern, und sie schreiben Geschichten von kleinen blonden Jungs, die mit dem Kopf in der Suppenschüssel stecken. Schweden ist toll!

Und in Schweden kennt man das Wort »lagom«. »Lagom« heißt so viel wie: genau das richtige Maß. Nicht zu viel, nicht zu wenig, so knapp drei Viertel halt. Die Schweden behaupten, das würde helfen, das Gleichgewicht zu halten und die Mitte zu finden.

Ich habe noch nie ein Gewicht gehalten, und dieses Mittefinden halte ich für ziemlich schwierig. Ich war mal in einem Urlaubsclub an der türkischen Riviera, da hatten wir eine

Yoga-Lehrerin, die sagte auch, wir sollten uns auf die Mitte konzentrieren, wir sollten unsere Mitte suchen, dann würden wir das Sonnengeflecht aktivieren und das Shakra spüren. Ich habe mich damals so sehr auf die Mitte konzentriert, dass sich das Geflecht entflochten hat, ich konnte mein Shakra sogar riechen.

Die Schweden sehen das anders. Die sind mit drei Viertel zufrieden. Die Schweden hatten ja immer schon eine Schraube … weniger im Beutel. Gehen Sie mal zu IKEA. Fragen Sie mal: »Sind da alle Schrauben drin?« Dann antwortet der nette Herr mit dem gelbblauen Polohemd: »Ja, nicht alle, aber ziemlich viele. Genau das richtige Maß, nicht zu viel, nicht zu wenig. So knapp drei Viertel halt!

Sie sehen, wir Deutschen haben mit »lagom« einfach so viele Probleme, dass noch niemand auf die Idee gekommen ist, das Wort ins Deutsche zu übersetzen. Warum auch? Weil es uns wohl sehr guttun würde, auch mal die berühmten »fünfe gerade sein zu lassen«.

Vielleicht hatten Sie die Wörter »friluftsliv« oder »lagom« noch nie gehört, aber das nächste Wort ist Ihnen bestimmt schon einmal über den Weg gelaufen, wenn man davon ausgeht, dass Wörter über Wege laufen können. Es ist das dänische Wort »hygge«, auch dafür gibt es keine deutsche Übersetzung.

Ja, ich weiß, jetzt denken bestimmt einige: Moment, natürlich gibt es da eine Übersetzung. »Hygge« heißt auf Deutsch gemütlich. Nein, das dänische Wort »hygge« hat immer auch einen sozialen Zusammenhang. Es geht darum, sich wohlzufühlen, mit anderen zusammen. Das deutsche Wort gemütlich kann ja auch eine Schrankwand beschreiben. Der Däne setzt sich halt gerne nach Feierabend mit seinen Freunden und Verwandten zusammen, er zündet Kerzen an, und dann trinken sie Tee, und sie fühlen sich »hyggelig«, also nicht »hügelig« wie Sauerland, sondern »sich mit anderen zusammen harmonisch«.

Das ist kein Gerücht. Es ist statistisch nachgewiesen, dass der Pro-Kopf-Verbrauch an Kerzen in Dänemark sechsmal höher liegt als bei uns. Und irgendeinen Grund muss es doch haben, dass die Dänen jedes Jahr in der Glücksstatistik ganz oben liegen und wir eben nicht.

Deshalb habe ich einen Feldversuch gestartet. Ich habe Einladungen verschickt, an alle: »Freitag nach Feierabend treffen wir uns bei mir. Wir gehen dänisch essen!«

Alle sind gekommen. Meine Frau, meine Kinder, mein Kumpel Jürgen, meine Nachbarn Horst und Mechthild und Tante Elisabeth, alle sind gekommen. Sie fragten natürlich sofort: »Und? Wo geht es hin?« Da habe ich ihnen erklärt: »Es geht nirgends hin. Ich habe ein Dänen-Dinner vorbereitet. Es gibt Salzheringe und Zimtschnecken.«

Ich hatte zwölf Kerzen im Zimmer verteilt. Alle schlürften ihren Tee. Ich fühlte mich schon so richtig hyggelig. Gut, unterhalten haben sie sich nicht. Aber dadurch konnte man das Schlürfen ja viel besser hören. Zwischendurch war es so still, man konnte hören, wie die Kerze brennt.

Bis Jürgen dann wohl die Nase voll hatte und meinte: »Weißt du eigentlich, dass diese Scheißkerzen einen Feinstaubausstoß haben, der dreimal so hoch ist wie der Grenzwert für Diesel-PKW?«

Horst kippte seinen Tee in den Ausguss und fragte: »Hast du mal ein Bier da?«

Meine Frau fragte: »Warum hast du eigentlich die Mechthild eingeladen, die dusselige Kuh?« Und als mein Sohn sagte: »Von mir aus könnt ihr hier noch ein bisschen Wikingerchillen, aber ich gehe jetzt ins Kino!«, da lag das Experiment irgendwie ganz hyggelig im Klo.

Ich finde, es wird ganz schön deutlich. »Friluftsliv« steht

für rausgehen, nicht hinterm Computer sitzen, nicht stundenlang im Netz surfen, sondern draußen echte Menschen treffen. »Lagom« heißt, lass doch auch mal fünfe gerade sein. Es muss doch nicht immer perfekt sein. Wenn man ein ordentliches Ergebnis erzielt, kann man doch auch mal zufrieden sein. Tja, »hygge«, das ist unser Problem. Kümmere dich um deine Freunde, lade sie ein, oder lass dich einladen. Sitz nicht allein zuhause. Schau mal zurück, die schönsten Erlebnisse hattest du immer mit anderen zusammen.

Drei Wörter, die es im Deutschen nicht gibt, drei Gewohnheiten, die bei uns eben nicht alltäglich sind.

Na ja, da kann man ja dran arbeiten. Und wenn das alles zu viel wird, gibt es da noch ein Wort im Skandinavischen, für das es keine deutsche Übersetzung gibt. Dieses Wort kommt aus dem Finnischen, und wir wissen, die Finnen sind aktuell die glücklichsten Menschen auf der Welt. Ich meine das Wort »kalsarikännit«. Dieses Wort sollten wir alle auswendig lernen. Wir sollten es aufschreiben, einrahmen und über den Fernseher hängen. Ich werde mit der Duden-Redaktion reden, damit sie dieses Wort aufnimmt. Kalsarikännit. Zu Deutsch heißt es: sich zuhause allein in Unterhosen besaufen!

WOHER NEHMEN UND NICHT KIDNAPPEN?

Ich weiß, das sagt sich sehr leicht: früh die sozialen Kontakte pflegen, sich um den Zusammenhalt in der Familie kümmern, mit dem Partner zusammen alt werden, Freunde finden.

Meine Frau Anke und ich sind jetzt seit über dreißig Jahren verheiratet. Eine alte Freundin hat uns zur Perlenhochzeit gratuliert, und schon wieder hatte ich einen Begriff gelernt. Silberhochzeit, das kannte ich, die haben wir beide ganz allein in einem schönen Restaurant mit Blick auf die Oosterschelde gefeiert, inklusive Sonnenuntergang. Silberhochzeit kannte ich, aber Perlenhochzeit? Nie gehört. Ich habe es nachgeschlagen. Es stimmt, dreißig Jahre verheiratet: Perlenhochzeit. Und da stand auch noch, dass wir in zwei Jahren Seifenhochzeit haben: 8 × 4, zweiunddreißig Jahre.

Das ist schön, ich bin sehr glücklich darüber, aber was ist, wenn das Schicksal da so ein bisschen mit der Sense durchgegangen ist? Wie will man die familiären Bande pflegen, wenn der Sohn als Bauingenieur in Saudi-Arabien arbeitet und die Tochter in Madrid studiert? Wie will man mit der Ehefrau zusammen alt werden, wenn die sich gerade mit dem ortsansässigen Steuerberater nach Marbella abgesetzt hat? Die alten

Freunde wohnen halt nicht mehr in der Stadt, so einfach ist das nicht, oder die alten Freunde sind entsetzlich alt geworden, und das wollen wir doch gerade verhindern.

Man sagt, die Einsamkeit ist das einzige Gefängnis, das man nur von innen öffnen kann. Und da gibt es Möglichkeiten.

Wenn der alte Freundeskreis nicht mehr da ist, muss man sich neue Freunde suchen. Natürlich kann es sein, dass man niemanden findet, der seine Interessen teilt, und das ist doch schade, zumal Nacktimkern nun wirklich ein spannendes Hobby ist.

Da kann uns unser Wohnort ein bisschen weiterhelfen. Wir haben zwar keine Wörter für »friluftsliv«, »lagom« oder »hygge«, aber in Deutschland gibt es jede Menge Vereine. Gut, Kleingärtnern mag vielleicht nicht Ihre Sache sein, und Kaninchen züchten steht in Ihrer Prioritätenliste eher weiter hinten. Nun, die Liste ist ja sehr lang. Wie wäre es mit Nordic Walking? Da schlägt man zwei Fliegen mit einer Klappe. Wir wollen körperlich mobil bleiben und Freunde finden. In einer Nordic-Walking-Gruppe kann das gelingen.

Oder singen Sie gerne? Ja, Sie singen gerne, aber ein Kirchenchor ist wirklich nicht Ihr Ding. Vielleicht muss man sich ein bisschen länger umhören, aber ich habe da sehr spannende Projekte gefunden.

In Hamburg im St. Pauli Theater hat Jan-Christoph Scheibe einen Seniorenchor ins Leben gerufen, zu dem diese Bezeichnung eigentlich nicht passt. Sie singen ausschließlich Lieder, die eher auf der Playlist ihrer Enkel stehen. Da stehen *Lieder* von Adel Tawil oder *Counting Stars* von One Republic im Repertoire. Die dreißig Sänger und Sängerinnen haben über zweitausend Jahre Erfahrung. Ich komme mit ein bisschen Kopfrechnen auf ein Durchschnittsalter von knapp siebzig.

Warum habe ich eigentlich gerade gesagt, dass der Begriff Seniorenchor nun wirklich nicht passt? Der Chor heißt (Achtung!) *Heaven can wait*. Da ist so viel Frische, da sind so viele spannende Gedanken. Eine Sängerin des Chors, Joanne Bell, hat gesagt: »Man muss einfach offenbleiben, damit, wenn etwas kommt, du draufspringen und es genießen kannst!«

Ja, genau. Der Chor hat über siebzig Auftritte hinter sich, und zwar solche der bejubelten Art. Ich glaube, jeder der Sängerinnen und Sänger hat nicht nur sein Hobby weiterentwickelt und Neues gelernt, und er hat einen neuen Bekanntenkreis, ein Netzwerk von Menschen, die sich unterstützen und helfen, er hat Freunde gefunden, und er hat Spaß. Hätten wir uns aus den letzten hundert Seiten dieses Buches eine To-do-Liste gebastelt (was müssen wir tun, um körperlich und geistig fit zu bleiben, was müssen wir trainieren, um nicht zu verbittern), die Sänger und Sängerinnen des Chors *Heaven can wait* könnten schon mal achtzig Prozent der Punkte als erledigt abhaken.

Vielleicht denken Sie jetzt, wie soll das denn gehen? Schon in der Schule hatten Sie in Musik immer die »Vier mit Rücksicht auf die leidgeplagten Eltern«.

Ja, das gibt's. Wir suchen ein Thema, das unseren Neigungen entspricht, das uns interessiert und das uns Spaß macht. Musik ist ein sensationelles Thema für Menschen, die musikalisch sind, aber es ist zweifelsfrei nachgewiesen, dass es Menschen gibt, bei denen das nun mal absolut nicht der Fall ist. Es gibt halt Leute, die haben kein Gefühl für Rhythmus, die treffen keinen Ton. Auch wenn es genauso sicher ist, dass einige von denen Hitparaden gestürmt haben oder am Ballermann gewaltiges Geld verdienen, so möchte ich Ihnen gerne zugestehen, sich nach einem anderen Betätigungsfeld umzusehen, falls das auf Sie zutrifft.

Wie wär's mit einer Theatergruppe? In Dresden hat sich 2005 eine Theatergruppe mit dem Namen Älterntheater gebildet. Alle Schauspieler waren über fünfzig. Als die Arbeit begann, gab man sich erstmal einen neuen Namen. Nach demokratischer Abstimmung hieß die Gruppe Ohne Verfallsdatum. Da steckte das Zwinkern der betagten Augen schon im Titel.

Es entstand ein erstes Stück mit dem Titel *Heim oder Daheim*. Der Name verrät ja schon, worum es ging. »Wohin mit uns Alten, wohin mit mir?«

Die Theatergruppe existiert nun seit sechzehn Jahren. Es werden immer wieder neue Stücke inszeniert, und ich finde am tollsten, dass beides geht. Da werden eigene Stücke geschrieben, aber dann gibt es kurz vor Weihnachten auch mal die Aufführung *Wie Schneewittchen die Märchenwelt auf den Kopf stellt* oder einfach mal so *Die goldene Gans* nach den Gebrüdern Grimm. Auch wenn man in seiner Freizeit Lieder von Sido oder Rammstein singt, darf man als Oma oder Opa den Enkeln auch ruhig mal ein Märchen vorlesen.

Natürlich sind das alles nur Beispiele, und natürlich sind das sehr erfolgreiche Beispiele. Ich könnte Ihnen noch von dem Ensemble Alte Helden am Schauspiel Essen erzählen oder von der Theatergruppe Herbschtrose in Windisch in der Schweiz. Sehr spannend ist das Projekt *Rock'n Rollator Show* aus Bielefeld.

Es sind nur Beispiele, aber es lohnt sich, auf die Suche zu gehen. Ob Sie sich für Musik, Theater, Nordic Walking oder doch fürs Nacktimkern interessieren, es gibt andere Menschen, die gerade solche Leute wie Sie suchen. Die haben nur nicht Ihre Telefonnummer.

Ich habe eine der genannten Truppen live gesehen, ich habe von anderen viele Videos im Internet gesehen. Es gab

Beiträge im Fernsehen. Und keiner der Menschen vor der Kamera machte auf mich den Eindruck, dass er in den letzten sechs Monaten möglicherweise mal in seinem Wohnzimmer gesessen hat und so bei sich dachte: »Warum bin ich eigentlich so allein?«

EHRE, WEM EHRE GEBÜHRT. DAS EHRENAMT!

Das Wort Ruhestand beginnt mit Ruhe. Wenn der Chef endlich den Frühstückskorb, die Flasche Wein und die guten Wünsche übergeben hat, wenn die Post von der Deutschen Rentenversicherung auf dem Küchentisch liegt, dann kehrt sie endlich ein. Die Ruhe. Herrlich, diese Ruhe, denkt man dann, das ist die Abwesenheit von Hektik, kein Stress. Man kann sich dementsprechend auch in aller Ruhe überlegen, was man denn so macht aus seinem Ruhestand.

Wenn man angehende Rentner fragt, was sie denn jetzt so vorhaben, dann strahlen die meisten. Die Antworten sprudeln nur so aus ihnen heraus. Sie haben ja jetzt endlich Zeit für Hobbys, für Reisen, aber auch Zeit für Ruhe und Entspannung.

An der Freien Universität Berlin wurde eine Studie durchgeführt, die überprüfte, ob sich die Einstellung zum Ruhestand mit der Zeit verändert. Über dreihundert frischgebackene Rentner wurden über Jahre begleitet. Unmittelbar nach dem Eintritt in den Ruhestand waren sich fünfundneunzig Prozent der Herrschaften sicher, dass sie das mit dem Ruhestand sehr gut hinkriegen werden. Mehr als die Hälfte der Befragten hatten sich gleich mehrere neue Beschäftigungen gesucht, für die sie früher, als sie noch im Berufsleben standen, einfach nicht genug Zeit hatten. Sport, Ehrenämter, eine Sprache oder ein Instrument lernen, manche wollten sogar ein Hochschulstudium aufnehmen. Sie hatten einen festen Plan, und sie waren sich sicher, dass sie die neue Zeit nicht totschlagen mussten, sie würden sie nutzen. In den ersten Wochen ist da ein regelrechtes Glücksgefühl, wenn der Wecker morgens nicht mehr klingelt, das ist wie Flitterwochen. Deshalb nennt die Gesundheitspsychologin Lisa Marie Warner, die die Studie geleitet hat, diese Phase auch den »Honeymoon-Effekt«. Aber wie das so ist mit Flitterwochen. Die gehen vorbei, und dann kommt der Alltag.

Man hatte so viele Ideen, was man machen kann, und plötzlich weiß man vor lauter Freizeit buchstäblich nicht mehr, wohin. Dann kommt die Krise. Was ist da alles weggefallen? Die Arbeit hat ja nicht nur Zeit geraubt, sie hat auch Sinn gegeben. Als wir noch Verpflichtungen hatten, da hatte der Tag noch Struktur. Wenn der Tag keine Struktur mehr hat, brauchen wir auch keine Disziplin, und schließlich geht auch die Motivation abhanden.

Das Wort Ruhestand beginnt mit Ruhe, aber es endet mit Stand, Stillstand. Aber es bleibt nicht stehen. Menschen, die plötzlich keine Aufgaben mehr haben, die ohne Anstrengung in den Tag hineinleben, die bleiben nicht stehen. Es kommt der Rückschritt, sie bauen ab, körperlich, geistig, psychisch.

Und wenn wir uns gerade so schön auf den Ruhestand freuen, wird es jetzt noch ein bisschen ungemütlicher. An der Uni in Zürich wurde nachgewiesen, dass vorzeitiger Ruhestand nicht nur schlecht für die körperliche Gesundheit ist, er schadet auch dem Gehirn. Man hat Rentner in mehreren westlichen Ländern verglichen. In Dänemark, wo das durchschnittliche Rentenalter ziemlich hoch ist, waren die Fünfundsechzigjährigen deutlich fitter als beispielsweise in Frankreich, wo der Renteneintritt erheblich früher passiert.

Mann, Mann, Mann, das sind ja miese Nachrichten. Da freut man sich seit dem Gesellenbrief auf die Rente, und dann das.

Na ja, wir haben ja schon einige Möglichkeiten gefunden, wie wir den geistigen Verfall stoppen können. Körperliche Anstrengung, Lesen, etwas Neues lernen, Gedächtnistraining …

Die wohl stärkste Wirkung auf unseren Denkapparat hat allerdings ein völlig anderer Entwurf der Lebensgestaltung im Alter. Man sollte tatsächlich arbeiten, solange es geht. Kontakte mit anderen Menschen, Bewegung, Kreativität, strategisches Denken, alles das sind Faktoren der Arbeit, die unserem Gehirn nutzen.

Alles gut und schön, aber wo willst du einen Job herkriegen, wenn dir mit zweiundsiebzig auffällt, dass du deine kognitiven Leistungen verbessern willst? Der Mitarbeiter der örtlichen Niederlassung der Bundesagentur für Arbeit wird sich hoffentlich nicht zu offensiv amüsieren, wenn du dieses Ansinnen vorträgst, aber Spaß hat er garantiert.

Wie kriegen wir die arbeitswilligen Rentner von der Straße? Der Philosoph Richard David Precht hatte mal ein soziales Pflichtjahr für Rentner vorgeschlagen. Sie können sich vorstellen, was da los war. Tausende von graumelierten Fünfundsechzigjährigen, die gerade mit Freude den »Honeymoon-Effekt« auskosteten, hätten Precht am liebsten mit Rollatoren beworfen.

Aber lag er denn wirklich so falsch?

Man könnte es ja mal ausprobieren. Es gibt bundesweit dreihundertsiebzig Seniorenbüros, an die könnte man sich wenden. Die vermitteln ehrenamtliche Tätigkeiten unterschiedlichster Art.

Man kann zum Beispiel in Kindergärten oder in Bibliotheken aus Büchern vorlesen. Wenn die Kinder etwas älter sein dürfen, wäre auch Hausaufgabenbetreuung oder Nachhilfe ein Thema. Man kann sich um Senioren kümmern. Das kann von Spazierengehen über Kartenspielen bis hin zum Einsatz bei der Pflege gehen. Tierheime nehmen sehr gerne die Hilfe älterer Menschen in Anspruch, die mit den vierbeinigen Heimbewohnern Gassi gehen. Ehrenamtliche Arbeit in der Kirchengemeinde oder in der Flüchtlingshilfe sind weitere Beispiele.

Wenn man sich dabei klarmachen kann, dass diese Arbeit noch dazu sinnvoll ist, positiv ist, einem Ziel folgt, fördert das nicht nur unsere psychische und körperliche Gesundheit, sondern auch die Leistungsfähigkeit unseres Gehirns.

Die Johns-Hopkins-Universität in Baltimore war in letzter Zeit in aller Munde. Einerseits hat sie weltweit die Corona-Daten gesammelt und aufbereitet, womit sie Forschung und Politik wichtige Informationen gab, andererseits hat sie Angela Merkel die Ehrendoktorwürde angetragen, der achtzehnte Titel dieser Art für sie.

Wissenschaftler dieser Universität wollten herausfinden, wie sich Freiwilligenarbeit auf die Gesundheit von Senioren auswirkt. Sie schickten in dem Programm *Experience Corps* ältere Menschen als Mentoren und Nachhilfelehrer in sozial benachteiligte Stadtteile. In dreiundzwanzig Städten wurden über zweitausend Senioren eingesetzt und regelmäßig wissenschaftlich untersucht. Was dabei herauskam, hat sämtliche Erwartungen der Forscher übertroffen.

Schon nach Monaten war die Mobilität und die psychische Gesundheit der Testpersonen verbessert. Arthritis-Patienten hatten weniger Schmerzen, Diabeteswerte wurden reduziert. Gedächtnisleistungen steigerten sich manchmal dramatisch. Die Forscher schlossen, dass ehrenamtliche Arbeit den kognitiven Verfallsprozess teilweise umkehren kann. Die Teilnehmer halfen anderen, aber auch sich selbst, und zwar nicht nur ihrem Gehirn, sondern auch ihrer Seele.

Im Ehrenamt kann der Mensch nach dem Eintritt ins Rentenalter weiterarbeiten. Dabei ist er vielleicht zum ersten Mal im Leben sein eigener Chef. Er hat keinen Achtstundentag, ist flexibel in seiner Arbeitszeit, vielleicht ein paar Stunden am Tag, vielleicht zwei Tage in der Woche. »Silver Worker« nennt man diese Leute, die auch in der Rente noch arbeiten und die deshalb geistig und körperlich fitter sind als die Altersgenossen, die das mit dem Ruhestand zu wörtlich genommen haben.

Vielleicht sollte man über den Vorschlag von Richard David Precht noch einmal nachdenken.

Keine Grenze verlockt mehr zum Schummeln als die Altersgrenze.
Karl Kraus

»DER 90. GEBURTSTAG ODER DINNER FOR ONE«

Natürlich ist es ein bisschen optimistisch, mit sechzig zu glauben, das dritte Drittel des Lebens hätte gerade erst begonnen. Das würde ja bedeuten, dass die Ziellinie erst beim neunzigsten Geburtstag erreicht würde, und den neunzigsten Geburtstag, den kennen wir ja. Alle Gäste, die sonst immer zur Party kommen, haben schon das Zeitliche gesegnet, aber zum Glück hat das Seniorenstift uns für den Jubeltag einen Butler zur Verfügung gestellt, der für alle verstorbenen Tafelritter die Hacken zusammenschlägt und einen mittrinkt: »Admiral von Schneider, skol!«

Machen Sie sich bitte keine Sorgen, so wird es bei mir nicht aussehen. Ich werde an meinem Neunzigsten mit den Kumpels eine Runde Golf spielen, dann werde ich mit ihnen auf der Terrasse einen Spätburgunder von der Ahr trinken, und am Abend werde ich guten Sex mit meiner Ehefrau haben.

Ich weiß, jetzt denken Sie, der Mann ist ein Komiker, der muss Witze machen, das ist sein Job. Weit gefehlt, ich weise Ihnen gerade nach, dass Sie sich durchaus schon einmal Gedanken über diese Geburtstagsfeier machen können, vielleicht könnte man auch schon einmal darüber nachdenken, wie man es zum Hundertsten so richtig krachen lassen kann.

Sehen wir uns zunächst einmal die aktuellen Fakten an. Laut Bericht des Statistischen Bundesamtes aus dem Jahr

2020 liegt die durchschnittliche Lebenserwartung für Männer bei 78,9 Jahren und für Frauen bei 83,6 Jahren. Das sind vielleicht keine schlechten Zahlen, aber schon der Umzug nach Hongkong könnte sie vergrößern, denn dort liegt die durchschnittliche Lebenserwartung um satte vier Jahre höher.

Nun wurde aber an der Universität in Yale eine Studie durchgeführt, die besagt, dass Bücherliebhaber im Durchschnitt zwei Jahre länger leben. Wenn ich also mit einem Koffer voll Bücher nach Hongkong übersiedele, habe ich die fünfundachtzig schon mal im Sack.

Wichtig ist dabei allerdings, dass ich meine Kinder überzeugen kann, mit nach Hongkong zu ziehen, denn es ist entscheidend für meine Zukunft, dass ich mich um die Enkel kümmere. Eine Altersstudie aus Berlin mit fünfhundert Probanden im Alter zwischen siebzig und einhundertdrei Jahren ergab, dass häufiger Kontakt mit den Enkelkindern und das damit verbundene Gefühl, gebraucht und sozial eingebunden zu sein, das Leben um fünf Jahre verlängern kann.

In Hongkong haben wir natürlich eine hohe Verkehrsdichte, was problematisch sein kann, wenn ich mit den Enkeln über den Goldfischmarkt oder die Jade Street marschiere, denn ein gewisses Tempo sollten wir schon einhalten. Laut einer Studie des Biomedical Research Centre in Leicester kann schnelles Gehen das Leben um bis zu zwanzig (!) Jahre verlängern. Dabei wurden, und darauf wiesen die Wissenschaftler besonders stolz hin, nicht nur Erkenntnisse über das Lebensalter gewonnen, »sondern auch Einblicke über die körperliche Gesamtfitness der teilnehmenden Personen abgeleitet«.

Ich denke mal, die Gesamtfitness war ziemlich positiv, denn unsere deutschen Großväter-Leseratten mit Wohnsitz in Hongkong, die immer schnell gehen, liegen ja jetzt schon bei einer Lebenserwartung von 105,9 Jahren, und wir haben noch gar nicht über die Ernährung gesprochen. Auf dem schon erwähnten Goldfischmarkt sollte es doch ums Verrecken, und genau darum geht es ja, möglich sein, frische Salate, Gemüse, frischen Fisch und Meeresfrüchte, gutes kaltgepresstes Olivenöl und Hülsenfrüchte wie Kichererbsen und Linsen zu erwerben. Damit bereiten wir uns Gerichte zu, die der Mittelmeer-Diät entsprechen, was unsere Lebenserwartung um mindestens drei Jahre nach oben schrauben sollte.

Vor zwei Jahren habe ich es im elften Versuch endlich hingekriegt, nicht mehr zu rauchen, was aus mehreren Gründen sehr positiv ist. Damals haben mich viele Freunde besorgt gefragt: »Rauchst du von morgens bis abends?« Ich konnte sie beruhigen: »Ich rauche erst ab Mittag!« – »Und was machst du vorher?« – »Da huste ich!«

Heute huste ich nicht mehr, ich spare eine Menge Geld, und vor allem erhöht sich die Lebenserwartung um sechs Jahre, wenn man zwischen fünfzig und sechzig aufhört zu rauchen, und das laut Stiftung Warentest. Denen vertraue ich ja eigentlich mehr als irgendwelchen Universitäten in Yale oder Orlando (Florida), wo man herausgefunden hat, dass Menschen, die abends ein Glas Rotwein zu sich nehmen, zwei Jahre länger leben als solche, die auf Alkohol verzichten. Es ist schön, das von Forschern zu erfahren, obwohl ich auch aus eigener Erfahrung sicher war, dass es mehr alte Winzer gibt als alte Ärzte.

Sei's drum, rechnen wir zusammen. Wir Mittelmeer-Freaks, die wir schnell durch Hongkong gehen, wo es ein Vermögen kostet, eine Zigarettenkippe wegzuschmeißen, was uns gar nicht passieren kann, weil wir ja nicht mehr rauchen, setzen uns lieber auf den Balkon im achtundvierzigsten Stock, gießen uns ein schönes Gläschen *Châteauneuf du Pape* ein und lesen den Enkeln ein gutes Buch vor. Dann liegen wir schon bei einer durchschnittlichen Lebenserwartung von 116,9 Jahren.

Ich denke, dass es meiner Frau in Hongkong sehr gut gefallen wird. Die Shopping-Möglichkeiten sind exzellent, es gibt fantastische Restaurants, und ich vermute, wir treffen jede Menge Bekannte, die, nachdem dieses Buch veröffentlicht wurde, ganz sicher auch nach Hongkong ziehen, und zwar zu zweit, denn das Max-Weber-Institut für Soziologie in Heidelberg hat ja herausgefunden, dass verheiratete Männer sieben Jahre älter werden als Singles.

Wissen Sie, was mich wirklich beruhigt? Ich esse ja gerne manchmal so ein schönes Kotelett vom Schwein. Das ist halt einfach lecker. Ja, ich achte sehr genau darauf, wo das Fleisch herkommt. Ich habe da die Fleischer meines Vertrauens. Aber ich werde wohl in diesem Leben kein Vegetarier mehr werden. Obwohl es da ja eine Studie gibt, die besagt, dass Menschen, die komplett auf Fleisch verzichten, vier Jahre älter werden.

Das ist schön. Da beiße ich in mein Kotelett, spüle den Bissen mit einem Schluck Wein herunter, und dabei denke ich so: »Hundertdreißig ist mir echt zu viel!«

Het leven is als een frikandel. Je moet hem zelf speciaal maken!
Niederländisches Sprichwort

NL CONFIDENTIAL

Meine Mutter war immer sehr froh, dass sie am 25. Dezember Geburtstag hatte. Freudestrahlend erklärte sie uns jedes Jahr, dass man vielleicht ein Geschenk weniger bekommt, wenn Weihnachten und Geburtstag so nah zusammenliegen, aber der Geburtstag am ersten Weihnachtsfeiertag bedeutete auch, dass, solange sie lebt, die Kinder an Weihnachten immer bei ihr wären.

Meine Mutter lebt inzwischen nicht mehr. Mein Vater starb vor zehn Jahren, und sie folgte ihm wenige Monate später, weil sie ohne ihn nicht leben wollte. Bald nach dem Tod meiner Mutter hatte ich mit meiner Schwester Petra und meinem Schwager Erich über unser Mobilheim in Zeeland gesprochen. Die beiden waren früher öfter im Sommer ein paar Wochen in unserem Wohnwagen in Zeeland, aber jetzt wäre die richtige Zeit, über ein eigenes Mobilheim nachzudenken, auf dem gleichen Platz wie wir. Die beiden wohnen in Lünen, wir in Bornheim. Wie oft hätten wir uns wohl getroffen, jetzt, da unsere Eltern nicht mehr da waren. Vielleicht zweimal im Jahr, wahrscheinlicher einmal in zwei Jahren. Sie haben sich auch ein »Chaletje« besorgt, und heute sehen wir uns sehr oft. Abends auf der Terrasse, beim Grillen, bei einem Glas Rosé oder auch im Dezember bei einem Strandspaziergang mit Rollkragenpullover und Bommelmütze.

Ich treffe auf Walcheren nicht nur meine Schwester. Mein

Freund Notker, der im Studentenwohnheim neben mir gewohnt hat und mit dem ich schon zu Zeiten von *7 Tage, 7 Köpfe* zusammen Texte geschrieben habe, hat das Chalet neben mir. Die Kiste von Zimmermanns aus Köln steht hundert Meter Luftlinie von uns. Bis zu meinem Kumpel Alfred sind es vielleicht hundertzwanzig Meter, und da sind natürlich auch noch Ria und Willi Kluth. Ich weiß nicht mehr genau, wann wir uns damals auf dem Campingplatz getroffen hatten, aber für unsere Kinder war Willi der Camping-Opa, und Tim ist heute achtundzwanzig. Es sind also sicher zwanzig Jahre.

Auf unserem Campingplatz in Zeeland haben wir eine WhatsApp-Gruppe mit dem Titel »NL Confidential«. Das ist eine praktische Angelegenheit. Wenn ich den Boliden hinter Aachen über die Grenze steuere, und während ich den Tempomat noch auf die geforderten hundert Stundenkilometer justiere, schnappt sich meine Frau schon das Mobiltelefon und schreibt in die Gruppe, dass wir im Anflug sind. So erfahren wir innerhalb weniger Minuten, wer außer uns noch auf dem Platz sein wird. Dieser Campingplatz sorgt dafür, dass wir unsere Freunde immer wieder treffen.

Dass die Niederländer die lustige Angewohnheit haben, an jedes zweite Wort ein »je« oder »tje« anzuhängen, hatte ich ja bereits erwähnt. Eine besonders tolle Kombination ist die zwischen dem Wort Terrasse und der Verkleinerungsform »je«. Heraus kommt das schöne Konstrukt »terrassje«. Da geht es dann nicht mehr um eine Terrasse mit einer Fläche von unter fünf Quadratmetern, es geht um einen schönen Abend mit Freunden auf der Terrasse, Grolsch, Gläschen Rosé, schöne Gespräche, lass uns mal wieder »een terrassje pakken«.

Wenn Anke bei Aachen unsere baldige Ankunft in »NL Confidential« schreibt, sind die nächsten beiden »terrassjes« quasi eingetütet, und nicht nur das. Wir haben ja unsere

Schlüssel auch großzügig untereinander verteilt, damit man mal nach dem Rechten schauen kann. Wenn ich also im Winter morgens ankündige, dass wir am Nachmittag kommen, mag es vielleicht zu kalt für ein »terrassje« sein, dafür kommt garantiert die Nachricht: »Prima, wir machen euch schon mal die Heizung an!«

Was muss ich selber hinkriegen, damit ich fröhlich ins dritte Drittel des Lebens starten kann? Darum geht es.

Ich bin losgefahren und habe Experten interviewt, den Sportwissenschaftler Ingo Froböse, den Gedächtnisweltmeister Boris Nikolai Konrad, den Psychiater und Bestsellerautor Manfred Lütz.

Das Wort Experte leitet sich aus dem lateinischen »expertus« ab, was für erfahren und sachkundig steht. Experten sind Menschen, die sich in ihrem Fachgebiet besonders schlaugemacht haben, sie verfügen über das theoretische Wissen, und sie kennen die kompetente Anwendung dieses Wissens in der Praxis. Um diese Expertise zu erhalten, haben die Experten lange studiert, eine Menge Literatur zu sich genommen, Massen von Fremdwörtern auswendig gelernt.

Bei meinem nächsten Experten war das ein wenig anders. Er hat nicht gelesen, gelernt und studiert. Er hat das alles erlebt. Ich stelle Ihnen den mal vor!

Wenn man sich das alte deutsche Wort »Kumpan« ansieht, dann stammt es von den lateinischen Wörtern cum (»mit«) und panis (»Brot«) ab. Ein Kumpan ist jemand, mit dem ich mein Brot teile.

Meik Wiking

AUF EINEN CHARDONNAY MIT WILLI KLUTH

Mein Freund Willi Kluth ist jetzt einundachtzig. Diese Zahl macht ihm manchmal ganz schön zu schaffen. Das liegt aber nicht am Alter selbst, es liegt daran, dass man ihm erzählt hat, mit achtzig sei man alt. Glücklicherweise trifft das auf Willi nicht zu, aber das muss man ihm noch erklären.

Wenn man behaupten würde, Willi Kluth habe ein Leben auf der Überholspur geführt, läge man wahrscheinlich nicht so sehr daneben. Er war mal gerade dreizehn Jahre alt, als er die Bäckerlehre absolvierte. Und er weiß noch sehr genau, dass ihn sein Lehrmeister Getreidesäcke von hundert Kilo schleppen ließ und dass er sich deshalb schon als Jugendlicher zwei Leistenbrüche eingefangen hatte. Nach der Bäckerlehre hat er im Café Ritterhaus in Bonn eine Konditorlehre absolviert und dann die Bäckermeisterprüfung abgelegt.

Zwei erlernte Berufe, Bäcker im eigenen Betrieb, Handwerksmeister, das hätte den meisten anderen gereicht, Willi nicht!

Ich sitze auf der Terrasse seines »Chaletje«, hundert Meter von unserem Feriendomizil in Zeeland entfernt, und seine Augen strahlen. Willi hat einen Chardonnay aus dem Supermarkt in Serooskerke eingeschenkt, und er erzählt vom Preiskegeln in Alfter vor fünfzig Jahren, als er auf zwei Kegelbahnen gleichzeitig spielte, das eine Stechen war um elf Uhr, und das andere um zwölf, so hat er Ria und sich damals ein kleines bisschen Luxus zusammengekegelt. Ein anderes Mal gab es ein Hähnchen-Kegeln. Wenn man dreimal die Sieben warf, gab es ein Hähnchen. Dreimal die Acht waren zwei Hähnchen, und für dreimal alle Neune gab es drei Hähnchen. Am Tag nach dem Turnier fuhr ein Kühlwagen vor und lieferte über vierzig Hähnchen. Der Verein richtete in den folgenden Jahren kein Hähnchenkegeln mehr aus.

Das reichte natürlich nicht. Willi kaufte sich eine teure Kamera und begann zu fotografieren. Er brachte sich alles selbst bei, und er merkte schnell, am spannendsten sind Fotos mit einer ganz kurzen Verschlusszeit, den Sportler im Sprung fotografieren, den Hundertmeterläufer in der Bewegung. Willi Kluth fotografierte Motorsportereignisse am Nürburgring, in Spa und natürlich in Monte Carlo – siebenundzwanzig Jahre hat er im Fürstentum fotografiert. Er hatte einen Ausweis als Fotojournalist, »und den kriegt man nicht so einfach«. Marc Surer und Michael Schumacher kennt er persönlich.

Er steht natürlich nicht mehr in der Backstube. Sein Sohn Toni hat die Firma übernommen, aber »dä Jung muss ja och ens Urlaub han«. Dann hilft der Willi halt aus, und seine Frau Ria steht in der Bäckerei hinter dem Tresen und verkauft Brot und Brötchen, aber sie ist ja auch noch nicht achtzig, verkündet sie mir lächelnd. Sie ist erst neunundsiebzig.

Willi hat im letzten Jahr in Bochum beim Zentralverband des Deutschen Bäckerhandwerks einen Christstollen der Jury vorgelegt und mit hundert Punkten ein »sehr gut« erreicht. Er hatte vorher noch zu Ria gesagt: »Pack den Spekulatius auch mit ein!« Es überraschte uns nicht. Sowohl der Buttergewürzspekulatius als auch der Buttermandelspekulatius erhielten hundert Punkte. Sehr gut!

»Früher gab es bei uns nur Graubrot, Schwarzbrot, Bauernbrot und Stollen. Mehr gab es nicht. Aber ich will einfach ein richtig schönes französisches Baguette backen. Mein Sohn hat im normalen Tagesbetrieb für sowas ja gar keine Zeit. Aber ich habe mir eine kleine Experimentier-Backstube zuhause eingerichtet, und jetzt experimentiere ich am Baguette.«

Willi hat ganz besondere Vorstellungen von einem Baguette. Schließlich war er, wie gesagt, siebenundzwanzig Jahre lang als Fotograf beim Grand Prix in Monte Carlo. »Du musst einen Vorteig erstellen, und danach einen Autolyseteig. Den musst du zwischen den Fingern auseinanderziehen, bis du fast durchsehen kannst, aber er darf nicht reißen. Wenn er reißt, musst du wieder kneten, kneten, kneten. Nur so wird der Teig kompakt. Und wenn der Teig nicht kompakt wird, dann kannst du die Brote mit der Post verschicken. Die passen durch den Briefschlitz!«

Willi brennt für seinen Beruf, auch mit einundachtzig. Er hat die Firma an seinen Sohn weitergegeben, aber er experimentiert halt noch, er verblüfft Juroren, die vorher noch keine einundachtzigjährigen Wettbewerbsteilnehmer gesehen haben, und er fährt morgens immer dreißig Kilometer mit dem Fahrrad.

Wir haben unseren Chardonnay geleert. Willi entschuldigt sich, dass er jetzt aufbrechen muss. Er will noch mit Ria ein bisschen Fahrrad fahren. Ria erzählt mir, dass sie es nicht ganz versteht: »Willi und ich haben das genau gleiche E-Bike. Aber das Ding von Willi ist viel schneller als meins!«

Ich kann das natürlich nicht wissen, und ich habe auch keine Beweise, aber wenn das Fahrrad von Willi viel schneller ist als das von Ria, könnte es natürlich daran liegen, dass Willi manchmal gerne experimentiert …

Der deutsche Weinliebhaber mit Mittelmeer-Ernährung,

der seinen Enkelkindern Bücher vorliest und schnell durch Hongkong läuft, wird hundertfünfundzwanzig Jahre alt. Wenn er aber wirklich irgendwann stirbt, bin ich mir sicher, den Streuselkuchen für die Beerdigung backt Willi Kluth!

BESCHEIDENHEIT IST EINE ZIER, …

… doch weiter kommt man ohne ihr. Ich glaube, Wilhelm Busch würde sich im Grab umdrehen, wenn er erfahren würde, dass man diesen Satz heutzutage oft ihm zuspricht. Nein, es ist einfach nur ein Sprichwort, und viele würden ihm sicher zustimmen. Wenn man jung ist, wenn die Karriere und natürlich auch die Erringung eines gewissen Wohlstandes ganz oben auf der Prioritätenliste stehen, dann ist das wohl so.

Ich saß mal in einem Restaurant und beschäftigte mich intensiv mit einem leckeren Dessert, als am Nebentisch bezahlt wurde. Der Kellner brachte die Rechnung, sagte: »99,60, der Herr!«, und der Herr antwortete: »Verdammt Trinkgeldfeindliche Summe!« Er überreichte stolz einen Hunderter und meinte: »Stimmt so, aber vom Rest nicht besaufen!« Ich muss wohl ziemlich blöd geguckt haben, denn als der Gast in seine Jacke schlüpfte, grinste er mich an und sagte: »Reich werden kommt von behalten, nicht von ausgeben.«

Rein wirtschaftlich mag das stimmen. Aber geht es einem denn gut, wenn man den verdutzten Kellner mit so einem Spruch stehen lässt? Ich hätte nachts Probleme beim Einschlafen, ich würde ständig in den Kissen rumwühlen und mich fragen: Wann bist du eigentlich so ein Arschloch geworden?

Wenn man eine kleine Familie gründet, wenn man versucht, von der Mietwohnung in ein Reihenhaus zu kommen, muss man sein Geld zusammenhalten, das ist sicher richtig. Man will etwas kriegen, und was man gekriegt hat, das will man dann behalten – erst kriegen, dann behalten, das ist schon wieder Stress. Wenn man den sechzigsten Geburtstag hinter sich hat, merkt man hoffentlich, dass das nicht mehr ganz so wichtig ist.

Die Tochter meiner Schwester überlegt gerade, mit ihrem neuen Lebensgefährten eine Wohnung zu kaufen, und meine Schwester überlegt, dann ihr Haus gegen diese Wohnung zu tauschen, spannender Gedanke.

Meine Schwiegereltern, Annemie und Walter, hatten ein schönes Bauernhaus in Naunheim. Naunheim kennen Sie natürlich nicht, aber wenn ich Ihnen sage, es liegt genau zwischen Pillig und Mertloch, dann verstehen Sie sofort, aha, Eifel.

Das alte Fachwerkhaus stand auf einem Grundstück von ein paar tausend Quadratmeter, und Walter war der Ansicht, ein altes Bauernhaus braucht auch einen alten Trecker. 1981 war der Fendt Dieselross F15 ein Monsterschnäppchen. 1951 war er ein technisches Meisterwerk und der pure Luxus. Ein Bauer, der sich ein Dieselross leisten konnte, musste den Pflug nicht mehr mit Pferd oder Ochsen ziehen, das Dieselross kostet im Winter kein Getreide. Deshalb lautete der Werbeslogan der Firma Fendt auch: »Dieselross – das beste Pferd im Stall!«

Ja, ich bin ein bisschen treckeraffin. Bei uns in Unna-Stockum half mein Vater dem Bauern Heinz Schulze-Lünern bei der Ernte, dafür durfte es sich seinen Trecker ausleihen, wenn auf unserem Feld die Kartoffeln ausgemacht wurden. Schulze-Lünern hatte einen Traktor von Deutz, schönes Ding, mit Frontlader. Einer unserer Nachbarn besaß einen wunderschönen roten Porsche. Nein, nicht 356 oder 911, es war ein Porsche Diesel Junior, und … er hat ihn immer noch. Und Wilfried Hoferichter und seinen John Deere 3010 als Schlittenzugmaschine hatte ich ja schon erwähnt.

Geschwindigkeit ist eine gerichtete physikalische Größe, sie gibt an, wie schnell sich ein Körper bewegt. Im Wort Geschwindigkeit steckt das schöne altmodische Wörtchen geschwind, schon deshalb finde ich, das Wort Höchstgeschwindigkeit passt nicht zum Fendt Dieselross F15 meines Schwiegervaters, denn diese Zugmaschine bewegte den Körper des lenkenden Landwirts in einer Stunde exakt sechs Kilometer weit. Im ausgedehnten Garten des Bauernhauses in der Eifel war das durchaus ausreichend, aber Walter hatte den alten Ein-Zylinder-Traktor mit fünfzehn PS bei einem Bauern in Adenau erstanden, und Adenau lag von Naunheim zweiundvierzig Kilometer weit entfernt. Für die Überführung musste er also mindestens sieben Stunden veranschlagen.

Adenau liegt am Nürburgring. Bei den berühmten 24-Stunden-Rennen gibt es auch immer mehrere Fahrer, die sich einen Boliden teilen und sich über die Dauer des Rennens am Lenkrad abwechseln. Walter hatte einen Freund überredet, die Überführung als Teamwork durchzuführen. Das hatte den entscheidenden Vorteil, dass man für nebensächliche Tätigkeiten wie die Aufnahme einer Currywurst an der Imbissbude oder die Verrichtung von kleineren Geschäften an Eifelbäumen nicht anhalten musste, was die Fahrtzeit ja noch weiter verlängert hätte. Einer stieg ab und ging pinkeln, der andere fuhr weiter, und nach einem kurzen Dauerlauf hatte Ersterer den Trecker auch schon wieder eingeholt.

In dem Schnäppchenpreis, den Walter für den F15 bezahlt hatte, war auch ein Anhänger enthalten, was sich bei den diversen Treckerausflügen, die sie in den nächsten Jahren mit vielen Freunden unternahmen, als Vorteil erwies. Sie hatten damals einen besonderen doppelwandigen Suppentopf. Zwischen den beiden Wänden des Topfes wurde heißes Wasser eingefüllt, so hatte man quasi eine Suppe im Wasserbad, das hielt sehr lange warm. Manchmal wurden auch Fahrräder auf den Anhänger geladen, so konnte man mit den Fahrrädern durch schöne Moselorte flanieren, und wenn es auf dem Rückweg wieder gebirgig wurde, Fahrräder auf den Anhänger, und weiter ging es. Natürlich stand auf dem Anhänger auch manchmal eine Kiste Bier. Das war ein weiterer Vorteil der Treckerausflüge. Wenn man auch ein zweites Bier auf dem Anhänger genossen hatte, dem möglicherweise schon ein Mosel-Riesling vorausgegangen war, konnte man den Rückweg auch über die Felder antreten. Im Maisfeld wird nicht kontrolliert.

Walter und Annemie haben das Bauernhaus in der Eifel längst verkauft. So ein großes Grundstück bedeutete auch eine Menge Arbeit, der Gemüsegarten musste in Schuss gehalten werden, es gab tatsächlich ein kleines Spargelfeld, und dann war da natürlich der alte Trecker, der regelmäßig gewartet und gepflegt werden musste. Wenn man dann so die achtzig erreicht, ist das ein bisschen zu viel. Nein, sie vermissen das schöne alte Fachwerkhaus eigentlich nicht, aber sie erinnern sich sehr gerne an die Nachmittage mit den Stangenbohnen, an die Dorffeste in Naunheim und natürlich an die Treckerausflüge mit den Freunden.

Ich sitze den beiden gegenüber, ich höre ihnen zu. Ich sehe in glückliche Augen und denke mir, darum geht's. Sie haben ihr altes Bauernhaus verkauft. Sie haben jetzt eine schöne Wohnung mit großem Balkon, ein bisschen seniorengerechter, ein bisschen kleiner und viel praktischer. Aber sie schwelgen geradezu in ihren Erinnerungen.

Du kannst viel Materielles über Bord werfen. Meine Schwester überlegt, ihr Haus gegen die Wohnung der Tochter zu tauschen. Ich habe viele alte Menschen sagen hören: »Die alte Wohnung ist für mich viel zu groß!« »Wofür brauche ich denn so ein großes Auto?« Man lernt loszulassen.

Aber da ist auch das »Behalten«. Walters Augen sprühen, wenn er vom Fendt »Dieselross« F15, Baujahr 51, spricht. Das sind Erinnerungen, die ihn glücklich machen.

Jeder, der sich die Fähigkeit erhält, Schönes zu erkennen, wird nie alt werden.
Franz Kafka

GELD MACHT NICHT GLÜCKLICH

Das war die Überschrift eines Zeitungsartikels über eine aktuelle Studie, den ich vor ein paar Jahren gelesen habe. Beim Anblick dieser Schlagzeile dachte ich: Ja klar, hat bestimmt ein Universitätsprofessor mit Besoldungsstufe A 13 herausgefunden. Dann ist es ja keine Kunst.

Der Professor, auf den sich der Artikel bezog, war Richard Easterlin, er lehrte damals an der University of Southern California. Das muss ein toller Job gewesen sein, denn da regnet es nie, wie uns Albert Hammond schon 1972 aus allen Radiolautsprechern glaubhaft versichert hat. Professor Easterlin ist durch das nach ihm benannte »Easterlin-Paradox« berühmt geworden. Er hat nachgewiesen, dass nur ein schwacher Zusammenhang zwischen dem Einkommen und dem subjektiven Glücksgefühl existiert. Ab einer bestimmten Schwelle sei gar kein Effekt mehr nachweisebar. Easterlin hatte also nicht gesagt, Geld mache nicht glücklich, wie es die Zeitungsüberschrift suggerierte. Er sagte, ab einem gewissen Grundauskommen macht mehr Geld nicht glücklicher. Er begründete das damit, dass das relative Einkommen ein besserer Prädiktor von subjektiver Zufriedenheit sei als das absolute Einkommen.

Relatives Einkommen ist mir noch klar. Da geht es nicht um den Einkommensbetrag, sondern um das eigene Einkommen im Vergleich zum Rest der Gesellschaft. Wie schon gesagt, selbst eine Achtundzwanzig-Meter-Yacht macht nicht glücklich, vor allem dann nicht, wenn der Nachbar eine Dreißig-Meter-Yacht hat.

Damit kann Easterlin durchaus recht haben, nehmen wir ein kleines Beispiel: Stellen wir uns mal vor, unser größter Wunsch im Leben ist ein Porsche 911, in Rot! Okay, da brauche ich nicht allzu viel Phantasie, um mir diesen Wunsch vorzustellen. Ein 911er in Rot, geil!

Wir sparen dafür jeden Cent, wir drehen jeden Euro um, und irgendwann nach Jahren ist es so weit. Wir können uns das Ding leisten. Wir fahren zum Porsche-Händler, bestellen den Boliden, und ein paar Monate später steht er in der Einfahrt, er glänzt in der Sonne, der Porsche 911, in Rot!

So, und jetzt vollbringt unser Gehirn in nur drei Tagen eine absolute Meisterleistung. In nur drei Tagen sortiert unser Gehirn das neue Auto in der Garage ein: Was in der Garage steht, ist mein Auto, bisher war das: Passat Variant, Baujahr 2007, lila. Jetzt ist das Porsche 911, Baujahr 2021, rot. Aber: Er steht in meiner Garage, er ist nichts Besonderes, der rote Porsche ist normal geworden, in drei Tagen. Aber in diesen drei Tagen hat unser Gehirn auch schon den neuen Wunsch definiert: ein Porsche 912, in Blau! Rot ist langweilig, aber blau ist total cool.

Sie drehen jeden Cent um. Sie sparen jeden Euro.

Lassen Sie es sein. Sie wissen doch, wie es endet: Porsche 913, in Gelb! Da ist schon was dran: Mehr Geld macht nicht glücklicher! Aber wir wollen ja nicht wissen, was uns nicht glücklich macht. Wir wollen doch erfahren, was macht uns denn glücklich? Da muss ich Ihnen noch eine kleine Geschichte erzählen.

Am 12. Januar 2008 stieg in Washington D. C. ein junger Straßenmusikant aus einem Taxi. Er trug abgeranzte Klamotten, hatte einen Geigenkoffer unter dem Arm, und er stieg die Stufen herunter zur U-Bahn-Station L'Enfant Plaza. Unten im Bahnhof angekommen, öffnete er seinen Geigenkoffer, nahm die Geige heraus, stellte den Koffer vor sich auf den Fußboden und begann zu spielen.

Kleine Quizfrage: Wo ist der Fehler? Richtig! Ein Straßenmusiker kommt nicht mit dem Taxi, es wird wohl kein Straßenmusiker gewesen sein. Wieder richtig. Der junge Mann war Joshua Bell, einer der größten Violinisten unserer Zeit. Und auch die Geige war keine normale Geige, es war die Stradivari, mit der Fritz Kreisler um 1900 herum jeden Konzertsaal der Welt begeisterte. Joshua Bell ist ein Bach-Virtuose, in der U-Bahn-Station spielte er als Erstes die Chaconne in d-Moll von Johann Sebastian Bach. Das Stück ist so schwierig, da brechen sich Konzertviolinisten die Finger. Bell spielte zunächst dieses Stück und dann ein insgesamt dreiundvierzigminütiges Konzert.

Es war ein Samstagmorgen, und trotzdem war allerhand los in der U-Bahn-Station in Washington D.C. Eine Menge Leute waren unterwegs. Die ersten dreiundsechzig Menschen gingen einfach am vorgeblichen Straßenmusikanten vorbei. Der Vierundsechzigste zögerte kurz, warf eine Münze in den Geigenkasten.

Insgesamt gingen in den dreiundvierzig Minuten eintausendsiebzig Menschen an Joshua Bell vorbei. Niemand blieb stehen. Ein kleines Mädchen wollte zuhören, aber die Mutter zog es weiter. Am Ende lagen im Geigenkoffer zweiunddreißig Dollar und fünfundzwanzig Cent.

Jetzt haben wir es natürlich leicht. Wir können jetzt sagen: »Ja klar, diese Amis, ein kulturloses Pack, und dann noch Washington D.C., alles Beamte, kann ja nichts werden!«

Aber – wären wir denn stehen geblieben? Hätten wir nicht auch gesagt: Der Zug geht doch gleich, und der nächste kommt erst in einer halben Stunde, und ich habe doch so viel zu tun, ich muss doch noch so viel erledigen?

An wie vielen tollen Sachen sind wir schon vorbeigegangen, weil wir durch das Leben hasten, weil wir gar nicht sehen, was links und rechts passiert.

Wir wissen ja mittlerweile, Geld macht nicht glücklich, aber was macht uns denn glücklich? Ich glaube, wir sollten uns diesen einen Satz merken:

Wenn das Schöne passiert, stehen bleiben und gucken!

Gib jedem Tag die Chance, der schönste deines Lebens zu werden.
Mark Twain

IN ERLEBNISSE INVESTIEREN

Der neue rote Porsche ist in drei Tagen normal geworden, der Zauber, das Versprechen von ganz besonderem Glück, hat sich blitzschnell verzogen. Na ja, die Erinnerung an den Nachmittag, an dem man mit dem Auto offen durch den Taunus gecruist ist, die bleibt. Nicht das Auto macht glücklich, aber vielleicht schafft man sich damit ab und zu glückliche Momente.

Das persönliche Einkommen, der Wohlstand, macht ab einem gewissen Grundauskommen nicht glücklicher, aber glückliche Momente, die man einsammeln kann, die machen zufrieden, und darum geht es. Wir sollten unser Geld in Erlebnisse investieren.

Die beste Investition ist wohl der Urlaub mit der ganzen Familie. Machen wir ein kleines Experiment. Denken Sie mal an eine Urlaubsreise, die Sie mit der ganzen Familie gemacht haben. Fällt Ihnen eine ein? Nein, Ihnen fällt nicht eine ein, sondern drei, oder Sie haben sogar vier oder sieben Urlaube, an die Sie sich erinnern, perfekt erinnern, obwohl das vielleicht zehn oder zwanzig oder vierzig Jahre her ist.

Ich war mit meinen Eltern in Waging am See. Meine Schwester und ich wollten im Wirtshaus wie immer Kartoffelsalat mit Würstchen bestellen, aber Papa haute auf den Tisch und sagte: »Nein, nicht jedes Mal das Gleiche. Ich bestelle euch was, und das wird dann gegessen.« Mir erscheint es unter dieser Voraussetzung immer noch erstaunlich, aber seit diesem Tag ist Sauerbraten mit Klößen sowohl für meine Schwester als auch für mich ein Lieblingsessen. Ich kann mich an diese Szene erinnern. Ich habe im Fotoalbum nachgeschaut, ich war damals vier.

Wir waren im Harz, wir standen mit unserem Zelt auf einem Campingplatz in Osterode, und an unserem Zelt hing eine Girlande mit Wimpeln von allen Ländern in Europa, ich war fünf Jahre alt, und die Girlande blieb ganz bis zum 30. Juli. Dann fand im Wembleystadion in London das Finale der Fußball-WM statt. Das berühmte Wembley-Tor war einer von vier Treffern, die den Hausherren die WM-Trophäe einbrachten und unserer Girlande den Wimpel von England nahmen. Meine Mutter hatte ihn wutentbrannt abgerissen.

Bei einem Urlaub am Steinhuder Meer war es so heiß, dass mein Vater ein Loch in den Sandboden buddelte, wo er sein Bier kühlte, und es gab da einen Kauz, der die ganze Nacht schrie, und ich konnte nicht schlafen. Vor unserem Urlaub in Büsum hatte der Campingplatz geschrieben, sie seien zwar ausgebucht, aber wir sollten ruhig kommen, irgendwer sagt immer ab. Es sagte niemand ab. Und wir fanden uns beim ortsansässigen Bauern wieder, der im Sommer als Nebenerwerb ein, zwei Kuhweiden für Zelte reservierte. Die Freizeitbeschäftigung erledigte ein Kickertisch in der Scheune, und fünfhundert Meter weiter gab es einen Minigolf-Platz, und auch von diesem Urlaub kenne ich das genaue Jahr. Bei der NDR-Hitparade im Radio war Elvis Presley mit »In the Ghetto« ganz vorne mit dabei, wir schrieben also das Jahr 1969, ich war acht Jahre alt, und ich weiß es noch wie heute.

Im Sommer des Jahres 1996, mein Sohn war dreieinhalb und meine Tochter zwei Jahre alt, verschlug uns das Schicksal nach Zeeland, genauer gesagt auf die Halbinsel Walcheren im Süden des schönen Nachbarlandes Niederlande. Im Sommer davor hatten wir unseren Urlaub in einem Traumferienhaus in Holl mit einem Strich durch das O in Dänemark verbracht, nur um einzusehen, dass Kinder im Urlaub keinen Pool und keinen Whirlpool brauchen, sondern Spielkameraden, andere Kinder, die in unserer mondänen Ferienhaussiedlung im dänischen Holl mit einem Strich durch das O nicht zur Klientel zählten.

Einmal hatten wir meine Schwester besucht, die die Ferien auch in Dänemark verbrachte, auch auf der Halbinsel Jütland, aber zweihundertzwölf Kilometer weiter nördlich mit einem riesigen gelben Zelt auf einem Campingplatz in Fjerretslev an der Jammerbucht am Skaggerak. Die Kinder waren begeistert. Sie hatten auf der Rückfahrt in ihren Kindersitzen geschlafen, ein Umstand, den wir so in den letzten zwei bis dreieinhalb Jahren noch nicht kennengelernt hatten. Ich fragte mich, wie ich meiner Frau, die noch nie in ihrem Leben auf einem Campingplatz übernachtet hatte, erklären sollte, dass es für unsere Kinder ganz tolle Ferien wären, wenn wir im nächsten Jahr auch in einem Zelt oder einem Wohnwagen urlauben würden. Ich grübelte noch über die Wortwahl, über rhetorische Herangehensweisen, über diplomatische Spitzfindigkeiten, als sie sagte: »Ich weiß, das ist für dich jetzt ziemlich schwierig nach so einem Luxusbungalow, aber ich finde, wir sollten im nächsten Jahr auch Urlaub im Zelt machen, oder was hältst du von einem Wohnwagen?«

Wir wollten unseren neuen Wohnwagen, einen Dethleffs 560 TK, mit einem breiten französischen Bett für die Gattin und mich im Bugbereich und zwei Stockbetten im Heck für die Nachkommenschaft, tatsächlich jedes Jahr auf einen anderen vom ADAC hochgelobten Campingplatz ziehen, quer durch Europa, wir würden ganz viele Länder sehen. Das war die Idee, aber dann zeigte man uns auf unserem ersten Stellplatz auf *Camping de Pekelinge* in Oostkapelle einen Showroom, der einer völlig neuen Idee folgte, die, vor über zwanzig Jahren, tatsächlich einer Utopie glich. Jeder Ganzjahresstellplatz für Wohnwagen sollte ein eigenes »Sanitair privé« erhalten, ein Häuschen von zweieinhalb Quadratmetern, das nicht nur Wasser-, Gas- und Stromanschluss beherbergte, sondern auch noch Toilette, Waschbecken und Dusche! Auf jeden Camper, auf jeden Naturburschen, auf jeden Menschen, der auch nur ein einziges Mal in seinem Leben nachts schlaftrunken mit einer Rolle Toilettenpapier über einen Campingplatz gewankt ist, um die öffentliche Toilette aufzusuchen, muss dieses »Sanitair privé« wie der ultimative Luxus wirken.

Das Gefühl, das Udo Jürgens verspürte, als er zum ersten Mal im Bademantel zur Zugabe auf der Bühne erschien, dieser Emotionsschwall, den Donald Trump wahrnahm, als er erstmalig im eigenen Golfresort in Palm Beach auf dem von ihm selbst georderten vergoldeten Klo saß, oder denken Sie an Carmens Glücksgefühl, als Robert Geiss sagte: »Ja, ich will!« All das ist nur mit Mühe mit dem Hochgefühl zu vergleichen, dass sich einstellt, wenn man sitzend denkt: »Das ist meins!«

Man versprach uns ein »Sanitair privé«, und wir buchten den Platz für das ganze nächste Jahr. Einmal versagte unser neues Badezimmer allerdings. Tim verlor beim Versuch, einen Karpfen mit dem Kescher zu fangen, das Gleichgewicht, stand bis zu den Achseln in der Gracht, und als er wieder rauskam, roch er eben wie diese Gracht. Wir duschten ihn dreimal, aber die Gracht war hartnäckig. Ihr Odeur hatte sich in seinen Poren festgebohrt. Irgendwann hatte ich die rettende Idee. Wir gingen alle zusammen in das Campingplatzschwimmbad, und als wir rauskletterten, roch der Sohn wieder ganz normal nach Chlorwasser und Sonnencreme. Es hatte uns nach Walcheren verschlagen. Damals ahnten wir nicht, dass aus dem einen Jahr über zwanzig werden sollten!

Heute sind unsere Kinder erwachsen. Irgendwann war klar, das wird kein Urlaub mehr zu viert. Es wird ein Urlaub zu sechst! Neulich waren wir in unserem »chaletje« in Serooskerke. Judith und Sascha waren mit den mittlerweile zwei Enkelhunden in ihrem Mobilhome, Tim und Kristina schliefen in unserem Gästezimmer. Abends saßen wir alle zusammen am Meer im Strandpavillon *Lage Duintjes*. Es gab völlig überraschend Muscheln und Saté, Frites Speciaal, in schönen bauchigen Biergläsern schwappte verträumt das belgische Abteibier. Es war definitiv ein Abend, den man abends im Bett lächelnd an sich vorbeiziehen lässt, ein glücklicher Moment, den man sich in die Hosentasche steckt!

Ich bin mir sehr sicher, wenn Tim sich in dreißig Jahren an Urlaube mit der ganzen Familie erinnert, denkt er an das unfreiwillige Bad in der Gracht, und er wird sagen: »Komisch, dass ich mich daran noch erinnern kann. Damals war ich vier.«

Der dänische Glücksforscher Meik Wiking, der das dänische Wort »hygge« nach Deutschland gebracht hat, hat ein Buch über Erinnerungen geschrieben und darüber, wie sie uns dauerhaft glücklicher machen.

Dauerhaft glücklich. Kann man durch schöne Erinnerungen trainieren, nicht zu verbittern?

Ich glaube, es wird Zeit, mit Meik Wiking zu reden!

Je schöner und voller die Erinnerung, desto schwerer ist die Trennung. Aber die Dankbarkeit verwandelt die Erinnerung in eine stille Freude.

Dietrich Bonhoeffer

AUF EINE TASSE TEE MIT MEIK WIKING

Ich war wirklich sehr stolz, als ich erfuhr, dass Meik Wiking Lust hatte, mit mir über das fröhliche dritte Drittel zu reden. Meik ist CEO des Happiness Research Institute in Kopenhagen, er hat für Glücksforschungen seines Instituts mit Münzsammlern in Rom und mit Wissenschaftlern in Kapstadt gesprochen, mit alten Frauen in Lappland und Nobelpreisträgern in Kanada. Heute sei er, hatte man mir erzählt, der glücklichste Mensch der Welt.

Ich saß in meinem Büro am Computer, und meine Frau Anke erklärte mir nicht zum ersten Mal, wie man an einem Zoom-Meeting teilnimmt. Oben rechts am Monitor poppte ein neuer E-Mail-Eingang auf. »Three minutes late. Sorry! Meik Wiking.« Ob Meik Wiking der glücklichste Mensch der Welt war, konnte ich nicht sagen, aber ganz sicher war er einer der zuverlässigsten. Ich hatte noch nie eine E-Mail erhalten, weil sich jemand um drei Minuten verspätet.

Ich war vorbereitet. Auf meinem Schreibtisch lag sein neues Buch *Die Kunst der guten Erinnerung,* daneben stand eine Tasse Rooibos-Tee mit Vanille. Ein bisschen »Hygge« musste schon sein. Zwei Minuten und achtundfünfzig Sekunden nach Empfang der letzten E-Mail erschien ein Bild auf meinem Monitor. Es zeigte einen gut gelaunten und gutaussehenden Dänen, ebenfalls eine Tasse Tee in der Hand.

Er sagte: »Hi, Bernd, schön, dass das klappt mit unserem Gespräch.«

Es freute mich sehr, dass er das sagte, denn wir wissen ja: »Dänen lügen nicht.«

Ich bedankte mich, dass er sich die Zeit nahm. Immerhin war sein neues Buch in fünfunddreißig Sprachen erschienen, es stand auf der Bestsellerliste der New York Times, und Meik Wiking war gerade in Elternzeit.

Er hatte das Buch geschrieben, weil im letzten Jahr etwas passiert war: Er war vierzig geworden, da verändert sich manches. Bei mir war es der sechzigste Geburtstag, der mein Leben wieder mal verändert hatte. Nun wollte ich von Meik wissen, ob ich trainieren kann, im höheren Alter nicht zu verbittern.

»Gute Frage, schwierige Frage. Wir haben in der Glücksforschung herausgefunden, dass es verschiedene Faktoren gibt, die das Wohlbefinden beeinflussen. Manches ist sicher genetisch, manche Menschen sind einfach keine ›happy people‹. Wo bist du aufgewachsen? In Spanien leben die Leute anders als in Polen, in Kolumbien anders als in den USA. Das sind Voraussetzungen, da kannst du nicht viel ändern.« Meik Wiking machte eine kurze Pause. »Wir reden auch nicht über Bitterkeit aus einer Depression. Das ist eine Krankheit. Aber die Bitterkeit als Abwesenheit von Fröhlichkeit, die kann man beeinflussen. Viele Forscher haben überall auf der Welt festgestellt, dass die Lebenszufriedenheit, wenn man sie von der Jugend bis zum Alter betrachtet, wie ein U aussieht. In der Jugend, da geht es einem prima, das Glücksniveau ist sehr hoch. Wenn dann das Berufsleben kommt, die Familie, die Karriere, dann hat man viel Stress, die Zufriedenheit geht zurück. Man spricht beim unteren Teil des U auch vom Tal der Tränen, aber danach geht es wieder bergauf. Viele ältere Menschen werden wieder zufriedener. Und wenn das möglich ist, dann kann man es auch positiv beeinflussen.«

Dazu müsste man wissen, woher diese Bitterkeit kommt. Hatte Wiking vielleicht eine Idee? Ja, hatte er: »Es gibt eine Studie, die nennt sich SHARE, das steht für ›Survey of Health, Ageing and Retirement in Europe‹. Sie untersucht seit zwanzig Jahren Menschen über fünfzig und beobachtet, wie sich das soziale und wirtschaftliche Umfeld der Leute verändert. Wenn man sich die Ergebnisse anschaut, dann ahnt man, wo man den Hebel ansetzen könnte. Es geht den Leuten zum Beispiel nicht um ihr Einkommen, es geht ihnen nicht darum, wie viel Geld sie haben. Es muss reichen, klar. Aber ob sie zufrieden sind, das hängt viel mehr vom relativen Einkommen ab.«

Davon hatte ich schon mal gehört. »Selbst eine Achtundzwanzig-Meter-Yacht macht nicht glücklich, vor allem dann nicht, wenn der Nachbar eine Dreißig-Meter-Yacht hat.«

Das amüsierte Wiking. »Es gibt ein noch schlimmeres Beispiel. In Finnland werden jedes Jahr am 1. November die zu versteuernden Einkommen der Bürger veröffentlicht. Vor den Finanzämtern gibt es lange Schlangen von Leuten, die wissen wollen: Wie viel hat mein Nachbar? Man nennt diesen Tag ›Jealousy Day‹! Das trägt bestimmt nicht zu mehr Zufriedenheit bei.«

Der Jealousy Day ist wörtlich übersetzt der »Tag der Eifersucht«, in Deutschland würde man wohl auch »Tag des Neids« sagen. Ein guter Ansatz, nicht zu verbittern, wäre also, sich am 1. November in Helsinki nicht in die Schlange vorm Finanzamt zu stellen.

»Dein erstes Buch hieß *Hygge*. Ein solches Wort gibt es im Deutschen nicht. Ist es vielleicht gerade das, was uns Deutschen fehlt?«

Meik Wiking legte den Kopf zur Seite: »Die Unterstützung durch die Familie, durch die Freunde ist wichtig. Unsere tollsten Erlebnisse haben immer mit anderen Menschen zu tun. Einsamkeit macht sicher bitter. Wenn du dich mit Freunden oder der Familie triffst, man sitzt zusammen, trinkt Tee und unterhält sich, das sind schöne Tage. Wenn du einen Deutschen fragst, wie er Lebenssituation einschätzt, wird er sagen: ›Gut.‹ Was das angeht, sind die Deutschen im World Happiness Report unter den Top Ten. Wenn du den Deutschen aber fragst, wie es gestern war, sieht es schon anders aus. Da geht es nicht mehr um das soziale Netz, nicht um das Gesundheitswesen. Da wirken sich schöne Erlebnisse, soziale Kontakte viel stärker aus.«

Wiking schrieb in seinem Buch, unsere Erinnerungen seien die Erzählung unseres Lebens. Gute Erinnerungen können dir glückliche Momente geben. Die meisten Erinnerungen haben wir aber an unsere Jugend.

»Ja klar, natürlich erleben wir als Sechzehnjähriger vieles zum ersten Mal, das prägt sich ein, das wird eine Erinnerung. Aber du kannst auch Hundertjährige fragen. Sie werden dir sicher viel von ihrer Jugend erzählen, doch bestimmt auch irgendwas aus der Zeit, als sie siebzig waren oder achtzig. Und wenn das möglich ist, dann kann man das auch einsetzen. Wenn wir älter werden, und es passieren weniger erste Male, dann müssen wir uns halt neue erste Male machen. Machen wir mal wieder eine Grillparty mit Freunden, und jeder muss etwas mitbringen, das er noch nie gegessen hat. Ihr werdet euch ewig an diesen Tag erinnern.«

Mir fiel ein Nachbar ein, der jahrelang neben uns gewohnt hatte. Sein Name war Eliah, und er stammte aus Kamerun. Wenn es bei Eliah eine Grillparty gab, dann war das ein Erlebnis. Ich hatte mich damals nicht getraut, aber Anke erzählt noch heute gerne, wie sie gegrillte Termiten aß. Der

Geschmack erinnerte sie an Erdnüsse. Ich fragte sie, warum sie dann nicht gleich Erdnüsse gegessen hatte. Sie antwortete: »Weil ich dann nicht wüsste, wie gegrillte Termiten schmecken.«

Kimchi ist eine koreanische Spezialität, Choripan ist eine Art argentinischer Hot Dog, Zaalouk ist ein marokkanischer Salat mit Auberginen, Tomaten, Knoblauch und arabischen Gewürzen. Wenn die Gäste das mitbringen, werden wir wirklich noch lange an diese Party denken.

Meik Wiking war das noch nicht genug. »Und wenn du mit den Freunden im Garten stehst, dann merk dir den Geschmack, rieche den Geruch, hör zu, was es gerade für Geräusche gibt, welcher Song aus dem Lautsprecher kommt. Wenn du alle Sinne nutzt, wird dieser Abend eine ganz starke Erinnerung werden.«

Ich weiß, wir müssen aufmerksam sein. Wenn wir etwas Schönes sehen, nicht einfach ein Handyfoto machen, und weiter. Ich habe tausende von Handyfotos, aber kann ich mich noch an den Tag, an die Situation erinnern, als ich sie gemacht habe?

Meik trank einen Schluck Tee und lächelte: »Ich habe noch einen sehr schönen Tipp für dich. Die Tage zwischen Weihnachten und Silvester sind eine tolle Zeit, um die Digitalfotos durchzusehen, die du im letzten Jahr geschossen hast. Mach das mit deiner Frau, mit der Familie. Erzählt euch von den glücklichsten Momenten und sucht die hundert Fotos aus, die gedruckt werden sollen. Bringt eure Fotos aus dem digitalen Universum in die Welt der echten Bilder. So bleiben deine Fotos jahrzehntelang erhalten und schenken vielleicht auch noch der nächsten Generation glückliche Erinnerungen.«

Wir verabschiedeten uns, und ich saß noch lange vor dem Monitor, auf dem zu lesen stand: »Meeting closed.«

Ich griff zu meiner Tasse. Der Tee war alle. »Hygge« war noch da. An mein Gespräch mit diesem zufriedenen Mann werde ich mich ganz sicher noch in Jahren erinnern.

Dann schaltete ich den Computer aus und rief ein paar Freunde an. Wir machten eine Grillparty.

Früher war mehr Lametta.
Loriot

Und irgendwann ist ständig Weihnachten

Meik Wiking sagte, unsere vielen Teenager-Erinnerungen speisten sich aus den unzähligen ersten Malen, die wir erlebt haben. Manche Leute sagen, die ersten achtzehn Jahre unseres Lebens dauern gefühlt genauso lang wie der komplette Rest. In der Kindheit, in der Pubertät, da kriecht die Zeit, und heute? Da ist es ständig Weihnachten.

Nach allem, was wir in den letzten Kapiteln erfahren haben, ist das ja nicht schwer nachzuvollziehen. Wenn wir etwas Neues unternehmen, wenn unser Gehirn neue Zusammenhänge erkennt, wenn das Erlebnis im Arbeitsgedächtnis abgespeichert wurde, dann schlägt unser episodisches Gedächtnis zu und sagt: »Moment, das ist meins.« Dann wird das neue Erlebnis gespeichert, natürlich mit Quellenangaben, wie sich das gehört: »Ich habe am 8. Juli 1977 im Bornekampbad in Unna zum ersten Mal den Busen von Bettina gesehen, und ich war danach vierzehn Minuten lang nicht in der Lage, ganze Sätze zu formulieren.« Na, da findet im Gehirn aber mal ein gewaltiges Synapsengeknote statt. Nur drei Tage später, am 11. Juli 1977, hatte ich auf einer Party bei Isabell mein erstes Appelkorn-Erlebnis, was dazu führte, dass ich am nächsten Morgen eine Zeitlang überlegen musste, bis mir einfiel, bei wem diese Party stattgefunden hatte. Der 17. Juli war dann ein Sonntag, und es war Tanztee in der Tanzschule Langhans, ich tanzte den langsamen Walzer mit Anja, und das Lied war »Take It to the Limit« von den Eagles.

Merken Sie was?

Im Juli 1977 war ich sechzehn. Ich versuchte, eine Frisur wie Brian Conolly, der Leadsänger der Gruppe Sweet, zu haben, was mir eher nicht gelang. Ich hatte ein ernstzunehmendes Akne-Problem, und aus irgendeinem Grund ging gerade ich Loser sechs Wochen lang mit dem schönsten Mädchen der Schule.

Und es war immer alles neu. Der Appelkorn war neu, *Take It to the Limit* war neu, und der Busen von Bettina war so neu, dass ich die ganze Nacht nicht schlafen konnte.

Erster Tag in der Kita, erste Schultüte, erstes Mal geschwommen, erster Sprung vom Einmeterbrett, erstes Wort auf Englisch, erste Zigarette, erster Sprung vom Dreimeterbrett, erster Kuss, erstes Glas Appelkorn, erster Kater, erster Orgasmus, einige Jahre später erster Sex, erste Flasche Appelkorn, erster Entschluss »nie wieder Alkohol«, erste Frau fürs Leben, erstes Kind …

Ja, und dann wird es schwierig, denn irgendwann kommt nur noch die tausendste Zigarette, man spricht fließend Englisch, springt nicht mehr von irgendwelchen Sprungbrettern, man hat halt regelmäßig Sex, Frühling, Sommer, Herbst, Winter! Alles passiert immer wieder, aber was Neues passiert eigentlich nicht mehr. Wenn du so weit bist, ist ständig Weihnachten. Ist das jetzt die Melancholie des Sechzigjährigen? Nein, das ist nur Melancholie, das Alter ist dabei völlig nebensächlich. Glauben Sie nicht? Ich beweise es Ihnen:

Beweis 1:
Seasons in the Sun von Terry Jacks, 1974, er war damals dreißig Jahre alt.

»We had joy, we had fun, we had seasons in the sun,
but the hills, that we climbed, were just seasons out of time!«

Beweis 2:
On the Beach, 1986, Chris Rea, damals fünfunddreißig.

»The secrets of the summer I will keep
the sands of time will blow a mystery.
No-one but you and I
underneath the moonlit sky.
Take me back to the place that I know:
On the beach!«

Und weil zwei Beweise nie reichen, folgt nun …

Beweis 3:
Schönste Zeit, von Bosse, er war dreiunddreißig, als er diesen unglaublich schönen Text schrieb.

»Das war die schönste Zeit,
weil alles dort begann,
und Berlin war wie New York,
ein meilenweit entfernter Ort.
Und deine Tränen waren Kajal.
An dem Tag, als Kurt Cobain starb, lagst du in meinen Armen.
Das war die schönste Zeit,
weil alles dort begann.«

Knackjunge Leute schreiben über ihre Erinnerungen aus der Zeit, als sie zwanzig waren. Weil es so schön war.

Und irgendwann ist nur noch ständig Weihnachten? Wenn das so ist, müssen wir es halt ändern. Machen wir uns unsere Erinnerungen selber.

2020 hatten die Weihnachtsmärkte nicht geschlossen, sie wurden erst gar nicht geöffnet, und das ist für mich »altes

Christkind« nicht so einfach. Der Glühweinduft in der Nase gehört für mich zum Advent einfach dazu. *Alle Jahre wieder* von irgendwelchen Sängerknaben oder Bing Crosbys geschmachtetes *White Christmas* aus dem Lautsprecher, und auf dem Weihnachtsmarkt in Unna unbedingt die Currywurst. Da würde mir wohl etwas fehlen.

Nein, würde es nicht.

Wir haben den Gartenzaun mit einer Lichterkette geschmückt und den Gasgrill, der eigentlich schon in der Winterpause war, noch einmal angeworfen. Auf dem Gartentisch standen zwei Elektrokochplatten. Auf dem einen hielten wir den Glühwein mit einem Küchenthermometer bei ziemlich genau siebzig Grad, auf der anderen simmerte Ankes Currysauce vor sich hin. Für die Pommes frites hatten wir die Kartoffeln am Nachmittag vorfrittiert und dann zur endgültigen Perfektionierung in unsere altmodische Edelstahl-Fritteuse gegeben, die noch konsequent auf jeden Geruchsfilter verzichtet. Das war auch wichtig, weil die entstehenden Pommes so zischend und brodelnd in Verbindung mit der Currysauce den beinahe echten Weihnachtsmarktgeruch in unseren Garten zauberten.

In der rostigen Feuerschale knisterten zwei schöne abgehangene Holzscheite. Es war schön kalt. Wir hatten den Schal umgebunden, aus dem Bluetooth-Lautsprecher sang Helene Fischer *Am Weihnachtsbaume die Lichter brennen*, und ich war selig.

Beim nächsten Mal werden in den Innenstädten wieder die Lichterketten glänzen, ich werde mir den Glühweinduft um die Nase wehen lassen und mir die Currywurst gönnen, aber auf unseren Privatweihnachtsmarkt werden wir auf keinen Fall verzichten. Denn das muss man sagen: Für die Verhältnisse verdammt viel Lametta.

DIGITAL DETOX

Die Kinder sind aus dem Haus. Sie kommen uns gerne besuchen. Wir treffen uns zum Grillen. Anke hat eine Tierhaar-Allergie, aber am Sonntagabend wird halt eine Tablette eingeworfen, und eine Stunde später haben wir drei Hunde im Garten. Sascha und Judith haben Loki und Ivy dabei. Loki ist ein Podenko-Mischling, sein Name stammt aus der nordischen Mythologie, da ist Loki der Adoptivsohn von Odin, Thors Halbbruder und der Gott des Schabernacks. Ivy ist auch ein Mischling, wir wissen noch nicht so genau, aus was. Sie wurde benannt nach Poison-Ivy, der grüngewandeten Gegenspielerin von Batman, dabei ist Ivy eigentlich ausgesprochen nett, vor allem, wenn man ein Leckerchen in der Hosentasche versteckt. Lokis und Ivys Herrchen Sascha – der geneigte Beobachter hat es bereits erkannt – ist ein großer Comic-Fan. Tim und Kristina bringen gerne mal Kristinas Australian Shepherd mit, der Rüde heißt Kenny, zählt mittlerweile elf Jahre, und Kristina passt sehr genau auf, dass Kenny nicht jede Runde um das Haus mitrennt. Loki ist ein Podenko, und Loki ist erst zwei!

Es ist toll, dass alle gerne bei uns sind. Wir treffen uns im Garten zum Grillen oder in Zeeland, wir gehen mal zusammen zum Italiener, oder wir wandern mit den Hunden durchs Siebengebirge. Die Kinder brauchen uns nicht mehr, aber sie kommen gern, eine wunderbare Situation.

Ich mag meine Arbeit, aber ich habe mir vorgenommen, nach Corona nicht mehr in den Workaholic-Modus zurückzufallen. Ich bin sechzig, da denken andere an die Rente. Ich kann mich nicht pensionieren lassen. Wer sollte das auch tun? Ich darf es jetzt ein bisschen ruhiger angehen, ich muss nicht mehr jeden Auftritt annehmen. Ich kann mir meine Zeit heute besser einteilen. Ich habe keinen Chef, für den ich ständig erreichbar sein muss. Es gibt keine Stempeluhr, an der ich jeden Morgen um Punkt sieben meine Anwesenheit nachweisen muss.

Und ich bin seit dreißig Jahren sehr glücklich verheiratet mit einer Frau, die sechs Jahre jünger ist als ich. Ich muss nicht nachts durch irgendwelche Kneipen tigern, um eine jüngere Frau aufzureißen. Meine Frau ist jünger.

Das waren die Voraussetzungen.

Aber wenn das so ist, warum lasse ich dann ständig mein Handy an? Warum bin ich rund um die Uhr erreichbar? Warum habe ich immer ein Smartphone in der Hand, um nachzusehen, ob irgendwer mir eine E-Mail geschickt hat? Warum gucke ich ständig bei Spiegel Online, ob sich in der Welt etwas Entscheidendes verändert hat? Warum checke ich bei WeatherPro, wie das Wetter wird, warum gucke ich nicht aus dem Fenster? Habe ich jetzt tatsächlich nachgeguckt, ob der Dax gestiegen ist?

Ich finde es ausgesprochen wichtig, über das politische Tagesgeschehen informiert zu sein. Aber warum informiere ich mich zweimal in der Stunde? Meine Eltern haben morgens beim Frühstück den *Hellweger Anzeiger* gelesen und sich abends um 20.00 Uhr den Herrn Köpcke in der Tagesschau angesehen. Waren die so viel schlechter informiert? Oder haben die sich nur nicht so verrückt gemacht?

Ich hatte vor meinem Kabarettprogramm *Hurra! Ab Montag ist wieder Wochenende!* ein Musikprogramm. Es gab in den letzten dreißig Jahren so viele Lieder, und für jedes neue Programm schrieb ich neue Lieder, die alten wurden nie mehr gesungen. Schade eigentlich. Deshalb hatte ich ein Liederprogramm mit dem Titel *Wer Lieder singt, braucht keinen Therapeuten* zusammengestellt. Ich hatte Musiker dabei, wir standen zu dritt auf der Bühne, ein Pianist, ein Gitarrist und ich, dazu Merchandising, der Lichtmann, und Kai, der Toningenieur am Mischpult. Nach dem Soundcheck saßen wir mit sechs Mann in irgendeinem schönen Restaurant zum Abendessen. Es existieren noch einige sehr peinliche Bilder von sechs gestandenen Männern, die rund um einen Kneipentisch sitzen, und jeder hat ein Smartphone in der Hand. Das lief so bis zum jenem denkwürdigen Tag, an dem ich eine WhatsApp irritierenden Inhalts bekam. Die Nachricht lautete: »Kannst du mir bitte mal das Salz rüberreichen?«

Wir haben uns alle sehr amüsiert, aber uns wurde auch schlagartig klar, was für ein unkommunikativer Haufen wir doch waren. Ich weiß nicht mehr, wer die Idee hatte. Einer von uns erklärte: »Ganz einfach, wir machen es so. Alle legen ihr Handy in die Mitte, und wer zuerst drangeht, bezahlt.« Von da an kam Spaß auf!

Wir müssen aufpassen, dass wir glückliche Momente einsammeln, in die Hosentasche stecken, mitnehmen und uns abends vorm Einschlafen noch einmal überlegen, was wir heute Schönes gesehen und was wir Schönes erlebt haben.

Manchmal gehe ich durch eine schöne Landschaft. Vor ein paar Tagen hatte ich einen Auftritt in Paderborn, am Nachmittag spazierte ich mit Anke um das Steinhorster Becken. Wenn man heute auf dem Rundweg um dieses Gebiet geht, kommt man nicht auf die Idee, dass diese Landschaft künstlich angelegt wurde. Wir sahen Grau- und Silberreiher, Kormorane und sogar Weißstörche. Die Natur kann einem glückliche Momente geben. Oder es sind Momente, in denen wir mit anderen Menschen zusammen sind, wenn wir uns unterhalten, reden, lachen, wenn wir verliebt sind.

Die Momente, die wir am Ende jenes Tages aus der Hosentasche holten, waren sicherlich nicht die, als wir in der Schlange an der Supermarktkasse unsere E-Mails checkten oder als wir an der Bushaltestelle standen und uns auf dem Handy TikTok-Videos ansahen.

Das Trinity College in Dublin hat festgestellt, dass ein Drittel der unter Dreißigjährigen sich die eigene Telefonnummer nicht mehr merken kann. Macht ja nichts, die ist ja im Smartphone. Die Studie ist von 2007, wahrscheinlich sind wir jetzt schon bei der Hälfte.

Wenn das Schöne passiert, sollten wir stehen bleiben und gucken. Wenn wir nicht am Schönen vorbeihasten wollen, dann müssen wir darauf achten, was links und rechts am Wegesrand liegt. Wir müssen aufmerksam sein.

Wenn ich mit dem Handy in der Hand durch die Fußgängerzone gehe, dann bin ich nicht aufmerksam. Ich laufe wahrscheinlich gegen einen Laternenpfahl, ganz sicher trete ich in einen Hundehaufen. Das mag für Umstehende lustig sein, für mich eher nicht. Ich sollte das Ding viel öfter mal ausschalten.

Die Smartphones von heute können manches erheblich besser als das grüne Telefon mit der Wählscheibe. Es gibt eine Mailbox, da kann man mir alles draufsprechen, und die eingehenden E-Mails werden gespeichert. Wenn ich also einen Nachmittag Handypause mache, und wenn ich dann um siebzehn Uhr das Ding wieder einschalte, dann sind da alle Anrufe drauf, keine einzige E-Mail ist verloren gegangen, ich habe nichts verpasst. Ich muss nicht mehr rund um die Uhr erreichbar sein. Eine Handypause ist also überhaupt kein Problem.

Das Bemühen, den exzessiven Gebrauch von Smartphones und digitalen Medien einzuschränken, nennt man auch »Digital Detox«. In diesem Begriff steckt auch schon sehr anschaulich das Problem. Detox kennen wir, das ist Entgiftung. Das haben wir alle schon mal gehört: im Zusammenhang mit der berühmten Darmreinigung, oder wenn ich in der Fastenzeit auf Alkohol verzichte. Und klar, als es mir vor anderthalb Jahren im zehnten Versuch tatsächlich gelungen war, die letzte Zigarette auszudrücken, half mir eine App, die mir jeden Tag glaubhaft mitteilte, wie viel weniger Nikotin und Teer ich mir in die Lunge gesogen hatte. Regelmäßig konnte ich nachlesen, dass ein weiteres Etappenziel meiner Entgiftung erreicht war. Da stand etwa: »Blutdruck und Puls normalisieren sich«, oder »CO_2- und Sauerstoffspiegel in deinem Blut erreichen wieder normales Niveau«. Nach einem Jahr meldete die App: »Das Risiko einer koronaren Herzerkrankung ist nur noch halb so hoch wie das Risiko eines Rauchers.«

Martin Walser hat einmal gesagt: »Ich bin kein Nichtraucher geworden. Ich bin ein Raucher, der nicht mehr raucht.« Mag sein, aber mein Arzt hat mir versichert, dass auch das eine gute Idee ist.

Wir kennen Detox also im Zusammenhang mit Alkohol und Zigaretten, und jetzt geht es um Digital Detox. Na, klingelt's?

Natürlich, deshalb fällt es uns so schwer, den Laptop zugeklappt zu lassen, auf das Smartphone zu verzichten, mal nicht nachzuschauen, ob irgendeiner meiner zahllosen digitalen Freunde auf Facebook oder Instagram ein neues Essen fotografiert oder das Foto von meinem neuen Essen gelikt hat. Es ist eine Sucht, mit allen Anzeichen, die eine Sucht so mit sich bringt. Bluthochdruck, unruhiger Schlaf, Entzugserscheinungen.

Bert te Wildt, Chefarzt der Psychosomatischen Klinik Kloster Dießen bei München, drückt es sehr klar aus: »Wenn morgens der erste Blick aufs Handy geht und abends auch der letzte, dann müssen sich Betroffene fragen: Dient dieses Gerät noch mir, oder diene ich ihm?«

In der Fastenzeit kann ich sechs Wochen auf mein Glas Wein verzichten. Ich konnte die letzte Zigarette im Aschenbecher ausdrücken. Da werde ich doch wohl auch handyfreie Nachmittage oder Wochenenden einführen können. Ich will fröhlich in das dritte Drittel meines Lebens starten, dafür brauche ich viele glückliche Momente, und die fordern meine Aufmerksamkeit. Also: Fernseher aus, Computer auch mal runterfahren, und das Handy in den Flugmodus. Jetzt muss ich mir das nur noch glauben!

Das wird schwer, aber das geht.

WENN MAN TROTZDEM LACHT

Deutsche ab vierzig haben 1,33-mal Sex pro Woche. Ganz abgesehen davon, dass ich mich frage, wie diese 0,33 Mal Sex aussehen, denke ich immer, dass die Aussagekraft von Umfragen entscheidend davon abhängt, wie ehrlich die umgefragten Leute so antworten. Wenn in der Fußgängerzone eine junge Frau mit Stift und Klemmbrett auf mich zukommt und sagt: »Ich mache gerade eine Umfrage für das Jetzt-mal-ehrlich-Institut, die Frage lautet: Wie oft hatten Sie im letzten Monat Sex?« Und wenn sie mich dann so erwartungsfroh ansieht, mit dem gezückten Kugelschreiber über ihrem Klemmbrett, würde ich dann sagen: »Ja sorry, gerade im letzten Monat sind wir irgendwie nicht dazu gekommen«? Nein, auf keinen Fall. Ich würde irgendwas erzählen von »lassen Sie mich nachdenken, letzten Sonntag, letzten Samstag, am Mittwoch im Garten, Dienstag in der Sauna gleich zwei Mal …!« Ich würde mich vor der jungen Interviewerin einfach nicht blamieren wollen, und wie die Aussagekraft der nächsten Studie des Jetzt-mal-ehrlich-Instituts wäre, ginge mir gepflegt am verlängerten Rücken vorbei.

Solche Zweifel beschleichen mich auch regelmäßig, wenn ich lese, was die zehn gefragtesten Eigenschaften eines Mannes sind, die Frauen wirklich wollen. Wenn diese Studie dann noch von ElitePartner in Auftrag gegeben wurde, steigert das die Glaubwürdigkeit auch nicht ins Unermessliche.

Aber sie existiert nun mal, die Studie, und das Ergebnis war mir vertraut. Fünfundneunzig Prozent der Single-Frauen erwarten von einem Mann Warmherzigkeit, direkt gefolgt von Treue. Dahinter steht auf Platz drei mit nur einem Prozent Rückstand der Wunsch nach: Humor! Humor? Ehrlich, und wo landen das aufgeblasene Macho-Gehabe, der frisierte Ford Mustang und die Gucci-Turnschuhe? Nicht in den Top Ten, erstaunlich! Oder es war wieder so eine Umfrage des Jetzt-mal-ehrlich-Instituts.

»Humor ist die Begabung eines Menschen, der Unzulänglichkeit der Welt, den alltäglichen Schwierigkeiten und Missgeschicken mit heiterer Gelassenheit zu begegnen«, schreibt Wikipedia.

Hermann Hesse sagte: »Aller Humor fängt damit an, dass man die eigene Person nicht mehr ernst nimmt.« Und Ringelnatz formulierte äußerst treffend: »Humor ist der Knopf, der verhindert, dass uns der Kragen platzt!«

Ja, wenn ich mir diese Zitate so ansehe, kann ich schon verstehen, dass Humor bei der Partnerschaftswahl eine große Rolle spielt. Das Lachen stärkt aber die Beziehungen zwischen Menschen nicht nur in der Partnerschaft. Wenn wir mit Menschen zusammen sind, lachen wir dreißigmal so oft, als wenn wir allein sind. Spannend finde ich auch, dass wir doppelt so oft lachen, wenn wir selber sprechen, als wenn wir nur zuhören.

Babys lächeln nach zwei, drei Monaten ihre Eltern zum ersten Mal an. Sie setzen das instinktiv ein, um Zuwendung von den Eltern zu erhalten. Wenn Kinder spielen und toben, dann lachen sie auch instinktiv, um dem Spielkameraden mitzuteilen: »Ich will dir nichts Böses!«

Jetzt haben wir Babys, Kinder und Singlefrauen abgehakt, aber eigentlich will ich ja hier über das dritte Drittel des Lebens reden. Wir Älteren lachen eben nicht mehr so sehr instinktiv, wir lachen nur, wenn wir es wollen. Das Problem ist, wir wollen nicht so oft. Ein Kind lacht durchschnittlich vierhundertmal am Tag, Erwachsene gerade noch fünfzehnmal. »Humor ist die Begabung des Menschen, den Unzulänglichkeiten der Welt mit Gelassenheit zu begegnen.« Eben, und genau das kriegen wir im Alter oft nicht mehr so einfach hin.

Wieder muss ich an mein Gespräch mit Manfred Lütz denken. Wir müssen uns entschließen, nicht aggressiv zu sein, wir müssen uns entschließen, uns nicht zu ärgern. Und dazu kommt eben auch, wir müssen uns entschließen, humorvoll zu sein, der Welt mit Gelassenheit zu begegnen. Wir müssen uns mit anderen Menschen treffen und laut lachen.

Ich habe einen Satz des Evolutionspsychologen Robin Dunbar gefunden, der uns ganz einfach erklärt, warum das dringend nötig ist. Er sagt, bei den Menschen hat eben das Lachen den entscheidenden Vorteil gegenüber den anderen Primaten ausgemacht. Nur weil der Mensch gemeinsam heiter sein kann, wurde es möglich, in größeren Verbänden friedlich zusammenzuleben.

Was haben die anderen Primaten gemacht, um ihre Kontakte zu pflegen? Sie haben sich gegenseitig das Fell gepflegt. Fellpflege hat aber diverse Nachteile, es ist eine sehr zeitaufwendige Angelegenheit, und man schafft nur wenige soziale Kontakte, fragen Sie mal Ihren Frisör. Gemeinsames Lachen, das kann größere soziale Gruppen zusammenhalten. Jetzt ahnen wir, woher der Satz rührt: »Rück mir nicht so dicht aufs Fell!«

Lachen ist noch dazu pures Training. Die Nase legt sich in Falten, die Nasenlöcher weiten sich. Der Zygomaticus, unser Lachmuskel, spannt fünfzehn Gesichtsmuskeln an, unter anderem öffnet er den Tränensack, wir haben geheult vor Lachen. Vom Gesicht bis zum Bauch sind fast dreihundert Muskeln an so einem richtigen Lachanfall beteiligt. Unsere

Atmung wird schneller, die Lunge nimmt dreimal mehr Sauerstoff auf als üblich, das regt den Blutfluss an. Wenn Sie bei einem schönen Abend im Kabarett hundertmal laut lachen, sind Sie muskeltechnisch mit dem Deutschland-Achter von Köln nach Düsseldorf gebrettert.

Wenn unser Gehörgang lachende Menschen vernimmt, dann erschallt es in unserem Hirn frei nach Otto Waalkes: »Großhirn an Gesichtsmuskel! Großhirn an Gesichtsmuskel! Fertig machen zum Mitlachen!« Lachen ist ansteckend, selbst wenn man den Grund für die Heiterkeit der anderen nicht kennt. Dazu hilft Humor, Schmerzen besser zu ertragen.

Lachen und Fröhlichkeit helfen uns, Kontakte zu Menschen zu knüpfen und gelassener mit Leid umzugehen. Humor steigert unsere Lebenszufriedenheit. Der Verhaltenspsychologe William James sagt: »Wir lachen nicht, weil wir glücklich sind – wir sind glücklich, weil wir lachen.«

Wer älter wird, braucht Spaß am Leben.

Entschließen wir uns heute, ab morgen mehr zu lachen. Fünfzehnmal schafft der erwachsene Mensch im Durchschnitt, das steigere ich morgen auf mindestens fünfundzwanzigmal.

Kennen Sie den? »Was sagte der liebe Gott, als er das Ruhrgebiet erschaffen hatte? Essen ist fertig!«

DIE VORURTEILE DES ALTERS UND DIE VORTEILE DES ALTERS

Ich habe in den letzten Wochen allerhand erfahren, das mich ein bisschen optimistisch für mein kommendes Seniorendasein stimmt. Vieles von dem, was ich mir so über das Altern und über ältere Menschen gedacht habe, stimmt nicht, oder besser, es muss nicht stimmen. Es liegt an mir, es nicht so weit kommen zu lassen. Das Alter hat auch Vorteile, aber es sind so viel Vorurteile unterwegs, dass man die Vorteile gar nicht sieht. Schauen wir uns ein paar dieser Vorurteile an.

Alte Menschen wollen nichts Neues mehr lernen. Ist ja auch klar. Die Gehirnleistung baut stark ab.
Vorsicht: Jedes zehnte Start-up in Deutschland wird von einem Gründer zwischen fünfundfünfzig und vierundsechzig Jahren gestartet. Über die Hälfte der Gasthörer an deutschen Universitäten sind älter als sechzig. Und gegen den Abbau der Gehirnzellen können wir etwas tun. Die kognitive Reserve kann diesen Abbau um Jahre herauszögern, manche

Teile des Gehirns lassen überhaupt nicht nach, und Erfahrung ist oftmals unbezahlbar.

Aber alte Menschen sind doch so altmodisch, sie kaufen nur die bekannten Sachen. Deshalb gelten ja beim Werbefernsehen auch alle im Alter zwischen vierzehn und neunundvierzig Jahren als die werberelevante Zielgruppe.

Von wegen! Wenn etwas altmodisch ist, dann diese Zielgruppeneinteilung. In keiner anderen Altersgruppe wächst der Konsum so stark. Neuwagen, Technik, Lebensmittel und Kosmetik. Die Generation Ü-60 gibt vierhundert Milliarden Euro aus, das ist doppelt so viel wie zwanzig Jahre zuvor. Und wir dürfen eins nicht vergessen. Zehn Milliarden Euro geben Teenies aus, für coole Klamotten, hippe Handys und trendy Tattoos. Zehn Milliarden, die ihnen ihre Großeltern zur Verfügung gestellt haben. Eine Transferleistung. Ohne die Senioren sähe die Wirtschaft ziemlich alt aus.

Alte Menschen gehen über den Rollator gebeugt zum Bäcker, ansonsten hocken sie nur in der Stube.

Das muss nicht so sein. Man kann in jedem Alter mit Sport beginnen. Es ist immer wieder nachgewiesen worden, dass selbst Achtzigjährige noch für Muskelwachstum sorgen können. Das sollten dann gar keine Höchstleistungen sein. Gehen oder E-Bike-Fahren ist mühelos und macht Spaß. Klar, es gibt ein paar Senioren, die sich wirklich nur noch vom Bett zum Fernsehsessel und zurückbewegen. Aber wir können ja mal kurz darüber nachdenken, wie viele Zwanzigjährige den ganzen Tag vorm Computer hocken.

Ältere Menschen reden nur über Krankheiten.

Eine Altersstudie aus Berlin hat ergeben, dass tatsächlich sechsundneunzig Prozent der über Siebzigjährigen mit einer diagnostizierten Erkrankung leben. Aber in diesem Satz steckt auch: Sie leben damit. Und zwei Drittel dieser Leute geben an, dass sie sich trotzdem gesundheitlich nicht eingeschränkt fühlen. Ja, es stimmt, meine Oma hat eigentlich nur über Krankheiten gesprochen, aber ich finde, es werden immer weniger, und das ist auch gut so.

Rentner leisten keinen Beitrag mehr für die Gesellschaft.
Also zunächst mal haben sie schon einen großen Beitrag geleistet, aber sie ruhen sich nicht darauf aus. Fast die Hälfte – das muss man sich einmal vorstellen – der Sechzig- bis Neunundsechzigjährigen zeigt soziales Engagement. Ehrenamtliche Tätigkeiten werden besonders oft von Senioren wahrgenommen.

Elisabeth Blackburn hat 2009 für ihre Forschungen zur Langlebigkeit den Nobelpreis bekommen. Sie sagt, drei Denkmuster würden sicher unsere Zellalterung beschleunigen: feindseliger Zynismus, Pessimismus und Grübelei. Natürlich gibt es sie, die griesgrämigen Stubenhocker, die nur über Krankheiten reden und spielende Kinder im Vorgarten beschimpfen, aber das ist immer ihre eigene Entscheidung.

Ich habe mir fest vorgenommen, niemals einer von ihnen zu werden. Und das geht vielen so. Wenn man Senioren in Deutschland fragt, wie alt sie sich fühlen, wähnen die sich im Schnitt dreizehn Jahre jünger, als sie sind. Das mag zwar Selbstbetrug sein, aber es funktioniert. Wenn man im Geiste ein paar Kerzen von der Geburtstagstorte nimmt, wirkt das tatsächlich lebensverlängernd.

Es gibt eine Menge Vorurteile über das Alter, aber es gibt auch eine Menge Vorteile. Viel Verantwortung ist weggefallen, eine Menge Stress. Ich kann arbeiten, aber ich kann mir meinen Tagesablauf selber einteilen. Ich habe plötzlich Zeit, mich um meine Hobbys zu kümmern.

Entscheidend ist aber eines: Wir müssen uns selber entschließen. Wir müssen uns dazu entscheiden, aufgeschlossen zu bleiben, weiter zu lernen, interessiert zu bleiben, soziale Kontakte zu suchen und freundlich zu bleiben. Ich will kein geiziger, griesgrämiger Kinderbeschimpfer werden, der in seiner Sofaecke sitzt und über die Welt meckert. Und der einzige Mensch, der das verhindern kann, bin ich!

DAS MOTEL AN DER ROUTE 51

Ich schreibe Krimis, die auf Walcheren spielen, auf dieser Halbinsel in Zeeland, wo ich so gerne meine Sommer verbringe. Der »inspecteur«, der die verzwickten Fälle lösen muss, die ich mir so ausdenke, heißt Piet van Houvenkamp, seine Assistentin ist Annemieke Breukink, und er erhält bei seinen Ermittlungen ständig unerwünschte Unterstützung von fünf bekloppten deutschen Campern. Dazu hat Piet eine vierundneunzigjährige Vermieterin, die Dame heißt Juliana Joosses, und sie denkt manches Mal ein ganzes Stück moderner als er.

Es macht mir gewaltigen Spaß, mir diese Fälle auszudenken, aber bevor ich anfange zu schreiben, muss ich die Geschichte kennen. Vor dem ersten geschriebenen Wort muss ich wissen: Wer war es? Und was noch wichtiger ist: Wer war es nicht? Und warum soll der Leser denken, er könnte es aber gewesen sein?

Wenn ich einen Krimi schreibe, hängen an meinem Schreibtisch Din-A1-Plakate, auf denen ich die Zeitabläufe notiere. Stellen Sie sich vor, der »inspecteur« befragt am Strand von Westkapelle einen zwielichtigen Pommesverkäufer in strahlendem Sonnenschein, und zeitgleich schleichen sich die Camper an einen verdächtigen Angler heran, ein mühsames Unterfangen, weil es in Strömen gießt.

Genau das geht nicht. Ein Krimi ist ein Puzzlespiel, ich muss das Ende der Geschichte kennen, bevor ich das erste Wort schreibe.

Bei diesem Buch war es völlig anders. Ich stand kurz vor meinem sechzigsten Geburtstag, das war halt ein Meilenstein, eine Wegmarke. Da geht man nicht einfach drüber weg, man denkt nach. Ich dachte über die Ausgangslage nach:

1. Kinder aus dem Haus. Kein familiärer Stress!
2. Beruflich allerhand hingekriegt. Ich muss niemandem mehr etwas beweisen!
3. Seit dreißig Jahren glücklich verheiratet. Meine Frau ist 54. Ich muss nicht nachts durch irgendwelche Kneipen ziehen, um eine jüngere Frau aufzureißen. Meine Frau ist jünger.

Das waren die Voraussetzungen. Damit kann man doch fröhlich in das dritte Drittel starten, dachte ich mir. Aber welche zusätzlichen Voraussetzungen musste ich erfüllen, damit dieses dritte Drittel auch fröhlich würde?

Ich begann zu schreiben, ohne zu wissen, wohin mich die Gedanken führen würden. Vielleicht tippe ich heute Abend die letzten Zeilen. Ich bin mir nicht sicher. Ich fühle mich ein bisschen wie in einem Roadmovie, in dem der Protagonist den 69er Camaro vor einem schmucklosen Motel am Highway 51 abstellt, eine Zigarette aus der Packung klaubt, sich gegen den Boliden lehnt und sagt: »Ich glaube, das war's jetzt!«

Okay, ich rauche nicht mehr, ich fahre einen normalen Audi, und ich spiele auch nicht in Filmen mit. Trotzdem, ich glaube, das war's jetzt!

Ich habe mich auf den Weg gemacht, um herauszufinden, wie das letzte Drittel meines Lebens ein schönes Drittel wird.

Ich fing an zu gehen, zehntausend Schritte jeden Tag. Ich

sprach mit Ingo Froböse, der mich sehr motivierte, und ich kam zu dem Schluss, dass vieles sich um das Wort »mühelos« dreht. Gehen und Joggen verhalten sich zueinander wie E-Bike-Fahren zu Fahrrad fahren. Wenn alles das, was wir für unsere körperliche Fitness tun, mühelos ist, dann können wir es auch beibehalten. Dann wird uns der innere Schweinehund nicht besiegen. Ingo Froböse sagte: »Man sollte nach dem Ausdauertraining subjektiv immer das Gefühl haben, dass man noch ›unterfordert‹ ist, man sollte nicht ausgepowert sein. Es ist doch toll, wenn man nach dem Sport sagen kann: ›Wow, ich könnte noch mehr!‹«

Es reicht aber nicht, körperlich beweglich zu bleiben.

Die geistige Beweglichkeit ist mindestens genauso wichtig. Und da gibt es neue Erkenntnisse. Noch vor ein paar Jahren war die herrschende Meinung, ab dem sechzehnten Lebensjahr baue das Hirn langsam, aber sicher ab. Heute wissen wir, man kann bis ins hohe Alter neue Synapsen aufbauen. Wenn man immer wieder etwas Neues lernt, wenn man nicht in der Sofaecke sitzen bleibt, kann man sich eine »kognitive Reserve« aufbauen. Das Gehirn möchte zwar eigentlich abbauen, aber wir können aktiv etwas dafür tun, dass dieser Prozess einige Jahre nach hinten geschoben wird.

Boris Nikolai Konrad erklärte mir dazu: »Wenn wir sagen, unser Gedächtnis wird im Alter immer schlechter, dann stimmt das nicht überall. Manches wird sogar besser. Was nachlässt, und vielen daher auffällt, ist die Lerngeschwindigkeit. Wenn bei einer Aufgabe zum Wörtermerken Studenten nach wenigen Minuten fünfundzwanzig Wörter in der richtigen Reihenfolge aufsagen können, schaffen Senioren in der gleichen Zeit vielleicht nur fünfzehn. Aber wenn sie ihr Gedächtnis trainieren, können auch die alten Leute schnell auf dreißig kommen und damit besser abschneiden als die Studenten.«

Ich habe Niederländisch gelernt. Ich habe einen Kurs zum Junior-Sommelier absolviert, jetzt lerne ich gerade jonglieren. Wir müssen nicht nur körperlich, sondern auch geistig beweglich bleiben.

Das war mir eigentlich klar, aber die dritte Aufgabe ist ungleich schwieriger: Wir müssen emotional beweglich bleiben. Ich kenne so viele alte Menschen, die verbittert sind. Wir müssen jetzt trainieren, im ganz hohen Alter nicht zu verbittern.

Wenn es um die Zeit zwischen dem vierzigsten und dem sechzigsten Lebensjahr geht, sprechen manche von der Midlife-Crisis. Es ist aber keine einzelne zeitlich begrenzte Krise. Es sind eine ganze Menge Krisen, die uns da manchmal aus der Bahn zu werfen drohen. Da passieren einige Übergänge in unserer Biografie. Die Kinder verlassen das Elternhaus. Die Eltern werden gebrechlich. Der Job neigt sich dem Ende entgegen. Viel Verantwortung, die uns in den letzten Jahren schwer beschäftigt hat, fällt jetzt weg. Aber auch soziale Kontakte gehen verloren. Wenn die Kinder aus dem Haus sind, kommen auch deren Freunde nicht mehr zu Besuch. Man verliert den Kontakt zu jungen Menschen. Wenn man in Rente geht, hat man keine Arbeitskollegen mehr.

Wir sind aber für das Zusammenleben mit anderen Menschen geschaffen. Wir müssen uns aktiv um unsere Kontakte bemühen, das Adressbuch rauskramen und überlegen, wer uns in den vergangenen Jahren vielleicht verloren gegangen ist. Bei manchen ist es ja nicht so schlimm, aber wem könnte man einen Brief schreiben, mit wem könnte man mal wieder ein Bier trinken?

Damit das klappt, müssen wir freundlich bleiben. Der »verbitterte Alte« ist nicht freundlich, mit dem »verbitterten Alten« will man kein Bier trinken. Dr. Manfred Lütz sagte mir: »Ich weigere mich, mich zu ärgern. Wer sich ärgert, büßt die Sünden anderer Leute. Und seien Sie nicht aggressiv, Aggressivität ist infektiös. Der Mann hinter einem an der Supermarktkasse begegnet einem aggressiv, der Autofahrer an der Kreuzung ist aggressiv, die Frau im Wartezimmer. Und irgendwann treten Sie Ihren Hund. Sorry, Churchill!«

Die Zeitspanne zwischen dem vierzigsten und dem sechzigsten Lebensjahr war bei vielen von uns geprägt von Ehrgeiz, wir wollten beruflich ordentlich was hinkriegen, und diese Zeitspanne war geprägt von Äußerlichkeit. Die anderen sollten auch ruhig sehen, dass wir etwas hingekriegt haben.

Aber jetzt kommt das dritte Drittel, und das ist das letzte Drittel. Da ist das nicht mehr so wichtig! Es wird Zeit auszumisten. Eine Menge Ballast kann jetzt weg. Zu viel Ehrgeiz ist ein großer Ballast, ein Status, der Symbole braucht, ist ein großer Ballast, und Menschen, die uns nicht guttun, sind ein völlig überflüssiger Ballast.

Zeit auszumisten. Weg damit. Loslassen.

Aber auch behalten. Meik Wiking erklärte mir: »Erinnerungen machen die Erzählung unseres Lebens aus. Für mich ist ein gutes Leben ein Leben, das sowohl von Sinn als auch von Vergnügen geprägt ist. Ein Leben, das Zufriedenheit mit der Gegenwart, Hoffnungen für die Zukunft und Frieden mit der Vergangenheit in sich vereint!«

Wir behalten unsere guten Erinnerungen, wir erinnern uns an die Erzählung unseres Lebens. Und wir lassen los, wir lassen unsere Kinder los, unseren Job, die Verantwortung und den Stress. Wir lassen zum Glück auch ein paar Leute los, die vielleicht früher mal beruflich wichtig für uns waren, aber jetzt doch nicht mehr. Jetzt starten wir fröhlich in unser neues Leben, mühelos, mit Freunden und mit Freude.

Der Philosoph Ottfried Höffe spricht von den vier großen L, die man braucht: Laufen, Lernen, Lieben, Lachen. Also körperlich und geistig fit bleiben, viele soziale Kontakte pflegen, und natürlich lachen. »Humor ist das beste Mittel, um die Zumutungen des Alters zu ertragen!« Wer älter wird, braucht Spaß am Leben.

Tatsächlich, es sind die letzten Zeilen.

Ich stehe nicht mit einem 69er Camaro vor einem Motel am Highway 51. Ich sitze auf der Terrasse an meinem Laptop, trinke ein Glas Weißwein und höre noch einmal das Lied von John Denver:

Today is the first day of the rest of my life,
and I look forward to my growing old!

Ja, ich freue mich! Ich freue mich auf das, was da kommt. Auf das Behalten und das Loslassen.

Irgendwann muss ich sogar das Leben loslassen. Aber bis dahin ist noch ganz viel Zeit, mit ein bisschen Glück ein Drittel meines Lebens!

Ein Muschelfischer bei den Fischen – und zwar im Jutesack!

Bernd Stelter
MIESES SPIEL UM SCHWARZE MUSCHELN
Camping-Krimi

416 Seiten
ISBN 978-3-7857-2678-5

Inspecteur Piet van Houvenkamp genießt die Ruhe beim Angeln, den einen oder anderen Hornhecht hat er schon erwischt. Aber der Angler neben ihm scheint noch mehr Glück zu haben. Er hat einen dicken Brocken am Haken! Leider stellt sich schnell heraus, dass es sich nicht um einen Fisch handelt, sondern um eine Leiche. Es ist Jacobus Schouten, ein Muschelfischer, ertrunken, in einen Jutesack eingenäht. Das sieht nicht nach Selbstmord aus. Nein, das ist ganz klar Mord! Verdächtige gibt es sofort eine ganze Menge ... Und leider auch Unterstützung, die Piet lieber gestern als heute los wäre: Denn auch die deutschen Camper von »De Grevelinge« ermitteln wieder tüchtig mit!

Lübbe

Mentales Shapewear für Frauen um die glory 60

Lotte Kühn
SECHZIG IST DAS NEUE VIERZIG
Selbst-Entfaltung für die Frau in den besten Jahren

256 Seiten
ISBN 978-3-431-07005-7

Endlich 60! Die Kinder sind groß, die Wechseljahre vorbei, Ehemänner und Freundinnen noch am Leben, die Hypothek abbezahlt und die Zipperlein noch beherrschbar. Und Falten? Ach Gott, wer hätte die nicht! Besser wird´s nicht mehr - ein Grund mehr, mögliche Wonnen, überraschende Glücksmöglichkeiten, kostbare Freiheiten und neue Freuden zu erkunden. Lotte Kühn begibt sich auf Selbst- und Welterforschung, mit Witz, Selbstironie - und ausreichend Piccolos. Denn fest steht: Altern ohne Humor ist tödlich.

Lesejury